经典悦读之旅

欧也妮·葛朗台

[法] 奥诺雷·德·巴尔扎克 / 著　罗国林 / 译

中国青年出版社

图书在版编目（CIP）数据

欧也妮·葛朗台 /（法）奥诺雷·德·巴尔扎克著；罗国林译. -- 北京：中国青年出版社，2024.5
ISBN 978-7-5153-7132-0

Ⅰ. ①欧… Ⅱ. ①奥… ②罗… Ⅲ. ①《欧也妮·葛朗台》 Ⅳ. ①I565.44

中国国家版本馆 CIP 数据核字（2024）第 007474 号

书　　名：欧也妮·葛朗台
作　　者：[法]奥诺雷·德·巴尔扎克
译　　者：罗国林

责任编辑：李文华
书籍设计：煦合设计
出版发行：中国青年出版社
社　　址：北京市东城区东四十二条 21 号
网　　址：www.cyp.com.cn
编辑中心：010-57350504
营销中心：010-57350370
经　　销：新华书店
印　　刷：济宁华兴印务有限责任公司
规　　格：670mm×955mm 1/16
印　　张：16.5
字　　数：248 千字
版　　次：2024 年 5 月北京第 1 版
印　　次：2024 年 5 月山东第 1 次印刷
印　　数：1—10000 册
定　　价：36.80 元

如有印装质量问题，请凭购书发票与质检部联系调换。联系电话：010-57350337

序言

在文学的浩瀚星河中，《欧也妮·葛朗台》无疑是一颗璀璨而独特的明珠。巴尔扎克以其敏锐的洞察力和深刻的笔触，为我们展现了一个充满戏剧性与讽刺意味的世界。

这部作品将我们带入了 19 世纪的法国，那个充满着金钱欲望与人性挣扎的时代。故事的主人公葛朗台，是一个吝啬到极致的人，他对金钱的贪婪几乎占据了他的整个灵魂。他的每一个举动、每一个表情，都让人感受到他对财富的疯狂执着。他的吝啬不仅体现在对自己的苛刻上，更体现在对家人的无情剥削上。

而欧也妮，葛朗台的女儿，却是一个善良、纯真的女子。她生活在父亲的阴影下，却始终保持着内心的美好和对真爱的向往。她的存在，就像是黑暗中的一抹亮光，给这个充满算计与贪婪的世界带来了一丝温暖。

在这个故事里，我们看到了人性的复杂与多面。金钱可以让人变得疯狂，可以让人失去理智，可以让人变得面目全非。同时，我们也看到了爱情、亲情的力量，它们在金钱的重压下依然顽强地存在着。

《欧也妮·葛朗台》不仅仅是一个故事，它更是对社会现实的深刻反映。巴尔扎克通过对葛朗台这样一个典型人物的塑造，揭示了当时社会的种种弊病和人性的弱点。它让我们思考金钱与人性的关系，思考我们应该如何面对生活中的种种诱惑。

让我们翻开这书页，走进巴尔扎克笔下的这个世界，去感受其中的喜怒哀乐、悲欢离合。让我们在阅读中汲取力量，在思考中不断成长。

目 录

译本序

罗国林

巴尔扎克《人间喜剧》的创作时间大致是 1829 年至 1848 年。《欧也妮 · 葛朗台》和《高老头》这两篇作品同是《人间喜剧》第一创作阶段（1829 年至 1835 年）的代表作。

巴尔扎克 1833 年 6 月动手写《欧也妮 · 葛朗台》。他在给他妹妹的一封信里提到过这个日期。在动手写作两个月后，8 月 9 日，他给韩斯卡夫人的信中说："本月底会有一篇'外省生活场景'发表，类似《独身者》(即《图尔的本堂神父》，1832 年出版），题为《欧也妮 · 葛朗台》。请购连续三期《欧罗巴文学》。"果然，9 月 19 日的《欧罗巴文学》开始刊载这篇小说。可惜的是这个刊物随后就停刊了，没有能够继续刊载这篇小说。作者也没有再拿到其他杂志上去发表。小说完稿的日期是 1833 年 12 月 24 日。这是巴尔扎克的手稿最后一页末尾所写的日期。就在 12 月，出版商贝歇夫人将小说全文出版。当时巴尔扎克与贝歇夫人签有合同，以《十九世纪风俗研究》的总题目，出版他所创作的全部作品。《欧也妮 · 葛朗台》是作为"外省生活场景"第一卷出版的。1839 年，由出版商夏尔邦蒂埃出版了这篇作品的单行本。后来，巴尔扎克将全部作品交给福尔纳 · 赫泽尔和杜博歇，结集为十六卷《人间喜剧》出版。《欧也妮 · 葛朗台》仍列为"外省生活场景"第一卷，于 1843 年第三次出版。

《欧也妮·葛朗台》是巴尔扎克最著名的作品。然而，它的创作并没有在他思想上留下很长的一条航迹。他写作《乡村医生》或《路易·朗贝尔》等作品，都要花上数个月时间酝酿构思，写作过程中反反复复，推翻重来的情况时有发生，再三修改更不在话下，可谓是呕心沥血。相反，《欧也妮·葛朗台》仿佛是信手拈来，写得十分顺畅，没有遇到特别的困难，甚至没有激发作者高度兴奋的热情。只是在成功地描写了欧也妮的爱情，又联想到自己与那位美丽的波兰伯爵夫人即韩斯卡夫人的爱情时，巴尔扎克为自己的这篇新作感到自豪。他在给韩斯卡夫人的第一封信里告诉她，这是一篇没有多大抱负的中篇小说，可算作《图尔的本堂神父》的姐妹篇。一个有趣的外省故事，容易写，也容易销。当然不能与《乡村医生》相提并论，那是他自己心目中的杰作。然而，《欧也妮·葛朗台》问世后，批评家们都毫无保留地高度赞赏，认为这才是巴尔扎克的杰作。甚至每当作者的一篇新作出版，他们都要以《欧也妮·葛朗台》作为参考加以评论，以至于巴尔扎克十分恼火，认为这种偏爱实际上等于对他的其他作品的批评。

《欧也妮·葛朗台》的故事发生在法国西部的索莫城。该城的首富即悭吝精明的葛朗台，有一位天真美丽的女儿，名叫欧也妮。城里有影响的两个家族——银行世家格拉珊和神父、公证人世家克吕绍，明争暗斗，竞相巴结，都想为各自的公子把这个富甲一方的女继承人娶到手。可是，欧也妮却爱上了堂弟夏尔。夏尔因父亲破产，从巴黎流落到她家。为了资助身无分文的夏尔赴印度闯出一条生路，欧也妮把每年生日收到的金币私下里全部给了他。后来事情败露，爱财如命的葛朗台老爹把女儿监禁起来。胆小而贤淑的葛朗台太太被吓得一病不起，不久就离开了人世。1827 年，吝啬鬼葛朗台也归了天，留下一千九百万法郎的家产。富比王后的欧也妮受到追求者彭峰及其支持者的包围与奉承，而她却一心等待夏尔。这时，夏尔在印度靠贩卖人口等不正当手段发了横财，但他一心攀附权贵，早把曾海誓山盟的欧也妮忘到脑后。他返回巴黎后立即写信给欧也妮毁约，与一位贵族小姐结婚了。欧也妮与彭峰形式上结为夫妻，但三十三岁便成了寡妇。于是，又有人包围这个有钱的寡妇，就像过去彭峰他们一样。

《欧也妮 · 葛朗台》是区区一部中篇小说，为何在巴尔扎克卷帙浩繁的作品中成为最引人瞩目之作？原因不外乎两方面：一方面，小说真实而深刻地反映了时代；另一方面，作品塑造了几个有血有肉、真实可信的人物，而且主要人物的塑造体现了独特的美学价值。

巴尔扎克说“小说是时代的镜子”。《欧也妮 · 葛朗台》真实地反映了 1789 年大革命后至十九世纪二三十年代法国资本主义发展的那个时代、那段历史。资产阶级大革命发生之时，葛朗台只不过是一个箍桶匠，经过几十年的拼搏和竞争，成为大葡萄园主和大资本家，去世时留下了近两千万法郎的家产。可不要小看了这两千万，要是在今天，葛朗台少说也是一个亿万富翁了。事实上，葛朗台成了大资产阶级的一员，在巴黎法兰西银行的全国富豪统计榜上有一席之地。作者在“后记”里说，法国每个省都有各自的葛朗台。也就是说，索莫城的葛朗台从箍桶匠跻身于大资本家行列的发展史，并非个别的、孤立的现象，而是有广泛的代表性。这就是那个时代的特征和那个时代的法国历史。小说《欧也妮 · 葛朗台》为我们了解和研究那个时代的特征和那段历史，提供了一本生动而深刻的教科书。这方面恕不多费笔墨。

小说里的人物如葛朗台、欧也妮、葛朗台太太、女仆娜侬以及夏尔，都写得颇有特色，具有典型意义。这里，仅集中对两个主要人物葛朗台父女进行一些探讨。

关于葛朗台这个人物，过去有许多研究者做了大量工作去寻找他的原型，也有不少研究者将他与莫里哀笔下的悭吝人阿巴贡进行比较。但是，这两部分人的工作都没有取得令人满意的结果。因为葛朗台这个典型人物虽源于现实生活，但并非源于某一个原型人物，而他的本质特征并不是阿巴贡那样一个守财奴。实际上，巴尔扎克感兴趣的，并不是某个财主、资本家或银行家爱财如命的吝啬，而是他们从普通的条件出发，甚至白手起家，创造了数百万、上千万财富，拥有庞大产业这种历史现象。巴尔扎克笔下的葛朗台，不是我们所熟悉的那种土财主，而是在资本主义上升时期，善于把握机遇，逐渐发起来的大资本家。巴尔扎克的深刻就在于，不是重复塑造传统的悭吝人形象，而是赋予悭吝人新的时代特质，把他塑造成理解和把握了时代的创业者。葛朗台是在资本主义发展的过程中逐渐建立、增加、扩大他的家业的。在共和政府时期，当局拍卖教会产业，葛朗台用金钱贿赂拍卖监督官，贱价买到了当地最好的几块葡萄园、一座修道院和几块分租田，奠定了他发家的基础。在当地除了他，谁有胆量敢这么做？有了产业作后盾，他登上政治舞台，当了官，利用职务之便，进一步发家致富，十几年间便成了当地的首富，拥有家业数百万。1811 年趁帝国倒台之机，他把全年的收成全部储存起来，囤积居奇，待价而沽，结果又大赚了一笔。复辟时期，他以每股八十法郎的价钱大买公债，待到短暂的繁荣结束，便以每股一百一十五法郎全部抛售出去，终于使自己成了声名远播的大资本家。而当时普通的法国人，对买卖公债这类投机事业还不屑一顾，甚至另眼相看呢。表面看上去，葛朗台像一个死抱住钱袋子不放的土财主，实际上，他是一个很会做投机买卖的商人。市场上酒缺货时，他总是有大量酒供应；酒桶紧俏时，他总有许多酒桶出售；板材需求旺盛他有板材，小麦供不应求他有小麦。为了牟利，他甚至不惜背信弃义，鼓动当地大小葡萄园主把酒压着不卖，而自己偷偷找外国酒商，高价成交。这就是葛朗台的发家史。当时，在法国有不止一个葛朗台，正如作者所言，每个省都有各自的葛朗台。资本主义是怎样发展起来的？不就是随着全国各地的葛朗台们发家而发展起来的吗？

毋庸讳言，在葛朗台的时代，资本主义的发展尚没有完全脱离原始积累的阶段，所以，他的发家致富明显带有资本原始积累的特点：不择手段，不讲信义，唯利是图，暴露出凶残贪婪的本质。正因为这样，巴尔扎克对葛朗台这个人物抱着批判的态度。他笔下的葛朗台像饿虎，像巨蟒，躺着，趴着，长时间窥伺着捕猎对象，然后猛扑上去，张开血盆大口般的钱袋子，往里面装金子。索莫城里几乎人人都感受过被他的利爪抓伤的滋味。这种描写入木三分，给人留下极深刻的印象。我们阅读这部作品，分析研究葛朗台这个人物，的确不应该放弃批判的态度，但同时我们也应该记住，在资本主义发展的历史进程中，葛朗台是成功者。这样，我们就不仅从阶级分析的角度，而且从历史观察的角度，把握住了葛朗台这个人物的内在本质。

据考证，欧也妮这个人物倒是真有一个原型，是一个名叫玛丽亚·达米诺瓦的年轻女子。这女子在1833年是巴尔扎克的情妇，与巴尔扎克生了一个女儿。这就是巴尔扎克在这本书前面的题词里把它献给玛丽亚的原因。

欧也妮和她母亲葛朗台太太一样，是作者着力歌颂的人物。然而令人遗憾的是，这两个人物远没有葛朗台那样深刻，甚至没有女仆娜侬那样丰满生动。尤其当作者试图用宗教信仰对她们加以颂扬时，更显得苍白无力。但是，欧也妮这个人物还是有深刻内涵的，这主要体现在她的爱情上。

欧也妮的爱情是她所处的生活环境必然的、合乎逻辑的发展。请回想一下那冷清刻板，见不到事物变化，甚至见不到新面孔的生活吧。每天从上午开始，母女俩就坐在堂屋的窗前做活儿。从欧也妮十二岁起就是这样，每天都坐在这里度过，每天都没有任何事情发生，窗外总是在固定的时刻经过同样的"哑角"：铁商、绳子商、盐商、邻里、女仆等等。每个礼拜去做一次弥撒，每天晚上总是罗多游戏。这种无声无息、与世隔绝、死气沉沉的生活，对于一个青春妙龄的姑娘来讲，该是多么难耐难挨，哪怕她生下来就习惯了这种生活。因此，某一天突然从天上掉下来一个堂弟，爱情就发生了。这表面看上去不无浪漫，实际上是必然的、注定的。在这冷冰冰的环境里，在这荒漠里，任何人的声音，人的动作，人的面孔，都必然像一颗石子投进平静的池塘，在欧也妮心里激起爱的波澜。如果没有堂弟出现，她会爱上格拉珊家的公子。在她那颗处女的心里爆发的爱情，发展得那样快，燃烧着一切，任何力量都无法阻止。这种特别动人的情形，巴尔扎克归结于一种现象，即念头的力量——唯一一种念头，唯一一种感情的力量支配的结果。

堂弟走了。为了他，欧也妮被父亲监禁而决不屈服。她无视父亲的惩罚和诅咒，盼望着，等待着。父亲去世后，她在巨额财富的重压下，在葛朗台公馆的礼俗束缚下，继续盼望和等待。那种唯一的感情，那种充斥她整个生命的感情，支配着她的思想、行为和对未婚夫的忠贞。顺便提一句，这种盼望和等待，正像巴尔扎克盼望和等待他那位美丽的波兰女士韩斯卡夫人一样。

作品里着重点明了：吝啬鬼葛朗台和一切野心家一样，是执着于一念的人。观赏、把玩和占有黄金，便是葛朗台最大的爱好。因此读者多半会认为，只有葛朗台是执着于一念的人。其实错了。前面的叙述说明，葛朗台的女儿欧也妮也是执着于一念的人，也是唯一的念头、任何力量都克服不了的唯一念头的牺牲品。这念头在她身上体现为对爱情的忠实和对往事的回忆。这念头与她父亲对黄金的迷恋一样，是很专制的。父女两个人有着同样的秉性，同样的活力，同样的无知，同样的本能，在生活中都执着于一念。所以，《欧也妮·葛朗台》并非像一般人认为的那样是一个悭吝人的故事，而是欧也妮·葛朗台的故事，即占据一生一世的一种情感的故事。

欧也妮在空虚寂寞中等待和盼望夏尔。她是在一种没有任何变故的浪漫恋爱故事中盼望和等待。事实上，《欧也妮·葛朗台》最显著的特点，也就是这篇小说没有变故。故事一开始，堂弟的到达以及欧也妮与他定情，似乎算得上一点变故。而后堂弟走了，岁月蹉跎，生活还是老样子。欧也妮积蓄的金币没有了，父亲大发雷霆。但很快复归平静，尽管她遭到幽禁。时光流逝，母亲去世，父亲归天。只剩下她孤单一人，守着巨大的产业，在孤寂中等待着。生活始终是同样的节奏，日复一日，时光荏苒，没有任何变化。每晚同样的聚会，同样的面孔，同样的内容。整个葛朗台公馆还是按照葛朗台生前所立的规矩在运转。即使有重大变故，也无声无息地消失在缓缓流逝的时间里。譬如，葛朗台本人的去世，只不过是时间流逝中一个几乎觉察不到的微波。突然，有一天得到了回音，堂弟已经回国，就要与另一个女人结婚。但这并没有给这里带来什么变化。整个故事，从头至尾几乎只有一个画面，一个相同的画面，背景一成不变。在这一成不变的背景下，一张张面孔衰老了，皱纹加深了，死亡来临了，但什么也没有改变。那栋老屋总是静悄悄的，毫无生气。在它的屋顶下，有过两种执着于一念的狂热，它们互不理解，支撑着两个相同而又陌生的人。而有一天，一切都完结了，爱情和等待全完结了。一切都枉然，一切都徒劳。我们的女主人公像个幽灵一样生活着。她甚至不再力求摆脱她已故父亲的阴影，她眼睛里不时流露出她父亲的目光，声音显得像她父亲的声音，遇到事情时装出她父亲若无其事的样子说："这事儿再说吧。"她的人生归于静止，归于厌弃。"她脸色苍白，显得平静而从容，声音温柔而深沉，言谈动作简单……她像过去那个可怜巴巴的欧也妮·葛朗台一样生活着。"巴尔扎克的不少作品都是这样结尾的：只剩下一个痴呆呆的修女，一张绝望而终于平凡了的面孔。正是从这个意义上讲，小说《欧也妮·葛朗台》仍属于《人间喜剧》系列，尽管它不尽符合这个系列的主旨。

献给玛丽亚

你的肖像是本书最美的点缀。但愿你的芳名在这里像经过祝福的黄杨枝，虽不知采自哪棵树，但肯定已被宗教圣化，永远翠绿，庇护家宅。

——巴尔扎克

欧也妮·葛朗台

外省某些城市里总有一些房屋，看上去像阴森幽暗的修道院，一派荒凉的旷野，或满目疮痍的废墟，给心境平添几分悲凉。或许，修道院的死寂、旷野的苍茫和废墟的破败，这类房屋都有一点吧。里面的生活起居无声无息，要不是街上一阵陌生的脚步声，引得窗口突然探出一张僧侣般呆滞的面孔，用黯淡无神的目光向外打量一眼，外来人还以为那是没人居住的空屋呢。索莫城里有栋住宅，外观就有这些凄凉的成分。它坐落在一条高低不平的街道尽头，那条街直通城里高处的古堡，如今已不大有人过往了。尽管夏天热，冬天冷，有些地方还挺阴暗，却还不乏特色：鹅卵石铺的路面，总是干爽清洁，回声清脆，街面狭窄又弯弯曲曲，而且它那些蜷伏在城根边的房屋，有着老城区那份宁静。三百余年的古宅，虽是木头结构，尚还坚固，而且不拘一格，十分别致，使得尚古思幽者和艺术家们，常在索莫老城这一带驻足流连。不管谁经过这些房屋前面，都不能不欣赏那些粗大的梁木，两头雕刻有稀奇古怪的图案，在大多数房屋的底层上面，形成一溜黑色的浮雕。这座房屋的横木上盖着青石板，单薄的墙上便现出一条条蓝线，木结构的屋顶已被岁月压弯，椽子禁不住日晒雨淋，早已朽烂翘曲。那座房屋的窗台已显得破旧发黑，上面精致的雕刻模糊难辨，又仿佛太单薄，穷苦的女工用土黄色的瓦盆栽了几棵石竹和月季搁在上面，都承受不住了。再往前去，有几家大门上钉有粗大的钉子，祖先们展示才华，在钉头上刻了一些象形文字，究竟代表什么意义，却永远没人搞得清。或者是一位新教徒表示信仰的符号，或者是神圣联盟[1]成员诅咒亨利四世的咒符。某个中产阶级人士在大门上刻有家徽，表示被人遗忘的祖辈是“贵族头面人物”，当过市政官员的，意在光耀门楣。从这一切中间可以看到整部法兰西的历史。有一幢房屋已摇摇欲坠，但灰泥抹的外墙还是留下了能工巧匠高超手艺的痕迹。隔壁是一座贵族宅第，石砌的拱形门楣上，祖传的纹章尚依稀可辨，但经过1789年以来震撼全国的历次革命的冲击，已经残破不堪。这条街上，做买卖的底层既不是小店铺，也不是货栈，熟悉中世纪习俗的人，会发现这里的情形像我们上辈的缝纫工场一样简陋朴素。低矮的店堂，没有铺面，没有陈列样品的货架，也没有橱窗，可是进深很大，黑黢黢的，里里外外没有一点装潢。大门分成实板的上下两截，粗糙地包上铁皮，上半截往里拉开，下半截有弹簧门铃，不断有人推进推出。这地窖般潮湿的店堂，全靠大门的上半截，或者拱形门楣、天花板和矮栏墙之间的空当，透进空气和光线。矮栏墙上面，装有结实的排门板，清晨卸落，夜晚装上，还有铁杠拴牢。那矮栏墙用于陈列本店的样品。这里也没有任何招徕顾客的玩意儿。样品的种类要看铺子是做哪类生意，或者摆两三桶盐和鳕鱼，或者摆几捆帆布和绳索，楼板的桁条上挂着黄铜丝，墙根放一排桶箍，或者柜台上摆几匹布。进去看看？一个白白净净、青春靓丽的姑娘，围着白围巾，露出白里透红的手臂，立刻放下手里的针织活儿，喊她的父母出来招呼客人。按照你的意愿，或许两个铜板的买卖，或许两万法郎的生意，那店主对你或冷淡，或殷勤，或不正眼儿瞧你，全凭

① 神圣联盟是16世纪法国的天主教联盟。

他的脾性。你看见一个做酒桶板材生意的商人，不停地转动着大拇指，坐在门口与隔壁店主聊天。表面看去，他只有做酒瓶架的劣质木板，两三捆板条，但码头上他的木材场堆着满满的木料，足可供应安茹地区所有箍桶商。他知道，如果葡萄丰收，他能卖掉多少桶板，估计的误差不会超过两块。一天艳阳可叫他发财，一场苦雨可令他破产；板材的市价，一个上午可以从十一法郎跌到六法郎。这一带像都兰地区一样，市面行情取决于天气的变化。葡萄园主、庄园主、木材商、箍桶匠、客栈老板、船行老大，大家都眼巴巴盼望晴天，晚上睡觉，唯恐明早起来听说夜里上了冻。他们怕雨，怕风，怕天旱，只盼天遂人愿，适时降雨，送晴暖，播云彩。天公与尘世利益之间，争斗永远不会间断。晴雨表叫人忽而愁容满面，忽而喜上眉梢，忽而笑逐颜开。这条街，这条索莫城从前的大街，从头到尾，家家户户口里说着："啊，好一个金子般的天气！"心里则打着算盘。邻居们都相互说："天上落金路易啦！"因为他们都知道，一阵阳光、一场时雨，会带来多少利益。晴好的季节，星期六才到中午，你就休想在这些诚实的店主铺子里买到一个铜板的东西了。每家都有一片葡萄园，一方园地，要到乡下去忙活两天。这里，买进、卖出、利润，一切都在预先的算计之中；生意人每天十二小时有十小时在笑嘻嘻地打哈哈，察言观色，飞短流长，不断打探商情。谁家的主妇买了一只竹鸡，邻居肯定要问她丈夫，那竹鸡是否炖得恰到好处。谁家的闺女往窗外探一下头，绝对逃不过一帮帮闲人的眼睛。所以讲，这里的良心都是露天的，就连那些深不可窥、黑乎乎、静悄悄的家宅，也藏不住秘密。生活几乎总在露天过。家家户户都坐在大门口，在那里吃中饭，吃晚饭，吵架拌嘴。打街上经过的人，没有一个不被评头品足。从前，一个外地人来到一座外省城市，每经过一家门口都要受到嘲笑。许多令人捧腹的故事，就是这么来的；擅长于市井笑谈的昂热人“多嘴多舌”的雅号，也是这么来的。这座古城的旧公馆，过去给当地乡绅们住的，全位于这条街的高头。我们要讲的这个故事，就发生在这样一座凄凉的旧宅里。这些旧宅是世道人心还朴实的年代的遗物，而如今在法兰西，这种淳朴民风是日渐式微了。沿着这条古色古香的街道，拐弯抹角地走去，每一个小小的坎坷都唤起思古之幽情，整个氛围让人禁不住浮想联翩。你会发现一个相当幽暗的凹处，这凹处的中央，就隐藏着葛朗台先生的公馆的大门。在外省，“公馆”这两个字的分量，不了解葛朗台先生的身世，你是掂量不出来的。

葛朗台先生在索莫城享有声望，其中的前因后果，没怎么在外省生活过的人，是没法完全明了的。葛朗台先生，还有些人称他葛朗台老爹，只不过这样称呼他的人都老了，人数也眼见着日益减少。他在1789年那会儿，是一个家道颇殷实的箍桶匠，识字断文，能写会算。法兰西共和国在索莫地区拍卖教会财产那年月，箍桶匠正当不惑之年，刚娶了一位板材富商的千金为妻。葛朗台拿了自己所有的现款和妻子的陪嫁，凑成两千金路易，直奔县府。将岳父给的四百金路易，往监督国有地产拍卖的那位粗暴的官员手里一送，就以极便宜的价格，虽不正当但却合法地买到了区里最好的几片葡萄园、一座老修道院和几块分成制租田。索莫城的居民本来就不怎么革命，在他们眼里，葛朗台老爹成了一个果敢的人，共和党，爱国派，热衷于新思潮的人，其实箍桶匠热衷的只是葡萄园。他被任命为索莫县政府的成员，他的温和做法，在政治上和商业方面，都对当地产生了显著的影响。政治上，他庇护前贵族，全力阻止拍卖流亡贵族的产业；商业方面，他向共和军供应一两千桶白酒，获得的回报，是某修道院一块肥沃的草场，原本留作最后一批拍卖的产业，划到了他的名下。执政府时期[①]，和事佬葛朗台当上了市长。他施政有方，葡萄园经营得更好。到了帝国时期，他成了白丁葛朗台先生。拿破仑不喜欢共和党人，有戴过红帽子嫌疑的葛朗台被免职，取代他的是一位大地主，此人有贵族身份，后来被封为第一帝国的男爵。丢掉了风光的市长职位，葛朗台毫不惋惜。他在任内以造福桑梓的名义，修了几条出色的路，直达他的田庄。他的房产和田产在丈量登记时得到很大优惠，所以只缴轻微的税。自从他各处的田庄登记之后，靠坚持不懈的悉心经营，他的葡萄园成了当地的“尖子园”。这个专门的形容语是指那些能生产极品佳酿的葡萄园。他简直配得到荣誉勋位勋章。

突变发生在1806年。其时葛朗台先生五十七岁，他妻子约三十六岁。他的独生女儿，即他们夫妻合法的爱情结晶，刚满十岁。大概上天见葛朗台丢了官，动了恻隐之心，想安慰一下他吧，这一年他连续得了三笔遗产。先是他丈母娘即拉贝特利埃之女拉戈迪尼埃太太的，然后是他太太的外公、年迈的拉贝特利埃先生的，最后是他自己的外婆让蒂叶太太的。三笔遗产数额多大，无人知晓。三位老人生前都爱钱如命，长期积攒金银，为的是私下里摩挲把玩。拉贝特利埃老先生把拿钱去放债称为挥霍，觉得把玩金银比放债获利更来得实惠。所以他们的积蓄究竟有多少，索莫城的人只能根据他们的不动产所得收益进行估算。于是，葛朗台先生获得了新贵的头衔，这是我们所酷爱的平等永远不会抹杀的。他成了本地区的“纳税首户”。他经营的葡萄园有

① 执政府产生于1799年的雾月政变，取代督政府，一直到1804年。

一百阿尔邦①，遇上丰年，可产葡萄酒七八百桶。他还有十三处分成制租田和一座老修道院。为了省钱，他把修道院的窗子、拱券和彩绘大玻璃窗统统用砖砌死，这还有利于这座建筑物的保养。此外他还拥有一百二十七阿尔邦草场，1793 年在上面所种的三千株白杨，正一年年长大。最后，他现在所住的房子也是自己的产业。这些都是他公开的财产。至于他手头的资金的数额，只有两个人知道个大概：一个是公证人克吕绍，替葛朗台放债的；另一个是索莫城最富有的银行家格拉珊，葛朗台审时度势，暗中从他那里分红利。老克吕绍和格拉珊尽管行事诡秘，守口如瓶——在外省这是赢得信任和发财致富的敲门砖——但对葛朗台仍免不了当众毕恭毕敬，阿谀奉承。从他们的这种态度，旁观者就可揣测前任市长必定财力雄厚。索莫城里，无人不相信葛朗台家里有一个金库，一个堆满金路易的密窟。传说他半夜三更必去欣赏那一大堆金子，快乐得难以形容。一般爱财如命的人都确信这绝非虚传，因为他们发现这老家伙的一双眼睛黄灿灿的，仿佛染上了黄金的光泽。凡是靠利滚利赚大钱的人，像色鬼、赌徒、溜须钻营之辈，眼神里定会流露出难以捉摸的习性，躲躲闪闪，贪得无厌，鬼鬼祟祟，绝对躲不过同道的眼力。在金钱迷住心窍的人眼里，这种无声的语言无异于帮会里的切口。葛朗台先生得到人们敬重，那是因为他这个人从来不欠任何人任何情分。而作为老箍桶匠和老葡萄园主，要为自己一年的收成准备一千个桶还是五百个桶，他像天文学家一样计算准确；投机事业从来没有失手过，酒桶的市价比酒贵的时候，他总是有酒桶出售，还会把酒藏起来，等到每桶涨到两百法郎再抛售，而一般小地主每桶

① 旧时的土地面积单位，按地域不同，一阿尔邦相当于二十至五十公亩，而一公亩为一百平方米。

一百法郎就销售一空了。1811 年少有的好收成，他明智地攥住不放，慢慢地卖出去，结果赚了二十四万法郎。讲起理财的本领，葛朗台先生像猛虎，像巨蟒，善于躺着、蹲着，久久地打量着猎物，然后猛扑上去，张开血盆大口般的钱袋子，往里面装金路易，接着就安安静静地躺着不动了，像吞食饱了的蛇，不动声色，沉着冷静，有条不紊地消化着食物。凡是看见他从自己面前经过的人，无不产生仰慕、尊敬而又惧怕的感情。索莫城的每个人，有谁没尝过被他的铁爪子利索地抓破的滋味？某人要买地，通过克吕绍先生来贷款，利息高达百分之十一；又有人拿了期票，到格拉珊那里去贴现，要扣除一笔惊人的利息。在索莫城里，市场上或夜晚街头巷尾的闲聊中，没有哪一天不提起葛朗台先生的大名。在有些人心目中，这个老葡萄园主的万贯家财，堪称梓里的骄傲。不止一个生意人或客栈老板不无自豪地对外来客说："先生，上百万家产的在我们这里有两三家，可是葛朗台先生呢，究竟有多少财产连他自己也搞不清！"1816 年，索莫城里最会算账的人估计，这老家伙仅地产就值四百万，而从 1793 年到 1817 年，他靠地产所得收益，平均每年不下十万法郎。由此推算，他所拥有的现金的数额，大抵与不动产的总值相当。所以，每当打完一局牌，又聊一会儿葡萄什么的，大家扯来扯去扯到葛朗台头上，好卖弄的人就会说："葛朗台老爹吗？……葛朗台老爹的家产该有五六百万吧？"这话要是给克吕绍或格拉珊听到了，他们就会搭腔道："你那脑瓜子真比我灵，这总数我从来都没摸透呢！"如果巴黎来的一个什么人提起罗思柴尔德或拉菲特那样的大银行家，索莫城的人就会问，他们是否像葛朗台先生一样有钱？要是那巴黎人不屑地付之一笑，回答说是的，他们便大眼瞪小眼，不相信地摇着头。如此巨额的财富给此公的一切行为披上了一件金子的外衣。即使当初他生活中有些怪异，表现遭到过嘲笑讥讽，这嘲笑和讥讽也早被淡忘了。葛朗台先生的一举一动，都具有铁定的权威。他的言辞、衣着、举手投足乃至眨眼睛，都成了当地的金科玉律。人人都研究葛朗台，像博物学家们研究动物本能的影响一样，竟至从他最微小的动作，悟出奥秘无穷、不可言传的智慧。譬如有人说："今年冬天一定苦寒，瞧葛朗台老爹都戴皮手套了，咱们该摘葡萄啦。"或者说："葛朗台老爹买进了许多做桶的橡木板，今年的酒一定高产。"葛朗台先生从来不买肉，不买面包。他的佃户们每星期都给他送来足够的食物：阉鸡、母鸡、鸡蛋、黄油、麦子等等，都是抵租的。他有一座磨坊租给人家，租户除缴租金之外，还要来他家拿一定数量的麦子去磨，磨好了再把面粉麸皮给送回来。他家唯一的老妈子，叫作长婆娜侬的，虽然上了年纪，每到周末还得做全家食用的面包。葛朗台与租种菜园子的菜农说好，由他们供应他家的蔬菜。至于水果，他自家果园里产很多，大部分还得拉到市场上去卖。取暖用的柴火，是从树篱里砍的，或者把地边朽了一半的老树伐倒，由佃户们锯成一段一段，装上大车，运进城，殷勤地搬进他家柴房里码好，讨声谢谢。人们所知道的他家的开销，无非是圣餐费、他太太和女儿的服饰费，以及教堂里座位的租金、家里的灯烛费、长婆娜侬的工钱、炊锅镀锡费、纳税、修缮房屋和各项经营费用。新近他又买了六百阿尔邦树林，托一位街坊的护林人看护，答应给他一点补贴。自从买了这片树林之后，他才吃上野味。此公言谈简朴，说话不多，发表意见时声音柔和，句子简短，好用格言。葛朗台在大革命年代开始变得引人注目，自那时候起，这老家伙每逢需要长篇大论，或者需要与人家讨论什么问题时，便立刻变得结结巴巴，使人家听起来吃力厌烦。这种口齿不清、语无伦次、连篇废话、思路凌乱、毫无逻辑，人家以为是缺乏教育所致，其实是装出来的。后面的故事中某些情节，就足以说明这一点。另外，凡是生活上和生意上遇到要处理和解决的难题，他总是搬出像代数公式一样固定不变的四句口诀："不知道，没办法，不行，再说吧。"他从来不说"是"或者"不是"，也从来不落下白纸黑字。你要和他说话，他冷冷地听着，右手托着下巴颏儿，胳膊肘儿支在左手背上，而且无论什么事情，一旦拿定主意，就不回头。任何一桩小生意，他都要盘算很久。经过一番巧妙的对谈，他就把对方的底细摸了个透，对方还以为没对他露半点口风。而临了他却说："这事儿还拍不了板，我得跟我太太商量一下。"他太太被他压得成了不折不扣的奴隶，在生意上却给他充当称心如意的挡风墙。他从来不上别人家，不吃请也不请客，凡事从不张扬，似乎什么都求节省，包括动作。一贯尊重所有权，所以绝不乱动人家的东西。不过，尽管他声音柔和，态度谨慎，然而箍桶匠的言谈和习惯还是会有所流露，尤其是在家里，不像在别的地方有那样多顾忌的时候。体格方面，葛朗台身高五尺，矮壮，横阔，腿肚子有一尺粗，膝关节鼓凸；肩膀宽阔，脸圆，黝黑，布满麻点，下巴笔直，嘴唇没有一丝曲线，牙齿雪白；一对眼睛透露出冷漠、贪婪的神色，一般人说那是蛇怪的眼神；额头布满横向皱纹，有一些意味深长的凸起；黄色的头发露出了灰白，一些不知道深浅的年轻人拿葛朗台老爹寻开心，说他的头发是金子里掺白银；鼻尖肥大，顶着一个带红筋的肉瘤，一班下作的人不无道理地说，那里面包藏着一团刁钻的玩意儿。这副脸相显示出一种危险的精明，一种冷酷的诚实，显示出这个人的自私自利。他习惯于把自己的全部情感集中于吝啬的乐趣，集中于唯一一个在他心里具有分量的人，即他的女儿、他唯一的继承人欧也妮。从态度、举止到行为方式，总之他身上的一切，都显示出他的自信，这正是他事业上总能获得成功的习惯使然。所以，葛朗台先生虽然表面上平易随和、优柔寡断，但骨子里有着铁石般强硬的性格。他的穿着一成不变，谁1791年看见他是什么装束，如今会看见他还是那样的装束。笨重的皮鞋，鞋带也是皮做的；四季都穿一双呢袜，一条带银扣的短裤，一件黄褐两种颜色相间的条绒马甲扣得一丝不苟，外面套一件下摆宽大的栗色外套，系一条黑领带，戴一顶宽檐帽。他的手套跟警察的手套一样结实，可用一年零八个月，为了保持干净，每次摘下来后，总一丝不苟地搁在帽檐上的同一个地方。关于这个人物，索莫城的人知道的就这么多。

索莫城的居民能够出入葛朗台府上的，只有六位。前三位中最重要的是克吕绍先生的侄子。这个年轻人自从当上索莫城一审法庭的庭长之后，在本姓克吕绍之后又加了一个彭峰的姓氏，并且竭力让彭峰比克吕绍更引人注目。他的签名已经改为克·德·彭峰了。哪个律师如果不太谨慎还是叫他克吕绍先生，庭讯的时候准会立刻后悔自己的愚蠢。这位法官对称他“庭长先生”的人，会给予庇护，而对叫他“彭峰先生”的人，更会报以满面春风的微笑。庭长先生现年三十有二，拥有彭峰田庄，每年可获七千法郎进款，还等待着继承两个叔父的遗产：一个是克吕绍公证人，另一个是克吕绍神父——图尔城圣马丁教堂教务会的重要成员。这两个人据说都相当有钱。三个克吕绍，得到众多房族的支持，在本城有姻亲关系的又不下二十家，与从前佛罗伦萨的梅迪契家族一样，俨然结成了一个党。而且正如梅迪契家族一样，克吕绍叔侄也有他们的敌党。格拉珊太太有一个二十三岁的儿子，她很热心地三天两头来陪葛朗台太太打牌，希望自己心爱的阿道尔夫能够把欧也妮小姐娶到手。银行家格拉珊先生对妻子的筹谋全力支持，经常暗中给老财迷一些好处，而且总能及时赶到战场上。格拉珊一家三口也有自己的同党、房族和忠实盟友。克吕绍家族方面，神父是家族的塔列朗[①]，有当公证人的兄弟做后援，激烈地同银行家的太太争夺地盘，力图让自己当庭长的侄儿能得到葛朗台的大笔遗产。克吕绍和格拉珊两家这场明争暗斗，目标是要把欧也妮·葛朗台娶到手，引起了索莫城各个阶层的莫大兴趣。葛朗台小姐终将嫁给谁呢？是嫁给庭长先生还是阿道尔夫·德·格拉珊？对于这个问题，有些人的答案是，葛朗台先生不会把女儿嫁给这两人中的任何一个。据他们说，老箍桶匠可是野心勃勃，想找一个贵族院议员做女婿。凭他三十万法郎年金的陪嫁，谁还会把他过去、现在和将来做箍桶生意当回事呢？另一些人反驳说，格拉珊夫妇是贵族世家，广有钱财，阿道尔夫又是位风流倜傥的对象，这样一门风光的亲事，一定能叫出身低微、索莫城里人人见他做过酒桶而且还戴过“红帽子”的人心满意足，除非他胸有成竹，有个教皇的侄子在等着做他的乘龙快婿。然而老于世故的人提醒说，克吕绍·德·彭峰先生随时可出入葛朗台家，而他的对手只是星期天才登门。一些人认为，比起克吕绍家的人，格拉珊太太与葛朗台家的女眷们更接近，能够给她们灌输一些想法，迟早会获得成功。另一些人则认为，克吕绍神父是世间最巧言令色的人，女人与出家人斗法，正好旗鼓相当。所以索莫城有个才子说：“他们棋逢对手。”本城更知根知底的老辈们则断言，葛朗台夫妇那样精明透顶的人，绝不会让肥水流进外人田，索莫城的欧也妮·葛朗台小姐，准会嫁给巴黎的葛朗台先

---

① 塔列朗（1754—1838），法国政治家、外交家，在法国大革命时期、拿破仑时期、波旁王朝复辟时期和路易·菲利普时期都任过高官。早年曾任兰斯圣丹尼隐修院院长。

生、一个富裕的葡萄酒批发商的儿子。针对这种看法，看好克吕绍家和看好格拉珊家的人不以为然，说：首先，葛朗台老哥儿俩三十年来没见过两次面。其次，巴黎的葛朗台先生对自己的儿子抱有很高的期望。他本人是巴黎某区的区长兼议员，又是国民卫队上校、商业法庭法官。他不承认索莫城的葛朗台同自己是本家，企望与受拿破仑宠爱的某个公侯攀上亲家。对于这样一个大家闺秀，方圆七八十里人们议论纷纷，甚至从昂热到布洛瓦的驿车里，说什么的都有。1818 年初，有一件事让克吕绍派明显占了格拉珊派的上风。素以大花园、美丽的古堡、田庄、河溪、池塘和森林引人注目的弗洛瓦枫地产，价值三百万法郎，年轻的弗洛瓦枫侯爵需要筹集资金，不得不计划把它卖掉。但克吕绍公证人、克吕绍庭长和克吕绍神父，在同道们的帮助下，设法打消了侯爵分成小块出售的念头。公证人告诉他，分小块出售，要与各投标人没完没了地打官司，才能把所有小块所卖的钱收齐，不如整个儿卖给葛朗台先生，他吃得下，而且能付现钱。这样公证人便与年轻的侯爵达成了一桩不可多得的买卖。弗洛瓦枫那块美丽如画的侯爵封地，便这样送进了葛朗台先生嘴里。这回让索莫城的人惊讶了：手续办完之后，葛朗台打了些折扣，居然把购田款一次付清了。这件事在南特和奥尔良都引起了轰动。葛朗台先生趁便搭了一辆人家回家的大车，去看他那座古堡。他以主人的眼光看了一遍这片产业，回到索莫城里，深信这笔投资等于放出了一笔可得五厘利息的贷款。他产生了一个宏伟的想法，决计扩大弗洛瓦枫侯爵封地的规模，把自己的全部不动产都并进来。随后，为了把几乎出空了的金库重新填满，他决定砍伐自己的全部树木和森林，连草场上的白杨也当木材卖掉。

现在不难明白“葛朗台公馆”这个叫法的分量了吧。这座公馆朴实无华，冷清清，静悄悄，坐落在索莫城的高头，旁边就是倒塌的城墙。两根廊柱和门洞上的拱顶，与整座房子一样，都是用石灰华建造的，这是卢瓦尔河畔特产的一种白色岩石，质地松软，一般难用二百年。严寒酷暑使得门洞的拱顶和侧壁上，出现了无数大小不一、形状奇特的洞眼，颇像法兰西建筑中常见的布满虫迹装饰的石料结构，又有几分像监狱的大门。拱楣上是一块质地坚硬的条石刻出的浮雕，代表四季的图案已经剥蚀发黑。浮雕上面，突出一块覆盖接缝的石板，上面长了一些随风扎根的植物，如发黄的墙草、牵牛花、旋花、车前草，还有一株小小的樱桃树，已长得相当高了。实心橡木门呈褐色，干燥得到处是裂纹，表面看去单薄，实际上很坚固，因为有一排排构成对称图案的螺钉钉住。独扇的门扉中央开了一个装铁栅的四方形小洞，排得很密的铁条锈得发红，上面正好可挂一个铁环，铁环吊一个敲门锤，敲下来刚好落在一个大铁钉仿佛龇牙咧嘴的钉头上。这个椭圆形的锤子，与我们的祖先称为小鬼头的钟锤相仿，其实像一个粗大的感叹号。好稽古的人仔细观察，就会依稀看出过去上面是张小丑的面孔，只是长年敲来敲去，已经敲得光溜溜的了。那个铁栅小洞，在过去内战的年代，是用来窥看访客是敌是友的。现在好奇的人，可以通过铁栅，望见里面黑乎乎、绿茸茸的穹拱尽头，有几级已经损毁的台阶，拾阶而上就进到一座花园里，厚而潮湿的围墙，到处有渗水的印痕，上面长了一丛丛纤弱的杂树，倒也不失为一处景致。这墙原本是城墙的一段，相邻几家就便做了花园的围墙。楼下最重要的房间是“堂屋”，它的门正对着大门。在安茹、都兰、贝里等地的小城市，堂屋的重要性很少有人了解。它同时是穿堂、客厅、书房、上房、餐厅，是日常生活的中心，全家共用的起居室。小区的理发匠每年来给葛朗台先生剪两次头发是在这里；佃户们、神父、专区区长、磨坊伙计登门造访，也是在这里。这间堂屋有两扇临街的窗户，四壁从上到下铺满灰色的护墙板，下面是老式的线脚，顶板上露着梁，也漆成灰色，梁之间的楼板刷着白漆，已经发黄。一座老式黄铜挂钟，上面镶嵌着螺钿图案，点缀着刻工粗糙的白石面壁炉台。壁炉上挂了一面青幽幽的镜子，磨成斜面的边显示出镜子的厚度，将一丝丝反光映在哥特式的镂花钢框上。壁炉台的两角各有一座金晃晃的多枝铜烛台，作为摆设；它们还有一种用途，拿掉玫瑰花瓣形的托盘，把主杆插进镶黄铜的浅蓝色大理石座子，便成为一个单枝烛台，供日常使用。老式的座椅包着绒面，上面绣有拉封丹寓言的图案，但没有这方面知识的人，很难看出是什么内容，因为颜色褪尽，而且补丁摞补丁，图案已看不清楚。堂屋四角有角柜，作餐橱之类用途，上面还有几块油腻的搁板。两扇窗户之间的板壁下面，摆了一张细木镶嵌的牌桌，桌面上画有棋盘。桌子上方，挂有一只椭圆形晴雨表，黑框四周装饰着金漆的木刻花边，只是苍蝇肆无忌惮地在上面叮来叮去，金漆也没多少金色了。壁炉对面的墙上，挂着两幅水粉画肖像。据说一个是葛朗台太太的外公拉贝特利埃老先生，身穿法兰西卫队中尉衔军服；另一个是已故的让蒂叶太太，装扮成牧女状。两扇窗户挂着图尔的红色横棱绸窗帘，两旁由带大坠子的丝带吊起。这种讲究，与葛朗台家的习惯很不协调，原来这些是这所房子买进来时就有的，包括镜框、座钟、绒绣面座椅和红木角柜。靠门的窗户下面，放有一把草垫椅子，椅脚下面还加了一块垫板，好让葛朗台太太坐在椅子上能看见街上的行人。窗台下的空间，刚好放一张褪了色的樱桃木女红台子，台旁是欧也妮·葛朗台的小靠椅。十五年来，每年从 4 月份到 11 月份，母女俩总坐在这个地方安静地打发日子，手里总拿着针线活儿。11 月 1 日，她们才可以坐到壁炉旁边过冬。只有到这一天，葛朗台才允许在堂屋里生火，到 3 月 31 日就熄灭，春寒也好秋凉也好，根本不予考虑。长婆娜侬想方设法从厨房的灶膛里拨出一些火炭，生上一个脚炉，让太太和小姐抵御 4 月和 10 月早晚的寒意。全家的内衣被服都由母女俩缝制补缀，她们整日尽心竭力地做着这种地道的女工活儿。欧也妮想给母亲绣一条细布绉领，不得不挤出睡眠时间来做，还得找借口向父亲骗取蜡烛。长年以来，女儿和长婆娜侬所用的蜡烛，都由吝啬鬼分发。同样，日常消费的面包和其他必需品，也由他分发。

能够忍受得了主人那种专制的，也许只有娜侬一个人。全城的人无不羡慕葛朗台夫妇有这样一个老妈子。大家叫她长婆娜侬，因为她身高五尺八寸。她在葛朗台家做女仆已经做了三十五年。虽然一年的工钱只有六十法郎，但她已被认为是索莫城最有钱的女仆了。一年六十法郎，三十五年积攒下来，最近总共攒足了四千法郎，存到公证人克吕绍那里做养老金。长婆娜侬长年坚持不懈地节省的成果，显得挺可观。所有女仆看到这个六十岁的老妈子老年不愁吃了，无不眼热。然而她们没有想到这笔血汗钱是做牛做马换来的。这个可怜的老姑娘，直到二十二岁还没找到接受她做事的人家，因为她的长相实在让人反感。这种看法其实很不公正，她那张脸如果安到一个掷弹兵的脖子上面，准会受到人家称赞，只不过据说凡事都讲究个相合。她先是在一家农庄放牛，那农庄遭了火灾，她不得不离开，凭着天不怕地不怕的倔强和勇气，跑到索莫城来找事做。那时，葛朗台老爹正想娶亲，已经打算购置家用器具了，注意到这个挨家挨户遭冷眼的女孩子。他以一个箍桶匠的目光判断一个人的体力，那准是错不了的。

他知道这姑娘的利用价值：她那个头就像大力士，站在那里宛如一棵六十年的大橡树牢牢地扎根在大地上，背阔腰圆，一双车夫般的粗手，有着无可挑剔的诚实，正如有着纯洁无瑕的贞操。那张具有阳刚气质的脸生满了疣，紫膛膛的肤色像出窑的砖头，双臂青筋暴突，衣衫褴褛不堪。娜侬的这外表并没有吓退箍桶匠，尽管那时他还处于心旌摇荡的年纪。他给可怜的姑娘衣服鞋袜，供她吃住，付她工钱，又不过分粗暴地使唤她。长婆娜侬看到自己得到这样的待遇，快活得偷偷地哭了，就忠心耿耿地为箍桶匠卖命，而箍桶匠则把她当家奴一样使唤。娜侬包办一切：做饭，打扫卫生，去卢瓦尔河里洗衣服，洗完了放在肩头上扛回来；天亮起床，深夜才睡；收摘葡萄的季节，料理所有短工的饭食，还监视偷捡葡萄的人，像一条忠实的狗保护着主人的财产。总之，她对主人盲目信从，不管主人动了多么荒唐古怪的念头，她都毫无怨言地照办。1811 年，年成特别好，采摘葡萄空前辛苦，葛朗台发狠把一块旧表赏给了娜侬。那是在他家做了二十年工的娜侬，从他那里得到的绝无仅有的一件礼物。尽管他把穿旧了的鞋子也赏给她（她穿倒还合脚），但每过三个月才赏的鞋子已破旧不堪，称不上礼物了。可怜的老姑娘一无所有，变得十分吝啬。久而久之，葛朗台像喜欢一条狗一样喜欢上她了。而娜侬心甘情愿让他把带刺的项圈套在自己脖子上，也不觉得那刺扎得疼了。葛朗台分面包时切得太薄，她绝不抱怨；她愉快地赞成全家人严格节制饮食，从而带来卫生方面的好处，确实也从来没有人生病。再说娜侬已成为这个家庭的一分子：葛朗台笑，她也笑；她跟主人一起发愁、挨冻、取暖、干活儿。这种平等包含了多少温馨的补偿！这个女仆在果树下摘几颗杏子、酸枣、李子或油柿，主人从来不责备她。逢上果子把树枝压弯，佃户们不得不拿了喂猪的年成，主人还会对她说：“吃吧，娜侬，尽管吃。”这个年轻时受尽虐待的乡村老姑娘，这个被人家发善心收留的穷苦女人，看到葛朗台老爹那种叫人捉摸不透的笑，不啻看到了一道阳光。况且，娜侬心地单纯，头脑简单，只容得下一种情感，一个心眼。三十五年来，她眼前时时浮现出自己站在葛朗台老爹的工场前面，光着脚，衣衫褴褛，听见箍桶匠对她说：“你要什么，好孩子？”她心中的感激之情始终像年轻时一样。有时葛朗台想，这可怜的女人从来没听到过一句奉承话，也不知道女人能引发什么样的温情，将来有朝一日被召到上帝面前，保准比圣母玛丽亚还要贞洁。想到这里，葛朗台不禁动了恻隐之心，望着她说了句：“这可怜的娜侬！”老妈子听了这声感叹，总要用难以形容的目光看他一眼。不时发出的这一声感叹，久而久之形成了一条连绵不断的友谊之链，每感叹一次，就往这链子上增加了一个环。出自葛朗台心坎的这种怜悯，固然让老妈子感激涕零，但不知为什么总有点让人毛骨悚然的成分。这种吝啬鬼铁石心肠的怜悯，在老箍桶匠心里唤起了许多得意之处，而对娜侬来讲却是她的全部幸福。“可怜的娜侬！”这样的话谁不会说？只有上帝才能从声音的抑扬顿挫和语气中奥妙的怜惜，判断说话的人是否真是天使。索莫城有许多家庭对待仆人要好得多，然而没有一个仆人对主人表示满意的。于是产生了这样的议论：“葛朗台夫妇究竟怎样待长婆娜侬的，能让她这样忠心耿耿，简直肯为他们赴汤蹈火？”他们家的厨房临院子，窗上装有铁栅，总是干干净净，一尘不染，冷冰冰的，地道一个守财奴的厨房，在这里没有丁点儿东西被糟蹋。娜侬洗完碗盘，收拾好剩菜剩饭，熄掉灶火，便来到与厨房隔一条过道的堂屋，在主人们身旁坐下绩麻。这样，晚间全家点一支蜡烛就够了。老妈子睡在过道尽头一间小黑屋里，只有一个墙洞漏进一点光线。亏得她身子骨结实，睡在这样一个窝里居然没落下什么毛病。在那里，她可以谛听日夜静悄悄的整座房子里的任何动静。她俨然是一条看家狗，竖起耳朵睡觉，歇息时不误守夜。

这座公馆的其余部分，将会随着故事的展开加以描述。不过，对于整个家最讲究的堂屋的简略描写，想必已使人预先想到楼上各房间的寒碜了。

1819 年 11 月中旬一天傍晚时分，长婆娜侬第一次生上火。这年秋季天气十分晴和。这一天是克吕绍和格拉珊两个家族的人铭记于心的节日。敌对双方六个人，全副武装相会于葛朗台家的堂屋，准备交一交手，看谁与这家情谊更深厚。早上，全索莫城的人都看见葛朗台太太和小姐，后面跟着娜侬，去堂区教堂做弥撒，大家都记起这一天是欧也妮小姐的生日。所以，克吕绍公证人、克吕绍神父和克·德·彭峰先生，算准了葛朗台该吃完晚饭的时候，急忙抢在格拉珊一家前面，赶来向葛朗台小姐祝贺生日。三个人每人捧一大束鲜花，都是从自家的小暖房里采摘的。庭长预备送的那束，花梗上精巧地裹上白缎带，还饰有金色穗子。葛朗台先生照例像往常欧也妮过生日和圣名瞻礼日一样，一大早就出其不意来到她的床前，郑重其事地把父亲的礼物送给她。那礼物十三年来都一样，是一枚稀罕的金币。葛朗台太太则根据女儿过的是什么节日，一般都是送一条冬天或夏天穿的裙子。这两条裙子加上父亲在元旦和他自己的圣名瞻礼日[①]赏的金币，使得她每年都有一笔小小的收入，数额大约一百埃居[②]。看

① 按西方习俗，教徒都以圣徒的名字命名。凡自己取名的圣徒的纪念日，称为圣名瞻礼日。

② 法国旧时钱币名，种类很多，价值不一，如是五法郎一枚的，一百埃居就等于五百法郎。

到她积攒钱，葛朗台心里欢喜。这不等于把他的钱从一个银箱存放进另一个银箱嘛，而且等于手把手教会自己的继承人吝啬。他不时盘问一下女儿的积蓄的数额，其中有一部分是拉贝特利埃夫妇送的。盘问的时候他总是说："这可是你出嫁时的压箱钱啊。""压箱钱"是一种古老的习俗，在法国中部一些地区得到很好保持，依然盛行。例如，在贝里、安茹一带，姑娘出嫁，娘家或婆家要给她一个钱袋，里面装着十二枚或十二份十二枚抑或十二份一百枚金币或银币，多少依家境而定。最穷的牧羊女出嫁也不能没有压箱钱，哪怕是用铜板充数。相传伊苏屯一个富家千金出阁，不知是娘家还是婆家给的压箱钱，是一百四十四枚葡萄牙金币。至今还有人谈论这件事呢。卡特琳·德·梅迪契嫁给亨利二世时，她的叔叔教皇克莱芒七世送给她十二枚价值连城的古代金质勋章。晚饭时，父亲看到欧也妮穿了新裙子格外漂亮，满心欢喜，扯着嗓门说道：

"既然今天是欧也妮的生日，咱们生上火吧！讨个吉利。"

"小姐今年准要成亲。"长婆娜侬这样说着，一边收拾吃剩的鹅肉——箍桶匠家餐桌上的山珍。

"我看索莫城里找不到适合她的对象。"葛朗台太太接过话茬儿说道，同时怯生生地朝丈夫看一眼。那神情说明这可怜的女人尽管已这把年纪了，竟是忍气吞声，完全受丈夫统治的。

葛朗台端详着女儿，快活地大声说：

"这孩子今天二十三岁啦，该是咱为她操心的时候了。"

欧也妮和母亲心照不宣地相互看一眼。

葛朗台太太是个干瘦的女人，皮肤蜡黄像个木瓜，举止笨拙迟缓，像个天生受虐的女人。她大骨骼，大鼻子，大额头，大眼睛，乍一看上去，有点像那种失去香味的水分、嚼起来如同棉花球的果子。发黑的牙齿已所剩无几，嘴巴四周布满褶皱，下巴颏像只木底鞋往上翘起。一个极好的女人，不愧是拉贝特利埃家的后代。克吕绍神父善于找机会对她说，当年她长得不错。这话她觉得中听。她像天使一样性情温柔，像被孩子们捉弄的虫子一样听天由命，罕有的虔诚，心境秋水般平静，秉性善良，这一切令所有人都对她抱着同情和敬重。丈夫给她的零花钱，每次从不超过六法郎。这个女人虽然长相可笑，但她通过自己的陪嫁和所继承的遗产，给葛朗台老爹的家底增添了三十万法郎。然而她始终觉得自己像是寄人篱下，给人为奴似的，私下里非常自卑。可是她温顺的天性不允许她反抗，既从来没有要求过一分钱，对克吕绍公证人让她签署的文件也从来没有提出过异议。正是这种愚不可及的私下的自卑，这种一直不为葛朗台理解反而不断受到他伤害的高尚心灵，支配着这个女人的行为。葛朗台太太长年穿一件绿得泛白的利凡得绸连衣裙，而且习惯于一穿就是一年，披一方宽大的白色棉围巾，戴一顶手缝的草帽，身前总系一条黑色塔夫绸围裙，极少出门，鞋子挺省。总之，她从没想过为自己添置什么。有时，葛朗台想起自上次给太太六法郎已经过去很长时间了，不免有些过意不去，便在出售当年收成的契约里为太太规定一笔好处费，要购买葛朗台家葡萄的荷兰人或比利时人为他太太破费四五枚金路易。这就是葛朗台太太一年收入中最可观的一笔了。可是，当那五个金路易到了她手里，她丈夫似乎认为他们的钱是合在一起花的，常常对她说："你可以借给我几个子儿吗？"这可怜的女人想起忏悔师说丈夫是老爷和主子，便以能为他做点什么而喜在心头，整个冬天要从那笔好处费里掏出好几个埃居给他。葛朗台每月掏出一百苏给女儿，作为买针线脂粉之类的零用钱，把钱袋子扣上之后，总不忘问自己女人一句："你呢，孩子他妈，你想要点什么吗？”

“亲爱的，以后再说吧。”葛朗台太太答道，因为她顿时感到了做母亲的尊严。

这种高尚有什么用！葛朗台自以为对太太慷慨得很呢。哲学家们要是遇到了像娜侬、葛朗台太太、欧也妮这等女人，不是颇有理由认为，上帝的秉性其实就是爱嘲弄人吗？晚餐后，由于今天是头一回提起欧也妮的婚事，娜侬便去葛朗台先生房里拿了一瓶惠醋栗酒，下楼的时候险些摔了一跤。

“大笨蛋，”主人骂道，“你也会像别人一样栽斤斗吗？”

“先生，是你的梯子这一级松啦。”

“她说得对，”葛朗台太太说道，“你早该修啦。昨天欧也妮差点儿扭伤了脚。”

“来，”葛朗台见娜侬脸色煞白，便对她说，“既然今天是欧也妮的生日，你又差点跌了一跤，过来喝杯酒压压惊吧。”

“说真的，这瓶酒算是我赚回来的，”娜侬说道，“换了别人早摔碎啦。我呢，宁愿摔断脖子，也要把酒瓶举得高高的不让它摔碎。”

“这可怜的娜侬！”葛朗台一边给她倒酒，一边这样说了一句。

“摔疼了没有？”欧也妮关心地望着娜侬问道。

“没有。我腰一挺就站住了。”

“好吧，既然今天是欧也妮的生日，”葛朗台说，“我就替你把那级梯子修一修。你们哪，就不会拣那个还结实的角上落脚。”

葛朗台拿了蜡烛，到烤面包房里去找木板、钉子和家什，留下妻子、女儿和老妈子在那里，连灯光也没有，只有壁炉里熊熊燃烧的火苗在闪光。

“要帮手吗?”娜侬听见他在楼梯上敲打，大声问道。

“不要，不要！这个我在行。”老箍桶匠答道。

正当葛朗台亲自修理虫蛀的梯级，一边想起年轻时的往事，尖声地吹着口哨时，克吕绍叔侄三个来敲门了。

“是克吕绍先生吗?”娜侬凑在小铁栅上朝外望一眼问道。

“是我。”庭长回答。

娜侬打开大门。壁炉里的火光映亮了门洞，三位克吕绍总算看清了堂屋的门在什么地方。

“啊，你们是来祝贺生日的。”娜侬闻到花香，说道。

“对不起，诸位，”葛朗台听出了客人的声音，大声说道，“我就来。不怕见笑，我正在自己修理损坏的楼梯踏板呢。”

“忙你的吧，葛朗台先生，忙你的吧。烧炭工在家也是市长[1]啊。”庭长用谚语打趣道，说罢独自笑了，为没人听出他将谚语改了两个字而自鸣得意。

葛朗台太太和小姐起身迎客。庭长趁堂屋里没有灯光，对欧也妮说：

“小姐，今天是你生日，我祝你年年幸福，岁岁安康。”

他献上一大束索莫城里少见的鲜花，然后抓住女继承人的肘弯，在她的脖子上一边亲一下，那股殷勤劲儿让欧也妮好不羞臊。这庭长毛手毛脚的像颗生锈的大钉子，以为这就叫求爱了呢。

“别拘束啊，庭长先生，”葛朗台回到堂屋里说道，“就像平常的喜庆节日一样嘛。”

“舍侄跟令爱在一块，”克吕绍神父捧着花束插嘴说，“他觉

① 法语谚语：烧炭工在家也是主人。由于法语里“主人”和“市长”音近，而葛朗台当过市长，所以克吕绍庭长故意这么说，以博得好感。

得天天都是喜庆节日哩!”

神父说罢亲了一下欧也妮的手。克吕绍公证人则老老实实亲了亲姑娘的面颊，还一边说：“岁月催人啊，十二个月一晃又大一岁了。”

葛朗台将蜡烛放回座钟前面。他这个人只要觉得一句开玩笑的话有趣，就会三番五次不厌其烦地重复。他接过公证人的话说：

“既然今天是欧也妮的生日，咱们让所有烛台都放光明吧!”

他小心翼翼地摘下枝形大烛台的分枝，给每个座子安上托盘，从娜侬手里接过一支卷在纸里头的新蜡烛，插在座子的洞里，摸一摸稳了，才点燃，来到太太身旁坐下，把三个客人、女儿和两支蜡烛挨个儿打量一遍。克吕绍神父矮小肥胖，浑身是肉，套着扁平的棕红色假发，有一张爱赌钱的老太婆那样的脸，穿一双带银搭扣的结实的皮鞋，将双脚往前伸了伸，问道：

“格拉珊家的人没来吗?”

“还没来。”葛朗台答道。

“他们会来吗?”老公证人那张满是麻坑像个漏勺似的脸扮了个怪相，问道。

“我想会来的。”葛朗台太太回答。

“你们家葡萄收完了吗?”德·彭峰庭长问葛朗台。

“全收完啦!”老葡萄园主说着起身在堂屋里踱起步来，像是要表达说“全收完啦”这句话的自豪感，挺了挺胸。从通向厨房的过道的门望过去，他看见长婆娜侬坐在火炉前，还点了支蜡烛，正准备绩麻，有意不来打扰主人们过节。他顺着过道走过去，说：

“娜侬，你能不能熄灭灶火和蜡烛，上我们这里来?真是的，堂屋这么大，还怕挤不下吗？”

“可是，先生，你那里有贵客啊。”

“你哪点不如他们吗？他们像你一样，也是上帝用亚当的肋骨创造的[①]。”

葛朗台回到庭长身边问道：

“你家所收的葡萄都卖了吗？”

“没卖。老实说，我有意留着，如果说现在葡萄酒行情不错，两年后准会更好。你知道，葡萄园主们都发誓要保持约定的价格。今年比利时人休想占我们的便宜啦。哼！他们这回不买就走了，准还得再来。”

“对。不过，咱们要坚持才成。”葛朗台说话的语调让庭长心头一愣，他想：

“他是不是要成交了呢？”

这时，一声门锤通报格拉珊一家三口来到。葛朗台太太和神父之间刚开头的交谈给打断了。

格拉珊太太是那种矮小活泼的女人，胖乎乎的，白里透红，多亏了外省修道院式的饮食制度和恪守妇道的生活习惯，已是四十岁的人还显得年轻。这种女人宛如花季末的玫瑰，花瓣已透出一种难以言状的冰冷，香味儿也淡薄了。她衣着相当讲究，款式都是从巴黎弄来的，给索莫城提供了时装的标准。她的家中晚上经常有聚会。她丈夫当过帝国禁卫军的军需官，在奥斯特里茨一役中身负重伤，退役在家，对葛朗台虽敬重，但显然还保持着直言不讳的军人本色。

“你好哇，葛朗台。”他说着向葡萄园主伸出手，像往常一样

① 据《旧约·创世记》载，上帝按照自己的形象创造出第一个男人亚当，是为人类始祖。上帝见他独居可怜，便用他的一条肋骨创造出一个女人，名叫夏娃，为亚当之妻，众生之母。

端出一副比克吕绍一家人优越的架子。他向葛朗台太太打过招呼之后，又对欧也妮说："小姐，你总是这样美丽贤淑，说实话，我真不知道该如何祝颂你呢。"说着他从跟班手里接过一个小礼盒送给欧也妮，礼盒里装着一株好望角石南花。这是新近才引进欧洲的一种花，极为稀罕。

格拉珊太太非常亲热地拥抱了欧也妮，握住她的手说：

"我也有一点小意思，由阿道尔夫代我献给你吧。"

一个小伙子，高高的个儿，金黄的头发，面色苍白，体质单弱，举止相当文雅，表面上很羞怯。他在巴黎学法律，除膳宿之外，最近居然花掉了近万法郎。他走到欧也妮面前，亲了亲她的双颊，送上一个整个儿镀金的针线匣。这匣子上面有考究的纹章，代表欧也妮姓名的两个哥特体字母E. G. 刻得相当不错，但这是一件地道的水货。欧也妮打开匣子，感到万分惊喜，那是让女孩子脸红、心跳、高兴地发抖的惊喜。她扭头看看父亲，似乎想问他可不可以收下这份厚礼。葛朗台说一声："收下吧，孩子。"那语调简直能使一个演员走红。这位年轻的女继承人像得了无价之宝似的，用热烈兴奋的目光盯住阿道尔夫·德·格拉珊，令旁边的克吕绍叔侄三人目瞪口呆。格拉珊先生抓了一撮鼻烟递给葛朗台，然后又捏一点塞进鼻孔里，抖了抖落在蓝色上衣的荣誉勋团勋章扣眼旁的烟草末，抬起眼皮瞅一眼克吕绍叔侄，那神气仿佛说："我这一招你们抵得住吗？"格拉珊太太是一个爱讥讽的女人，却装出一副真诚的样子，把蓝色花瓶里克吕绍叔侄送的鲜花打量一番，想看看他们还送了什么礼物。在这种微妙的气氛下，克吕绍神父离开围坐在壁炉前的众人，与葛朗台一同踱到堂屋里端。两个老头儿踱到离格拉珊太太最远的窗前时，神父附到守财奴耳边说道：

“这些人简直是把钱往窗外扔！”

“有什么关系，反正他们扔的钱落进了我的地窖。”

“你吗，就是打把金剪刀送给闺女，也是打得起的。”神父说。

“我要送给她的东西可比金剪刀稀罕。”葛朗台答道。

“我那个侄子真是个笨蛋，”神父心里想着，望一眼庭长，发现他乱蓬蓬的头发把一张黄得发黑的脸衬托得更难看了，“他就不会想出一个有点意思的小花招？”

“我们陪你打牌吧，葛朗台太太。”格拉珊太太说道。

“今天大家都到齐了，可以开两桌……”

“今天既然是欧也妮的生日，”葛朗台老爹说，“你们何不全体玩罗多游戏，让两个孩子也参加。”老箍桶匠说着指一指女儿和阿道尔夫，他自己从来什么游戏也不参加的。“过来摆桌子，娜侬。”

“我们帮你摆，娜侬小姐。”格拉珊太太高兴地说，她因为博得了欧也妮的欢心而非常快活。那独生女儿说：

“我一辈子都没这样高兴过，也从没在什么地方见过这样漂亮的东西。”

“这是阿道尔夫从巴黎给你带回来的，还是他亲自挑选的呢。”格拉珊太太附在她耳边说。

“好，巴结去吧，诡计多端该死的老太婆，”庭长心里想，“有朝一日你有官司落在我手里，不论你的还是你丈夫的，我让你们都没有好结果。”

公证人坐在一旁，神色泰然地看神父一眼，私下里寻思开了：“格拉珊一家是枉费心机。我的财产加上我兄弟和我侄儿的财产，总数有一百一十万法郎。格拉珊家充其量只有一半之数，何况他们还有一个女儿要出嫁。他们爱送礼让他们送好了！有朝一日，这独生女连同礼物都会落到我们手里。”

傍晚八点半，摆好了两张桌子。俏丽的格拉珊太太把儿子安排在欧也妮旁边。这一幕的所有演员，个个兴致勃勃，虽然表面上都挺俗相，每个人手里都摆着标有数字的彩色纸板码子和蓝色的玻璃骰子，都装作听老公证人说笑话，他每摸个码子就打趣一番，其实心里头全都念念不忘葛朗台先生的几百万家产。老箍桶匠不无虚荣地打量着格拉珊太太粉红的羽饰、新潮的服装，打量着银行家颇有阳刚之气的面孔，又打量一遍阿道尔夫、庭长、神父和公证人，暗自想道：“这些人都是奔我的钱来的。他们都是为了我女儿来这里自寻烦恼。哼！我的女儿他们谁都休想得到，我只不过利用他们来钓鱼！”

这间灰暗的旧堂屋里，只点了两支蜡烛，依然十分昏暗，却洋溢着家庭的欢乐。欢笑声由娜侬绩麻的纺车声做伴奏，其实只有浮现在欧也妮和她母亲嘴边的笑，才是由衷的。这姑娘处于种种友好表示的追逐和重围之中，其实是个受骗者，就像那些被捕的小鸟，由人标了高价出售而它们懵然无知一样。这一切使得这一幕可笑复可叹。这原本是古往今来到处都上演的话剧，只不过今夜在这里演得更露骨罢了。葛朗台利用两家的假殷勤，谋求巨大的利益，他的形象控制着全剧并凸现出主题。仅仅他那张脸上的表情不就表明，现代人所信奉的唯一上帝，就是法力无边的金钱吗？人生温馨的情感，在这里处于次要地位，只激励娜侬、欧也妮和她母亲三颗纯洁的心。况且，她们的天真之中包含了多少无知！葛朗台有多少财产，欧也妮和她母亲一无所知，她们只凭自己肤浅的想法，来判断生活中的事物，对金钱她们既不看重也不看轻，习惯了不需要花钱。她们无形中受到伤害但依然强烈的感情，她们生存的奥秘，使得她们在这群唯利是图的人中间别具一格。人类的境遇多么可怕！没有懵然无知，就没有幸福可言。葛朗台太太中了十六个铜子的彩，中这样的大彩在这间堂屋里还是破天荒头一回。娜侬看见太太一回赢了这么多钱装进口袋，开心地笑了。这时，大门口传来敲门锤声，那砰的一声响吓得女人们都从椅子上跳起来。

“这样敲门的，肯定不是索莫城人。”公证人说。

“哪能这样撞？”娜侬说，“想把门撞坏不成？”

“是哪个鬼东西！”葛朗台咕哝道。

娜侬端了一支蜡烛去开门，葛朗台跟在她后面。

“葛朗台！葛朗台！”他太太莫名其妙地害怕起来，一边喊一边向堂屋门口追去。

牌桌上的人面面相觑。

“咱们也去看看怎么样？”格拉珊先生说道，“这样敲门我觉得似乎来者不善。”

格拉珊先生刚瞥见一个年轻人的模样，后面跟着驿站的脚夫，扛着两口大箱子，拖着几个旅行袋，葛朗台突然回头对太太说：“你们玩你们的，葛朗台太太，客人由我来招呼。”说着他赶紧拉上堂屋的门。乖觉的赌客们又各就各位，但并不继续赌下去。

“格拉珊先生，是索莫城的什么人吗？”格拉珊太太问丈夫。

“不是，外地来的。”

“一定是从巴黎来的。”公证人掏出他们那块有两指厚、像艘荷兰战舰的旧怀表，“不错，刚好九点钟。该死的，总局的驿车倒是从来不晚点。”

“那位先生年轻吗？”克吕绍神父问道。

“年轻，”格拉珊先生答道，“他所带的几个包至少有三百公斤。”

“娜侬没进来。”欧也妮说。

“可能是府上的一位亲戚吧。”庭长说道。

“咱们下注吧。”葛朗台太太轻声喊道，“听声音，我看葛朗台很不高兴，大概他不乐意我们议论他的事情吧。”

“小姐，”阿道尔夫对邻座的欧也妮说，“这也许是你的堂弟葛朗台，一个很英俊的小伙子，我在纽沁根先生家的舞会上见过的。”阿道尔夫不往下说了，他母亲踩了他一脚，而后又高声叫他拿出两个铜子来下注，接着凑到他耳边悄声说：“别多嘴好不好，你这傻瓜！”

这时，葛朗台进来了，但娜侬没进来。大家听见她和脚夫正踩得楼梯咚咚响。跟在葛朗台身后的，是刚才引起大家那样好奇、想象力那样活跃的那位不速之客。他来到这栋住宅，降临这个世界，也许可以比作一只蜗牛跌进了蜂箱里，或者一只孔雀闯进了村野黑乎乎的鸡埘里。

“请坐下来向向火吧。”葛朗台招呼道。

年轻人文质彬彬地向在场的人行个礼才坐下来。男士们都欠身还礼，女士们都客客气气地还以屈膝礼。

“先生多半感到冷吧，”葛朗台太太说道，“你大概是从……”

“真是婆婆妈妈！”手里正拿了封信在看的老葡萄园主，停下来打住太太的话，“让先生歇一歇再说。”

“可是，爸，”欧也妮说道，“先生也许需要吃点什么呢。”

“他自己会讲的。”老园主厉声回答。

这情景只有那位生客会感到意外，其他人对这老家伙的霸道，早就习以为常了。然而，听到这两问两答，生客站起来，转身背向着火，同时抬起一只脚烤鞋底，对欧也妮说道："堂姐，谢谢你，我在图尔吃过晚饭啦。"然后他又望着葛朗台说："我什么都不需要，我甚至不觉得累。"

"先生是从京城来的吧？"格拉珊太太问道。

这先生名叫夏尔，是巴黎葛朗台先生的儿子。他听见有人问话，便拈起用金链挂在领子上的单片眼镜，贴在右眼上，细看桌子上的东西和坐在桌子四周的人，还令人不易觉察地瞥了格拉珊太太一眼，待一切都看清了，这才回答道："是的，太太。"接着他又对葛朗台太太说："你们在玩罗多啊，伯母，别客气，继续玩吧，那么好玩的游戏，怎能歇手不玩……"

"我就肯定是那位堂兄弟。"格拉珊太太这样想着，一边向他飞媚眼。

"四十七，"老神父叫道，"放啊，格拉珊太太，这不是你的码子吗？"

格拉珊先生替太太将一个筹码放上纸板。他太太呢，心头突然生出不祥的预感，打量一下巴黎那位堂兄弟，又打量一下欧也妮，竟忘了摸子。年轻的独生女不时偷偷地瞟堂弟几眼。银行家太太从她那眼神中，不难觉察出一种越来越强烈的惊讶和一种越来越强烈的好奇。

夏尔·葛朗台先生，这个二十二岁风度翩翩的青年，此时与这些老实巴交的外省人显示出奇特的反差。他们对他那具有贵族气质的举止已经相当反感，还要加以研究，以便好生嘲笑他一番。这一点需要做些说明：二十二岁的年轻人，离童年还很近，免不了会情不自禁做出一些幼稚的举动。因此，他们之中可能百分之九十九会像夏尔·葛朗台一样不知深浅。这个晚上的前几天，他父亲叫他来索莫城的伯父家住几个月。巴黎的葛朗台先生想到的可能是欧也妮。夏尔初次屈驾外省，有意在这里炫耀一下一个时髦青年的优越感，以他的阔绰让这个县城的老土们无地自容，并且在这里开风气之先，引进巴黎生活中那些花样翻新的玩意儿。总而言之一句话，他要在索莫比在巴黎花更多的时间刷指甲，衣着方面更要格外花工夫讲究，虽然有时候，一个风雅青年不修边幅，也不乏风流倜傥。因此，夏尔带来了巴黎最漂亮的猎袋、最漂亮的猎枪、最漂亮的腰刀和最漂亮的刀鞘，也带来了一套制作最精致的马甲：有灰色的、白色的、黑色的、金壳虫色的、闪金光的、饰闪光片的、云纹色调的、叠襟的、叉领的、直领的、翻领的，从下到上带扣的、全副金纽扣的。还带来了当时流行的各式硬领和领带，两套布伊松牌礼服和布料极细软的内衣，以及母亲给的精美的金化妆盒和花花公子用的各种小玩意儿。其中值得一提的是一个玲珑剔透的文具盒，那是至少在他心目中最可爱的女人，即一位名叫阿奈特的阔太太送的。那位阔太太目前正陪着丈夫在苏格兰旅行，非常烦闷，但为了消除某些嫌疑，不得不暂时牺牲幸福。好在他还带了一些极漂亮的信笺，可以每半个月给她写一封信。总之，巴黎生活那套无聊的行头，凡是能带的他都带全了，从开始决斗时的马鞭，到结束决斗的精心打磨的手枪，一个游手好闲的青年寻求生活乐趣所需的家伙，一应俱全。父亲吩咐他一个人上路，注意节省，他来的时候便是包了驿车的前车厢，心里还相当高兴，因为那辆定做的舒适的旅行车，不致在这趟旅途中弄坏；那辆车他是预备 6 月份坐了去巴登与那位贵妇——他的阿奈特幽会的……夏尔打算在伯父家会见上百位客人，去伯父的森林里围猎，在伯父家过一过古堡的生活。他不知道伯父住在索莫城，他到索莫城打听他，只是为了问去弗洛瓦枫的路怎么走；知道伯父就住在索莫城，便以为他家所住的一定是一座气派非凡的公馆。初次上伯父家，不论在索莫城也好在弗洛瓦枫也好，必须体体面面才成。旅行的穿着打扮要最时髦、最讲究而又简单，按当时人们形容一件物品或一个人的无与伦比所用的字眼来说，就是要最能让人见人爱。在图尔，他让理发师把他那头漂亮的栗色头发重新烫过，又换了衬衣，系一条黑缎领带，再配上圆领子，把他那张笑眯眯的白净脸蛋衬托得更加可人。一件半扣的旅行外套裹住细腰，露出一件叉领开司米毛背心，里面还有一件白背心，怀表不经意地随便塞在一个口袋里，由一条短短的金链套在一个扣眼上；灰色的长裤，扣子开在两边，加上黑丝线绣出的图案，更显出款式的新颖。他优雅地舞弄着手杖，雕花的金杖柄丝毫没有夺去灰手套的光泽。最后，他那顶鸭舌帽也是极雅致的。只有巴黎人，最有教养的圈子里的巴黎人，才能这样打扮而不显可笑，使所有这些无聊的玩意儿显示出一种自命不凡的和谐，赋予一个年轻人浑身是胆的气派，炫耀他腰里掖着的漂亮手枪、身怀百发百中的功夫、怀里揽着阿奈特一类阔太太的那股精气神。现在，如果你想理解这些索莫人和这个巴黎青年各自的惊讶，完全看清楚这个风度翩翩的旅行者向这间灰暗的堂屋，向构成这幅家庭小景的那些面孔所投下的耀眼光芒，那么你不妨先想象一下克吕绍叔侄三人是什么模样吧。三个人都吸鼻烟，红不红黄不黄的衬衣领子皱缩，褶裥发黄，前襟上沾满鼻涕和黑乎乎的烟油，这些他们早就不在乎了。软绵绵的领带，往脖子上一系就卷成一根绳子。他们内衣很多，每年只需洗两次，成年累月放在箱子里压着，都变旧变灰了。在他们身上，邋遢与衰老非常协调。他们的面孔像他们破旧的上衣一样没精打采，像他们的裤子一样皱巴巴的，显得憔悴、干瘪，怪模怪样。其他人的穿着也都与克吕绍叔侄一样，马马虎虎，随随便便，全都不配套，缺少新鲜感。外省的穿着大都如此，无形中大家都不觉得穿着打扮是给别人看的，而斤斤计较于买一副手套得花多少钱。格拉珊与克吕绍两家意见完全一致的只有一点，就是讨厌时装。巴黎客人戴上夹鼻眼镜，打量堂屋里古怪的陈设，天花板上的横梁，护墙板的色调，毋宁说是打量苍蝇在上面留下的数量多得可标点一部《实用百科全书》和《箴言报》的黑点。那些玩罗多赌的人立刻抬起头来，非常好奇地盯住他看，像看一头长颈鹿似的。格拉珊父子虽然见识过时髦人物的模样，但也像同桌的牌友们一样显得不胜惊讶，这或许是他们莫名其妙地受到大家感染，或许是他们表示赞赏，连嘲带讽地对大家挤眉弄眼地说："瞧，巴黎人就是这样！"人人都可以随心所欲地打量夏尔，而不必害怕得罪主人。葛朗台正专注地读他手里那封长信。为了读信，他把桌子上唯一的一支蜡烛端了过去，而不管客人们，不管他们高兴不高兴。欧也妮从来没见过衣着和人品都这样完美无缺的小伙子，简直以为她这位堂弟是天上掉下来的仙子呢。她醉心地闻着那油光锃亮、拳曲秀美的头发散发的芳香，真想去摸一摸那精致的手套下白皙的皮肤。她羡慕夏尔那双小巧的手，羡慕他的肤色和他眉清目秀、鲜嫩嫩的容貌。这个没见过世面的姑娘，一年到头不停地织袜子，替父亲补衣裳。她的人生就在这油乎乎的四壁之间，守着前面一个钟头见不到一个行人的那条冷清街道流逝了。如果说前面描述的这个形象，总算概括了一个风流青年给她留下的印象，那么见到这位堂弟，她心里一定洋溢着妙不可言的愉悦而心潮澎湃，恰如一个小伙子看到威斯托尔笔下奇幻的仕女形象，经过芬登刀法娴熟的木刻，印在英国纪念册里的仕女形象，生怕往羊皮纸上吹一口气，就会把那一个个天仙般的美女吹跑了似的。夏尔从口袋掏出一块手帕，那是正在苏格兰旅行的那位阔太太绣给他的。这件精致的绣品，准是怀着满腔深情，花了好多个钟头，为了爱情而完成的。欧也妮看看手帕，又望着堂弟，看他会不会当真拿来用。夏尔的风度，一举一动，拿夹鼻眼镜的姿势，故意的放肆，他对这位阔独生女刚才爱不释手的那个针线匣，显然觉得毫无价值或俗不可耐而不屑一顾的神情，总之，凡是令克吕绍家的人和格拉珊家的人反感的一切，欧也妮都喜欢得不得了，乃至当夜躺在床上，老想着这个超凡脱俗的堂弟，久久不能入眠。

罗多游戏进行得很慢，但不久就停止了。长婆娜侬进来大声说："太太，得给我被单为这位先生铺床。"

葛朗台太太跟着娜侬去了。格拉珊太太便悄声说："把钱收起来，就玩到这里吧。"大家拿了各自押在缺角旧碟子里的两个铜板，一齐挪动到壁炉前聊了一会儿天。

"你们不玩了？"葛朗台问道，照旧看他的信。

"不玩了，不玩了。"格拉珊太太说着走到夏尔旁边坐下。

欧也妮像一般情窦初开的少女，心里动了一个念头，就离开堂屋，跑去给母亲和娜侬帮忙。这时如果遇到一位精明的忏悔师盘问，她多半会供认，她此刻既没想到母亲，也没想到娜侬，心里只有一种难以抑制的欲望，去看看堂弟的卧室，为堂弟张罗张罗，随便摆放点什么，唯恐有所遗漏，一定要考虑周到，使堂弟的卧室尽可能布置得漂亮、整洁。欧也妮已经觉得，只有她才理解堂弟的趣味和想法。幸好她及时赶到，母亲和娜侬觉得一切都布置妥了，正要下楼。她一看觉得不行，对她们说一切都要重来。她提醒娜侬，要弄些火炭把被单烘一烘，并亲手拿块台布铺在旧桌子上，告诉娜侬台布每天早上要换洗。她说服母亲，壁炉里的火务必生得旺旺的，并自作主张，叫娜侬抱一大堆劈柴码在过道里，而根本不要同她父亲讲。她跑下楼，从堂屋角柜里拿来一个古旧的漆托盘，那是已故拉贝特利埃老先生的遗物，同时还拿来一个六面水晶玻璃杯、一只镀金脱落的匙子和一个刻有爱神的古瓶，得意扬扬地把这一切摆在壁炉台的一角。在这一刻钟她脑子里冒出的主意，比她出生以来这么些年还要多。

“妈妈，”她说，“这蜡的气味我那堂弟一定受不了，咱们去买白蜡吧。”说罢，她像只轻盈的小鸟，跑去从钱袋里拿出一百苏的一个埃居即她这个月的零花钱，往娜侬手里一塞，说：“拿着，娜侬，快去！”

“可是，你父亲会怎么说？”这是葛朗台太太发出的严重警告，因为她看见女儿手里拿了一个糖罐，那是葛朗台从弗洛瓦枫古堡拿回来的一件赛佛窑的旧瓷器。“再说，你到哪儿去弄糖？你疯了吗？”

“妈妈，糖叫娜侬买就是了，反正她要去买白蜡烛嘛。”

“可是你父亲那里怎么办？”

“他的侄子连一杯糖水都喝不上，那像话吗？况且他根本不会留意。”

“什么都逃不过你父亲的眼睛。”葛朗台太太摇着头说。

娜侬犹豫了，她知道主子的脾气。

“你倒是去呀，娜侬，既然今天是我的生日！”

娜侬见小姐头一回说话这样风趣，止不住哈哈大笑，照她的吩咐去办了。正当欧也妮和母亲尽量把葛朗台指定给侄儿住的卧室收拾得漂亮一些的时候，夏尔却成了格拉珊太太献媚取宠的目标。

“你真有股豪气，先生，”格拉珊太太对夏尔说，“居然能抛开京城的享乐，跑到索莫城来过冬。不过，见到我们你要是不觉得可怕的话，你会看到在这里同样可以寻欢作乐。”

她说着向夏尔送了一个地道的外省秋波。在外省，女子平常都非常持重和谨慎，正因为如此，她们的眼波正像把一切寻欢作乐视为偷窃和罪过的教士特有的目光，反而色眯眯馋涎欲滴。在这间堂屋里，夏尔感到极不自在，这里与他想象中伯父宏伟的古堡、豪华的生活相差实在太远了，现在总算从格拉珊太太身上模模糊糊看到了一点巴黎女人的影子。对格拉珊太太那些类似劝诱的话，他很有风度地表示接受，自然地与她交谈起来。交谈中，格拉珊太太把声音越压越低，以便声音与她吐露心曲的悄悄话相协调。她和夏尔有着同样的需要，就是博取信任。因此，经过一会儿的调情打趣和一本正经的说笑之后，这个机灵的外省女人趁其他人正像所有索莫人一样此刻都在谈论酒的行情，相信自己说的话不会被人听见，便说：“先生，你如果肯赏光到舍下来看我们，我家先生和我都会由衷高兴。你会看到，舍下的沙龙在索莫城里是商界上层和贵族乡绅相聚的唯一场所。我们属于这两个群体；两个群体的人都愿意到这里来相聚，因为在这里他们感到开心。我可以自豪地说，我家先生受到这两个群体的人尊重。所以我们会竭尽绵薄，使你在这里小住期间不会感到烦闷无聊。要是你成天待在葛朗台先生家，天哪！不知道会把你憋闷成怎样呢！你的伯父是个守财奴，心里只有他的葡萄秧子；你伯母是个老虎婆，思想糊涂颠三倒四的；你那个堂姐吗，是个傻小妞，没受教育，平庸俗气，又没有陪嫁，只会缝补破烂打发日子。”

“这个女人很不错啊。”夏尔·葛朗台一边回应格拉珊太太的献媚，一边这样想。

“太太，我看你想独霸了这位先生是不是？”粗壮高大的银行家笑着说道。

听到这句话，公证人和庭长都说了一些多少带点儿讥讽意味的话。老奸巨猾的神父瞪了他们一眼，抓一撮烟丝吸了吸，又伸着烟盒向大家让了圈，然后将大家的意思归纳起来说道："谁能比格拉珊太太更好地代表索莫城向先生尽地主之谊呢？"

"啊！这，神父先生，你这句话是什么意思？"格拉珊先生问道。

"我说这句话，先生，对你，对你太太，对索莫城，还有对这位先生，"狡猾的老头儿说着转向夏尔，"都是深怀好意。"

克吕绍神父对夏尔和格拉珊太太的交谈似乎全然没有注意，但对谈话的内容都猜透了。

"先生，"阿道尔夫终于试图装作无拘无束的样子说道，"不知道你是否还记得我，在纽沁根男爵先生举办的一次舞会上，我曾有幸与你对舞过，而且……"

"当然记得，先生，当然记得。"夏尔答道，发现自己成了所有人注意的目标颇感意外。

"这位先生是令郎吗？"他问格拉珊太太。

神父不怀好意地望着那位母亲。

"是的，先生。"格拉珊太太答道。

"那么，你很年轻就上巴黎了？"夏尔又转向阿道尔夫问道。

"有什么办法呢，先生，"神父插嘴说，"他们一断奶，我们就把他们送到巴比伦去见世面啦。"

格拉珊太太以疑问的目光极其意味深长地看一眼神父。"必须来到外省，"神父接着说，"才能见到太太这种女人，都三十好几啦，儿子马上就要法律专业本科毕业了，还这么花容月貌。"他说着转身对着他的女冤家。"当年舞会上，青年男女爬到椅子上看你跳舞的情景，现在我仿佛还历历在目哩。我觉得你红极一时的盛况似乎就是昨天的事……”

“啊，这个老恶棍！”格拉珊太太心里骂道，“难道他窥透了我的心思。”

“看来我在索莫会大有作为呀！”夏尔想道，一边解开外衣纽扣，将一只手插进坎肩，昂首望着空中，模仿钱特里[1]雕塑的拜伦爵士的姿势。

葛朗台不理会众人，或者不如说他全神贯注地在读他手里的信，这一点公证人和庭长全都看在眼里。他们竭力从老家伙脸上细微的表情变化，揣测那封信的内容，而恰好老家伙的脸被蜡烛光照得特别清楚。葡萄园主的面部表情很难保持往常的平静。况且，人人都可以想见，他读到下面这样一封带来噩耗的信，还能装出什么表情。

哥，你我睽违，行将二十三载。我们最后一次相见，是在我结婚之际，而后分手，你我都挺愉快。当然，我不可能预见到，有朝一日会让你独力支撑家业，那时你为家业的兴旺，欢欣鼓舞。这封信送到你手里时，我已不在人世。以我的地位，我不甘心蒙受破产的耻辱而苟且偷生。我在深渊边上挣扎到最后一刻，希望终能力挽狂澜。可是在劫难逃。我的经纪人和公证人洛甘的同时破产，使我走投无路，山穷水尽。我苦于负债四百万，而资产不足以清偿四分之一。由于你们今年收成既多且好，我库存的酒正遇到市价毁灭性的惨跌。三天之后，巴黎人就会说：“葛朗台原来是个骗子！”我一生清白，死后却要蒙受耻辱。我坑害了我儿子，玷污了他的姓氏，又毁掉了他母亲的财产。这些他还

① 钱特里（1781—1841），英国 19 世纪初的多产雕塑家，自认为最优秀的作品是《切文宁教堂内的弗雷德里卡·斯坦厄普夫人像》。

蒙在鼓里，我那不幸的孩子，我的心头肉。我们诀别时都依依不舍。幸好他不知道那是我倾注了最后生命的诀别。将来他不会诅咒我吗？哥啊，哥，儿女的诅咒是最可怕的。我们的诅咒他们可以祈求撤销；他们的诅咒我们绝不可能祈求他们收回。葛朗台，你是我的兄长，应当保护我，不要让夏尔去我的坟头咒骂我！哥，这封信即使用儿子的血和我的眼泪写成，我也不会在其中倾注这么多痛苦。因为我纵然哭，纵然流血，纵然死去，也不会再痛苦。可是现在我只觉得痛苦，看到死亡降临而没有一滴眼泪。从现在起，你就是夏尔的父亲啦！他娘那方面没有一个亲戚，原因你是清楚的。当初我为什么不屈从于社会成见，而屈从了爱情呢？为什么我娶了一位大阔佬的私生女？夏尔无家可归啦。啊，我不幸的儿子！我的儿啊！葛朗台，听我说，我不是为自己来哀求你，况且你的家产可能也不足以承受三百万的抵押。我是为儿子祈求你！哥，你要知道，我是心里念叨着你，一边双手合十向你祈求的。葛朗台，我临死之时把夏尔托付给你。想到你会当他的父亲，我总算望着手枪而不觉得痛苦了。夏尔很爱我，我对他也很慈爱，什么都依着他，他不会诅咒我的。而且你会看到，他性情温和，像他母亲，绝不会给你添烦恼。可怜的孩子！他享惯了福，你我小时候衣不蔽体、食不果腹那种穷苦日子，他一点概念也没有……现在他家财两空，孤苦伶仃了。是的，他的所有朋友都不会再理他，而这种屈辱是我给他造成的。啊！我恨不得能有一双力量无穷的臂膀，一下子把他送到天国他母亲身边。异想天开！还是回到我的不幸和夏尔的不幸上来吧。我打发他去你那儿，让你以适当的方式把我的死讯和他未来的命运告诉他。做他的父亲吧，不过要做慈父。不要猝然禁绝他的悠闲生活，那会要了他的命。我愿意跪着求他，不要以他母亲的继承人的身份，站在债权人一方来和我作对。不过，这种祈求是多余的。他重名誉，会觉得他不应该加入我的债权人的行列。让他趁早放弃对我的继承权吧。告诉他我给他造成的生活条件是艰苦的。如果他还保留着同我的父子之情，那么以我的名义告诉他，他并非完全没有指望了。不是吗？你我当初是通过劳动搭救了自己，他也可以通过劳动重新挣回我败掉的家业。如果他愿意听从父亲的忠告，我真想从坟墓里出来一会儿，叫他远走高飞，叫他去印度！哥，夏尔是一个诚实勇敢的青年。你给他少量货物吧，算你借给他的本钱，他宁死也不会不还给你的。借给他本钱吧，葛朗台，否则你会受到良心的责备！啊，要是我的孩子既不能得到你的救助，也不能得到你的爱心，我要永远祈求上帝惩罚你的冷酷无情。我如果能保全一些证券，就能从他母亲的财产中拿出一笔钱给他，可是月底的支付彻底耗尽了我的资金。我真不愿意在对孩子的命运没有把握的时候就死去，真想握住你温暖的手，感受你神圣的诺言，让它温暖我的心。可是来不及了。当夏尔在旅途中时，我就不得不造出资产负债表，以一直主导着我的事业的诚信，证明我在破产的过程中既没有差错，也没有欺瞒。这不正是为了夏尔吗？永别了，哥。我托付给你的监护权，你一定会慷慨地接受，愿上帝为此而赐福给你。在我们早晚都要去而我已经到达的这个世界上，永远有一个声音在为你祈祷。

维克多–安日·纪尧姆·葛朗台

“你们在闲聊啊？”葛朗台老爹把信完全按原折痕折好，放进坎肩口袋里，将激动和盘算藏于心中，谦和而畏怯地望一眼侄儿，问道：

“暖和过来了吗？”

“很暖和啦，亲爱的伯父。”

“哦，好。娘儿们都哪里去了？”伯父问道，他已经忘了侄儿要住在他家里。正在这时，欧也妮和葛朗台太太回到了堂屋。“楼上收拾好了吗？”老头子恢复了平静，问道。

“收拾好啦，爸。”

“嗯，好！侄儿，你要是累了，就让娜侬带你去你的卧室吧。当然，那不是什么阔少爷的套间！不过，你会谅解种葡萄的穷人吧。我们从来就没有钱，都让税收给刮光啦。”

“葛朗台，我们知趣，你与令侄有话要说。”银行家说，“我们祝你晚安。明天见。”

听到这话，大家都站起来，各人按自己的习性行告别礼。老公证人去门口找到自己的提灯点上，表示要送格拉珊一家回去。格拉珊太太没想到中途变故，聚会散得这样早，她家的仆人还没有来接。

“你肯赏光让我挽着你的胳膊吗，太太？”克吕绍神父对格拉珊太太说。

“谢谢，神父先生，我有我儿子。”格拉珊太太冷冷地回答。

“夫人们跟我一块走，损害不了她们的名誉。”神父说道。

“你就让克吕绍先生挽你的胳膊走嘛。”格拉珊先生对太太说。

神父带着漂亮的格拉珊太太，相当敏捷地抢到大家前面几步。

“这个小伙子很不错啊，太太。”神父夹紧太太的胳膊说道，“葡萄收完，筐就没用啦。你该跟葛朗台小姐告别了。欧也妮肯定是这个巴黎小伙子的。除非这位堂兄迷恋上了一个巴黎姑娘，否则令郎阿道尔夫遇上的这个情敌可是最……”

“别这样说，神父先生。这小伙子很快就会发现欧也妮是个傻妞，又一点也不水灵。你观察过她吗？今晚她那张脸黄得像个木瓜。”

“你大概提醒让她堂弟注意这一点了吧。”

“我倒是没留情……”

“太太，以后你就总坐在欧也妮旁边吧。那么你不必费什么口舌，就能让小伙子对他堂妹产生反感，他自己会比较……”

“首先，他答应后天上我家吃晚饭啦。”

“啊！要是你愿意的话，太太……”神父说。

“愿意什么，神父先生？你想给我出什么歪点子吗？感谢上帝，我清清白白活到三十九岁，总不至于再做有损自己名誉的事，就是送我一个大莫卧儿帝国①我也不干。你我都到了这把年纪，该懂得说话要有分寸。作为一位教士，你真有一些不合时宜的思想呢。呸！你这些都像是《福布拉》②里的玩意儿。”

“那么你看过《福布拉》？”

“不，神父先生，我是想说《危险的交情》。”

“噢！这本书倒是非常合乎道德的。”神父笑着说，“可是，你把我说得像如今的青年人一样胡来。我只不过想给你……”

“你敢说你不是想给我出歪主意？这不是明摆着的吗？这个小伙子挺不错，这我同意。他如果追求我，当然不会把他堂妹放在心上了。我知道，有些好心的母亲为了儿女的幸福和财产，会不惜做出这种牺牲。可是，咱们是在外省，神父先生。”

“对，太太。”

① 1526 年兴起于印度半岛北部的伊斯兰教国家。

② 描写 18 世纪轻狂淫逸风气的小说。

“所以，”她接着说，“就是拿上亿的财产来收买，我也不愿意付出这样的代价，阿道尔夫自己也不会愿意。”

“太太，我可没有讲什么上亿的财产。这样的诱惑真正来了，恐怕无论你还是我都抵御不了。我是想，一个正派女人只要不心怀鬼胎，无伤大雅地调调情也未尝不可，这也是交际场中女人应当做的……”

“你这样想？”

“太太，我们大家彼此之间，不是应该尽量讨对方喜欢吗……对不起，我要擤一下鼻子。请相信我，太太，”神父接着说，“他拿夹鼻眼镜看你时，那神态比看我时要略略讨好一些。这样爱美胜于敬老，我倒是原谅他……”

“显而易见，”庭长用他的粗嗓门说，“巴黎的葛朗台打发他儿子来索莫，绝对是为了亲事……”

“不过，如果是这样，这位堂兄弟不至于这么悄没声息地突然到来。”公证人接过话说道。

“这不说明任何问题，”格拉珊先生说道，“那老家伙就这么神秘兮兮的。”

“格拉珊，亲爱的，我已经邀请他来家里吃晚饭啦，那小伙子。你得去邀上拉索尼埃夫妇和杜·奥托瓦夫妇，当然要连漂亮的杜·奥托瓦小姐一起邀请。但愿那天她打扮得花枝招展，她母亲出于嫉妒，总把她打扮得怪模怪样！”她说着让一行人停一停，转向克吕绍兄弟俩，补充道，“我希望你们也赏光，先生们。”

“你们到家啦，太太。”公证人说道。

三位克吕绍告别三位格拉珊，转身回家。路上他们发挥外省人特有的分析才能，把当天晚上发生的这件大事从各个角度进行了研究。这件事改变了克吕绍一家和格拉珊一家各自的立场。可歌可叹的理智使得双方这些极善于算计的人都感到，必须结成暂时的同盟，对付共同的敌人。他们不是应该相互配合，阻止欧也妮爱上堂弟，阻止夏尔爱上堂姐吗？只要经常用别有用心的影射、花言巧语的诽谤、充满赞扬的中伤、天真无邪的否认包围那个巴黎人，引他上当，他能招架得住吗？

等到堂屋里只剩下四个自家人时，葛朗台对侄儿说：

“该睡觉了。让你上这儿来的种种情况，现在太晚了，不谈了。明天找个合适的时间再谈吧。我们这里八点钟吃早饭，午饭随便吃点水果面包，喝杯白葡萄酒；晚饭是五点钟，跟巴黎一样。这是时间安排。你如果想到城里城外去看看，尽管自便。我事情多，不能总陪着你，莫见怪。说不定你会听到人家都说我很有钱，这里也是葛朗台先生的，那里也是葛朗台先生的。人家爱嚼舌头，我让他们嚼去，损害不了我的信誉。可是，我实际上没有钱，到了这把年纪，还得像小伙计一样下苦力，全部家当就是一副旧刨子和一双结实的手。也许要不了多久你就会亲身体会到，用汗水去挣一个铜板有多艰难。喂，娜侬，蜡烛呢？”

“侄儿，”葛朗台太太说，“你需要的东西，我想房间里都预备齐了。不过，如果还缺什么，尽管叫娜侬。”

“亲爱的伯母，不大可能，我想我什么东西都带了。让我祝你们晚安，也祝我年轻的堂姐晚安。”

夏尔从娜侬手里接过一支点燃的白蜡烛。那是安茹的产品，在铺子里放久了，变得黄黄的，与土蜡烛几乎一样。葛朗台不可能想到家里有白蜡烛，没有发觉这是一件奢侈品。

“我给你带路。”老头子说。

葛朗台不从开在大门门洞下的堂屋门出去，而是郑重其事地经过堂屋和厨房之间的过道。过道在楼梯旁边有一扇自动开关的门，上面镶了一块椭圆形的玻璃，挡住灌进过道里的冷风。可是冬天里，虽然堂屋门四周钉了防寒的布垫，凛冽刺骨的寒风还是呼呼地往里灌，所以里面很难保持适当的温度。娜侬将大门闩上，又关上堂屋的门，将拴在马厩里的一条狼狗放出来。那条狗声音嘶哑，像得了喉炎似的。这畜生凶猛异常，只认得娜侬。这两个创造物都来自乡间，彼此投契。夏尔看到楼梯间的墙壁被烟熏得黄黄的，扶手虫蛀斑斑的楼梯在伯父沉重的脚步下颤颤悠悠，他渐渐地从陶醉中清醒过来了。他简直以为是在一间鸡棚里。他惊疑地回头打量伯母和堂姐，发现她们的脸生得与这楼梯十分相配。而她们摸不透他为什么一副惊疑的样子，还以为那是友好的表示，便朝他亲切地一笑。这更令他绝望了。“父亲让我到这个鬼地方来做什么？”他心里嘀咕道。到了二层楼梯口，他看见三扇门，刷成土红色，没有门框，就嵌在布满灰土的墙壁里，用铁条和螺栓固定住，铁条就露在外面，两端呈火舌形，像长长的锁孔两头的形状一样。正对着楼梯口的那扇门，显然是堵死了。本来可从这扇门进入位于厨房上面的那个房间，这样就只能从葛朗台的卧室进去了。那个房间是葛朗台的办公室，只有临院子的一扇窗子采光，而且有很粗的铁栅防护。这个房间谁也不准进去，连葛朗台太太也不准。老家伙就是要独自待在里面，像炼丹术士独守炼丹炉似的。那里面大概巧妙地凿了一个密窟，藏着地契房契之类，挂着称金路易的秤，凭据、收条和种种盘算也都是深更半夜躲在里面完成的。难怪一般生意人看到葛朗台总是样样有准备，以至于想象有鬼神供他差遣哩。当娜侬鼾声大作震动楼板，守在院子里的狼狗打着哈欠，葛朗台太太和女儿沉沉酣睡的时候，老箍桶匠大概就来到这里，摩挲把玩、出神地观赏他的黄金，把它装进桶里，加箍扣牢。墙壁很厚，护窗板严实，这密室的钥匙只有他一个人掌握。据说他常常到这里来查看图册，他的果树在图册里一棵棵都标得一清二楚，他对水果产量估算之准确，误差不会超过一根枝丫、一条细枝。欧也妮卧室的门正对着被堵死的门。楼梯口最里面是老两口的套房，占住整个楼层的前边这一面。葛朗台太太的卧室与女儿的卧室相连，中间隔一扇玻璃门。主人房与太太的房间之间有板壁相隔，而密室与卧室之间则隔着一堵厚墙。葛朗台老爹安排侄儿住在三层高高的阁楼里，正好在他自己的卧室上面，如果侄儿有兴致在房里来回踱步，他能听得见。欧也妮和母亲走到楼梯平台中间，相互亲一下道了晚安。欧也妮又向夏尔说了再见之类的话。话从嘴里吐出来冷冷的，但姑娘心里肯定热乎乎的。然后母女俩进了各自的卧室。

“这就是你的卧室，侄儿。”葛朗台打开房门对夏尔说，“如果你需要出去，就叫娜侬。没有娜侬，对不起，那条狗会一声不响把你吃了。好好睡吧，晚安。啊！啊！这些娘儿们为你生了火。”葛朗台咕哝道。这时长婆娜侬端着个暖床炉来了。“瞧，刚说到娘儿们，就来了一个。”葛朗台说，“你把我侄儿当成产妇了吗？把这个暖床炉拿走好不好，娜侬！”

“可是，先生，被单发潮了，而这位少爷真的娇嫩得像个女人。”

“也罢，既然你这么疼他。”葛朗台说着朝娜侬的肩膀推了一把，“当心着火。”守财奴说着下楼去了，嘴里不知嘟囔些什么。

夏尔站在行李中间发愣。他望一眼这间阁楼卧室的四壁，上面黄底带花束的糊墙纸是乡间农舍用的那种；望一眼带凹槽的石灰石壁炉台，仅那石头的外观就叫人感到冰冷；望一眼几张黄木头椅子，都是用刷过清漆的横杆加固过的，仿佛不止四只角；望一眼敞开的床头柜，里面简直容得下一个轻骑兵；望一眼带天棚的床和床前粗布条编织的薄薄的踏脚垫，床上被虫蛀得尽是洞的帐幔摇摇欲坠。这样把一切望过一遍之后，他严肃地看着娜侬说："哎哟，乖乖！我真的是在葛朗台先生家，是在前索莫市市长、巴黎葛朗台先生的哥哥家里吗？"

"没错，少爷，你是在一个非常和蔼可亲，非常温和慈祥，非常非常好的先生家里。要我帮你解开行李吗？"

"好呀，我求之不得，我的大兵爷！我没在御林军中当过水兵吗？"

"噢！噢！噢！御林军水兵是啥东西？是盐腌过的，还是水上漂的？"

"喂！把我的睡衣找出来，在这口箱子里。这是钥匙。"

娜侬看到一件金色花朵古典图案的绿绸睡袍，惊叹不已地说：

"你穿上这个睡觉？"

"是啊。"

"圣母啊！用来做堂区教堂祭坛的前披才漂亮呢。我亲爱的娇少爷，把它捐给教堂吧，可以拯救你的灵魂，不然你的灵魂就没救啦。啊，你穿上这个多高贵！我去叫小姐来看看。"

"行啦，娜侬，你既然看过了，别嚷嚷好不好，娜侬！让我睡觉吧，这些东西我明天再整理。你如果这样喜欢我这件睡袍，到时候拿它去拯救你的灵魂好了。我是个充满善心的基督徒，不会在临走时拒绝将它留给你。你拿了它爱做什么做什么。"

娜侬呆呆地站在那里，望着夏尔，不敢相信他的话。

"把这件漂亮的睡袍给我！"她一边离开一边说，"这少爷已经在说梦话啦。晚安。"

"晚安，娜侬。"

“我来这里干什么?”夏尔入睡之前想道,“父亲又不是傻子,叫我跑这儿来总有目的吧。嗯!正经事,明日理——这不知道是希腊的哪个笨蛋讲的。”

“圣母!我这位堂弟多可爱。”欧也妮正做着祈祷,停下来这样想,这天晚上她祈祷都没做完。

葛朗台太太睡下时什么心事都没有。她听见板壁中间两个房间相通的门那边,守财奴在自己的卧室里踱着方步。同所有怯弱的女人一样,她早已摸透自家老爷的脾气。正像海鸥能预知暴风雨,她从一些难以觉察的迹象中,也能预感激荡着葛朗台内心的风暴。拿她自己的话来说,每当这时她只有装死。葛朗台望着他让人用铁皮从里头加固过的密室的门,想道:“我这个老弟想得怪,把他的儿子留给我!好一笔遗产!我可没有二十个埃居可给。况且,二十个埃居给这个花花公子管什么用?他端着夹鼻眼镜看我的温度表时那架势,就像要放火把它烧掉似的。”

葛朗台想到那份痛苦的遗嘱会带来的后果,可能比他弟弟在写遗嘱时还更心乱如麻。

“我会得到那件金线绣花的睡袍吗?”娜依穿着祭坛的前披进入了梦乡。她生平头一回梦见了鲜花和绫罗绸缎,就像欧也妮梦到了爱情。

在少女纯洁而单调的生活中,会有美妙的一刻,阳光会洒遍她们的心田,花朵会向她们诉说心思,心的跳动会把热烈的生命力传递到脑海,把意念融为模糊的欲望。真是忧伤天真、甜蜜快乐的时刻!孩子睁眼看到世界就笑,少女在大自然中发觉了感情也笑,像她儿时一样笑。如果说光明是人生最初的爱情,那么爱情不就是心灵的光明吗?欧也妮到了能把尘世间的事物看分明的时候了。像所有外省姑娘一样,她习惯于很早起床,做早祷,然后开始梳妆。从现在起梳妆变成一件有意义的事情了。她先把栗色的头发梳理好，把粗大的辫子盘在头顶，盘得很仔细，不让零散的头发从辫子里滑出来；发式改成了对称，越发烘托出她满脸的娇羞和天真，使头饰的简朴与面部轮廓的单纯更显得和谐。她用清水将双手洗了好几遍，结果反而使皮肤发硬发红。她打量着自己滚圆的胳膊，心里寻思，堂弟的那双手怎么保养得那样嫩那样白，指甲修剪得那样好看。她换上新袜子和最漂亮的鞋子，把束胸的带子从上到下系好，一个带眼都没跳过。总之，她生平头一次希望突出自己的优点，头一次体验到穿上鲜艳讲究的衣裳使自己显得迷人的幸福心情。打扮完了，她听见堂区教堂的钟声，但很奇怪只敲了七下。原来为了有充分的时间梳妆打扮，她起得太早了。欧也妮不晓得可以把鬈发反复梳弄十来次，看看效果如何，只好老老实实抱着双臂坐在窗口，望着院子，窄小的花园和花园旁边高高的平台。景色凄凉而局促，但也不乏僻静地方和荒郊野外所特有的神秘美。厨房旁有口井，围有井栏，辘轳固定在一根弯曲的铁杆上；一株葡萄缠绕铁杆，枝蔓由于季节的关系已经萎蔫、发红、干枯，从那里蜿蜒曲折地爬到墙上，附在上面，沿着房屋一直爬到柴房上。柴房里劈柴码放得整整齐齐，像藏书家书柜里的书一样。院子长满青苔，还有杂草，加之无人走动，久而久之，石板都变得黑乎乎的。厚实的墙壁涂层是绿色的，上面有一条条波浪状褐色的污损痕迹。院子尽头，有高高的八级台阶通到花园门口，砖石已经松动，淹没在高高的荒草之中。看上去像十字军东征时代的一座古墓，是一位遗孀安葬她的骑士丈夫的。百孔千疮的石砌台基上，竖着发朽的木栅，一半破旧得倒下了，但上面还纵横交错地爬满攀缘植物。栅栏门两旁伸出两株矮小的苹果树的虬枝。整个花园就是三条平行的细沙小径，其间是四方形的花坛，四周有黄杨树矮篱，防止花坛里的泥土流失。园子尽头平台脚下，有一丛茂密的椴树，一头生长着覆盆子，另一头是一棵巨大的核桃树，树枝一直伸展到了箍桶匠的密室外面。卢瓦尔河畔常见的一个秋日，云淡天高，阳光和煦，明丽的景物上、墙壁上、院子和花园里的草木上夜里结上的初霜，开始融化。这些平常那么平淡无奇的景物，在欧也妮眼里平添了新奇的魅力。千百种念头朦朦胧胧地涌上她的心头，而且随着阳光越来越明亮而越来越强烈，终于有一种模模糊糊、不可名状的快感，包围了她的精神，恰似一团云雾包围了她的肉体。她的思绪与眼前奇特景色的一草一木都十分协调，她心灵的和谐与大自然的和谐融成一片。阳光照到倒垂着铁线蕨的一面墙上，铁线蕨浓密的叶子的颜色像鸽子的颈子一样时刻变化，这仿佛是充满憧憬的天光照亮了欧也妮的前程。从此以后，她就爱着那面墙，墙上颜色淡淡的花、蓝色的钟状花和枯草，那里面隐藏着她像童年往事一样美好的回忆。在这个容易产生回声的院子里，每片落叶的簌簌声，都是对姑娘内心种种叩问的回答；她可以整天待在这里，而感觉不到时间的流逝。而后她思绪纷乱，骚动不已，不由得突然站起来，走到镜子面前端详自己，像一个有良心的作者审视自己的作品，一边骂自己。

“我不够漂亮，配不上他。”这就是欧也妮的想法，谦卑的、充满痛苦的想法。可怜的姑娘对自己不公平，可是谦卑或者毋宁说担心，不正是坠入情网最初的征兆之一吗？欧也妮属于那类体格强健的孩子，像一般市民阶层的孩子一样，美得有些俗气。然而犹如米洛的维纳斯[①]，基督徒温厚的情感使女性变得纯洁无邪，

① 米洛的维纳斯，即断臂维纳斯雕像，发现于米洛岛，现存的古代爱神雕像最健美的艺术珍品，藏于巴黎卢浮宫。

赋予她们一种古代雕塑家们不曾见识过的高雅气质，也使欧也妮的外貌显示出几分高贵。她的头很大，前额有阳刚之气，但秀逸，像菲迪亚斯雕塑的朱庇特[①]。一双灰色的眼睛，映照出她全部贞洁的生活，顾盼之间，光彩照人。一张圆圆的脸，过去容光焕发，润泽桃红，可惜出天花后变粗糙了些，幸好天花不重，没留下痘瘢，只损伤了表层的茸毛；如今依然那样柔嫩，那样细腻，母亲纯洁的吻会在上面留下短暂的红印。鼻子太大了点儿，但配上朱红的嘴，倒也和谐，唇上密密的细纹，充满爱心和善意。脖子圆滚滚的。胸部丰满，遮得严严实实，引人注目，令人遐想。这种装束也许缺少一点妩媚，但在鉴赏家们看来，这高挑身材那种僵硬的样子，也算得上一种魅力。高大健壮的欧也妮完全没有一般人所喜欢的那种漂亮，然而她美丽，而且她的美一望便知，只有艺术家才会倾倒的。画家要在凡间寻找圣洁有如玛丽亚那样的典型，要求整个女性有拉斐尔所观察到的表情不卑不亢的眼睛，处子般清纯的线条——这线条往往产生于构思的偶然，而其实唯有基督徒贞洁的生活才能保持和得到。这样的画家醉心于有如凤毛麟角的这种模特儿，都突然在欧也妮脸上发现一种天生的、连她自己都没有意识到的高贵。他看到在安详的前额下，有一个爱情的世界，在眼睛的轮廓和眼皮眨动的习惯中，有一种难以形容的、绝妙的神情。她的容貌，她面部的轮廓，从来没有因为快乐的宣泄而变形，而显示出倦容，却恰似平静的湖面，在水天相接的远处，线条显得无比的柔和。这种恬静、红润的面容，宛如初绽的花朵光彩柔媚，反映了心灵的娴静，透露出良知的魅力，因而引人注目。欧也妮尚处在人生的岸边，这里幼稚的幻

① 菲迪亚斯（公元前490—前430），古希腊雕塑家，此处指其杰作奥林匹亚宙斯神庙的宙斯雕像。古罗马称宙斯为朱庇特。

想像鲜花一样盛开，采摘雏菊时乐陶陶的——这是日后再也无法体验到的。她还不知道什么是爱情，只对着镜子想："我长得太丑，他不会注意我。"

而后她打开朝向楼梯的卧室房门，伸长脖子倾听屋子里的声音。"他还没起来。"她想，听见娜侬早晨的咳嗽声。那个老处女在走来走去，打扫堂屋，生火，拴狗，在牲口棚里与牲口说话。欧也妮赶紧下楼去找娜侬，看见娜侬正在挤牛奶。

"娜侬，好心的娜侬，调些奶油给我堂弟加在咖啡里吧。"

"可是，小姐，那得先准备才成啊，"娜侬说着哈哈大笑起来，"奶油现在没法做。你那个堂弟娇贵，娇贵，真是娇贵！你没见到他穿着那件金线绣花的绸睡袍的模样呢。我见到啦。他的内衣的质地像本堂神父先生的祭袍一样细哩。"

"那么，娜侬，给我们做烘饼吧。"

"可是谁给我烤炉用的木柴、面粉和黄油呢？"娜侬说。她作为葛朗台的总管家，有时在欧也妮和她母亲眼里显得非常有权势。"总不能为了你堂弟去偷主人的吧？你去向他要黄油、面粉和木柴，他是你爹，会给你的。喏，他下楼来过目要用的粮食啦……"

欧也妮听见父亲踩得楼梯抖动，吓得朝花园里溜了。她已经感受到极端羞怯和特别心虚的影响：人在幸福的时候会以为——也许不无道理——我们的想法全都摆在脸上，人家会一目了然。这可怜的姑娘终于发现父亲家里啥也没有又冷冰冰，她没有办法使之与堂弟的风流倜傥协调起来，不禁感到气恼。她感到一种强烈的需要，必须为堂弟做点什么。可是做什么呢？她不知道。她天真、诚实，听凭纯洁的天性支配，对自己的印象和感情毫无戒心。仅仅堂弟的外表，就唤醒了她身上女人爱慕的天性，这种爱慕来得特别强烈，因为她已经二十三岁，无论智力还是欲望都达到了高峰。有生以来头一回，她见到父亲的样子心里感到恐惧，看到自己的命运操在父亲手里，觉得把自己的有些想法瞒着父亲是一种罪过。她加快脚步走起来，奇怪地发现空气比平常更新鲜，阳光比平常更宜人，她从中汲取了精神的温暖和新的活力。当她正想用什么办法弄到烘饼时，长婆娜侬和葛朗台争执起来了。这真是稀奇事儿，像在冬天里听到了燕子的呢喃。老家伙拿着钥匙，准备称出当天要消费的粮食。

“昨天的面包还有剩的吧？”他问娜侬。

“屑子都没啦，先生。”

葛朗台从安茹人做面包用的一个平底篮里，拿出一个撒满干面的大圆面包，正要动手切，娜侬说道：“今儿咱们有五口人，先生。”

“不错，”葛朗台回答，“可是你这个面包有六磅重，吃不完的。况且，你会看到，这些巴黎的年轻人，吃面包根本不行。”

“那肯定吃酱吧。”娜侬说。

在安茹，俗话所说的酱是指涂面包的东西，从最普通的涂面包片的黄油，到最名贵的桃酱。凡是小时候把酱舔吃掉而留下面包不吃的人，都了解这个词的含义。

“不，”葛朗台说，“酱和面包都不吃，他们简直像就要过门的姑娘。”

老头子精打细算地定下一天的菜单之后，终于准备去水果储藏室了，不过没有忘了关严食品储藏柜。这时娜侬叫住他：“先生，给我一些面粉和黄油吧，我给孩子们做一张烘饼。”

“你莫非为了我的侄儿想叫我倾家荡产吗？”

“我为你侄儿并不比为你的狗多费心思，也不见得比你本人为他多费心思。你瞧，我需要八块糖，你不是只给了六块吗?”

“啊！娜侬，我从没见过你这样。你这个脑瓜子出了什么问题？这里由你做主吗？糖只能给你六块。”

“唉，得！可是你侄儿喝咖啡放什么?”

“两块就够了，我不用。”

“你这把年纪了要省掉糖，我宁愿自己掏钱给你买。”

“与你不相干的事你别管。”

尽管糖价不跌，但在老箍桶匠心目中，糖始终是最珍贵的舶来品，还是要六法郎一磅呀——他想。帝国时期不得不节约糖，这成了他再也改不掉的习惯。所有女人，哪怕最笨的女人，都会用计达到自己的目的。娜侬抛开糖的问题，争取做成烘饼。

“小姐，”她朝窗外喊道，“你不是要吃烘饼吗?”

“不，不要了。”欧也妮回答。

“好吧，娜侬，”葛朗台听见女儿的声音，说道，“给你吧。”他打开面粉桶，舀了一勺给娜侬，又给了几盎司已切成小块的黄油。

“还要烧烘炉的劈柴。”娜侬紧逼着说。

“好吧，你要多少拿多少。”葛朗台无可奈何地说，“不过，你得给我们做一个水果馅饼，而且整个午饭都在这炉子上做，这样就免得生两个炉子了。”

“好嘞！”娜侬大声说，“这，你就不用吩咐啦。”葛朗台用几乎充满父爱的目光看一眼他忠实的管家。“小姐，”厨娘喊道，“我们有烘饼啦。”葛朗台老爹拿了水果回来，将大约一盆的量放在厨桌上。娜侬对他说：“看见没有，先生，你侄儿这双漂亮的靴子。多好的皮！还有香味哩。用什么东西擦呀！要不要用你那鸡蛋清调的鞋油?”

“娜依，我想鸡蛋清可能损伤这种皮子。你跟他说，这种摩洛哥皮你不知道该怎样擦。不错，这是摩洛哥皮。他自己会去索莫城买鞋油回来，让你给他擦靴子的。据说有人为了把皮鞋擦得锃亮，往鞋油里加糖。”

“那不是能吃了吗?”老妈子将靴子凑近鼻子闻了闻，“哎哟！哎哟！这味儿跟太太的科隆香水一样。啊，真稀奇!”

“稀奇!”主人说，“你觉得稀奇的，是靴子比穿靴子的人更值钱吧。”

“先生，”等主子去关上水果储藏室的门，第二次回到厨房时，娜依问道，“你考不考虑每星期做两次火锅，款待你的……”

“可以考虑。”

“那我得去买肉。”

“根本用不着。你给我们炖禽肉汤。佃户们不会让你闲着的。不过，我得关照高诺瓦耶打一些乌鸦给送来。这种野味炖汤盖世无双。”

“真的吗，先生，这种东西吃死尸?”

“你真蠢，娜依！它们还不是跟大家一样，找到什么吃什么。我们不靠死人生活吗？什么叫继承遗产?”葛朗台老爹再也没有事情要吩咐，掏出怀表，看到早餐前还有半个钟头可以支配，便拿起帽子，走过去亲了亲女儿，对她说，“你不想去卢瓦尔河边我的草地上溜达溜达？我去那里有点事。”

欧也妮去戴了粉红色塔夫绸衬里的草帽。父女俩即沿着弯弯曲曲的街道，一直走到下面的广场。

“一大早去哪儿?”公证人克吕绍遇见了葛朗台问道。

“去看一样东西。”老家伙答道。他也不会上当，明白他这位朋友为什么也一大早就在外边散步。

“跟我来吗，克吕绍？”葛朗台对公证人说，“你是我的朋友，我要让你看明白，为什么在良田上种白杨树是愚蠢的……”

“你卢瓦尔河边草地上那些白杨给你赚的六万法郎，压根儿不作数吗？”公证人克吕绍瞪着一双无神的眼睛问道，“你还不幸运吗？……你砍伐那些树时，正赶上南特缺白木，每棵卖到三十法郎！”

欧也妮听着，还不知道她一生中最重要的时刻就要到了，至高无上的父亲的决定，就要在公证人主持下宣布。葛朗台已到达卢瓦尔河边他那片肥沃的草场，三十名工人正在清理、填满、平整过去的白杨树留下的坑。

“克吕绍先生，你看一棵白杨占了多大地方。”葛朗台对公证人说罢，朝一个工人喊道，“让，用……用你的尺子，每……每边都量一下好吗？”

“四边每边八尺。”工人量完了说道。

“等于浪费了三十二尺土地，”葛朗台对克吕绍说，“这一行有三百棵白杨，不是吗？三……三百乘三十二尺，就……就是说，它们吃掉我五百捆干草，加上两边的同样多的两倍，一千五；中间几排也是一千五。就……就算一千捆干草吧。”

“是啊，”克吕绍帮助朋友计算起来，“一千捆这种干草大约值六百法郎。”

“应该说一千……二百法郎，因为再生草每割一茬又有三四百法郎。那么计……计算一下吧，一千二百法郎，四十年下来，加上利……利息，总共多……多少，你知道。”

“算它六万法郎吧。”公证人说。

“行啊！仅……仅仅六万法郎。可是，”葡萄园主继续说，这回不再结巴了，“两千棵四十年的白杨还赚不回五万法郎呢。这就亏了。我发现了这一点。”葛朗台说着，颇有点自鸣得意，又转向工人说，“让，你把坑都填平了，除了卢瓦尔河岸边的，那些坑里你栽上我买来的白杨树苗子。种在河边的由政府出钱培育管理。”他转向克吕绍补充道，鼻尖上的肉瘤微微抖动一下，仿佛露出了一个最具讽刺意味的微笑。

“现在清楚啦，白杨树只应种在硗薄的土地上。”被葛朗台的计算弄得目瞪口呆的克吕绍说道。

“可不是吗，先生。”葛朗台讥讽地附和道。

欧也妮望着卢瓦尔河瑰丽的景色，没有听父亲的计算，但对克吕绍说的话马上竖起了耳朵，只听见他对自己的客户说：“喂，你从巴黎招来了一个女婿。现在整个索莫城所谈论的都是令侄。马上就得叫我拟订婚约了吧，葛朗台老爹。”

“你清……清早出……出门来，就是为了对我说这个？”葛朗台说这句话时，那肉瘤也随着动了动。“好吧，老兄。我开诚布公，把你想……想知道的话告诉你。我宁可，你要明白，把我女……女儿扔……扔进卢瓦尔河，也不把她嫁……嫁给她堂弟。你可以把这话说……说出去。啊，不，还是让人家去嚼舌头吧。”

这个回答使欧也妮感到一阵眩晕。遥远的希望刚开始在她心里露头，就骤然鲜花般开放了，姹紫嫣红，形成一个花束。可是她看到这束鲜花现在被掐断了，扔在地上。自昨天晚上以来，将两颗心灵连在一起的所有幸福的纽带，已经把她和夏尔拴在一起。看来从今以后，他们要在痛苦中经受锤炼了。女人庄严的命运，不是更多与苦难的崇高而不是与幸运的辉煌联系在一起吗？慈父之情怎么在父亲心里熄灭了呢？夏尔究竟有什么罪过？都是一些不可思议的问题！她初生的爱情本来就神秘莫测，现在又被神秘层层包围。回家的路上她两腿直发抖，转进那条阴暗的老街，刚才她还觉得心旷神怡，现在却是满目凄凉，呼吸到的是时间和世事留下的伤感。爱情的教训她倒是一点也没错过。离家还有几步远，她抢到父亲前面，敲了门就站在那里等他。葛朗台看见公证人手里拿着一份还没拆封的报纸，便问道："公债行情如何?"

"我说话你不想听，葛朗台。"克吕绍答道，"赶快买吧，两年之内还可以赚两成，再加上很高的利率，八万法郎年息就是五千。公债行市是七十法郎。"

"这个再说吧。"葛朗台摸着下巴说道。

"天哪!"公证人说。

"喂，怎么啦?"葛朗台问道。这时克吕绍已将报纸伸到他面前对他说："读读这篇文章吧。"

巴黎商界巨子葛朗台氏，昨日照例前往交易所，不料返寓所后以手枪击中头部，饮弹身亡。此前，他已致函众议院议长，辞去议员职务，同时辞去商业法庭审判官之职。他的经纪人洛甘和公证人苏歇的破产，使他资不抵债。以葛朗台氏的威望及信誉，似不难在巴黎商界获得救助。然而，这位声望卓著的人物，竟屈从于一时的绝望，令人惋惜……

"我已经知道了。"葡萄园主对公证人说。

这句话让克吕绍先生倒抽了一口冷气。作为公证人的他，尽管一向遇事无动于衷，但想到巴黎的葛朗台可能向索莫的葛朗台求助数百万而遭到了拒绝，不禁觉得脊背发冷。

"他儿子呢，昨天还那么高兴……"

"他还一无所知。"葛朗台依然平静地答道。

“再见，葛朗台先生。”克吕绍说。他全明白了，赶紧去告诉彭峰庭长放心。

葛朗台回到家里，看见早餐已经摆好，葛朗台太太已经坐在那张四脚垫高的椅子上，正在织冬天的毛线袖套。欧也妮跑过去搂住脖子亲了亲她，情绪十分激动，那正是隐忍难言的苦恼造成的。

“你们先吃吧！”娜侬三步并作两步从楼梯上跑下来说道，“那孩子像小天使一样睡得正香哩。闭着双眼多可爱！我进去叫他，嗬！像没有人似的。”

“让他睡吧，”葛朗台说，“他今天起得早起得晚都要听到坏消息。”

“什么事呀？”欧也妮问道，一边把两小块不知有几克重的糖放进咖啡里，那是老头子闲着没事的时候切好放在那里的。葛朗台太太想问不敢问，只望着丈夫。

“他爹开枪崩掉了脑袋。”

“我叔叔？”欧也妮问道。

“可怜的年轻人！”葛朗台太太叹息道。

“是的，可怜，”葛朗台接着说，“他一个子儿也没有。”

“可是他睡觉的模样儿，像是拥有整个世界的国王哩。”娜侬语气缓和地说。

欧也妮推开早饭不吃了。她的心抽紧了，正如一个女人头一回知道自己所爱的人遭到不幸，心里充满同情而抽紧了一样。可怜的姑娘哭了。

“你又不认识你叔叔，哭什么？”她父亲说着，像饿虎一般瞪她一眼。他瞪着自己成堆的金子时，想必也是这种眼神。

“可是，先生，”女仆插嘴说，“这可怜的小伙子谁不同情？

他睡得像木头似的，对自己的命运还一点都不知道呢。”

“我没跟你说话，娜侬，别多嘴。”

欧也妮这时才知道，恋爱中的女人永远应该掩饰自己的感情，便不再作声。

“在我回来之前，我希望你不要给他露半点口风，葛朗台太太，”老头子说道，“我必须去叫人把大路旁边草地的水沟挖直。正午回来吃中饭的时候，我会和侄儿谈谈他的事情。至于你，欧也妮小姐，你要是为这个花花公子抹泪，就到此为止吧，我的孩子。他很快就要动身去印度，你再也见不到他……”

父亲拿起放在帽檐上的手套，像往日一样平静地戴上，一个指头一个指头套妥帖，出门去了。

“唉，妈妈！我都透不过气来啦。”只剩下欧也妮母女俩时，她大声对母亲说，“我从来没有这样痛苦过。”葛朗台太太见女儿脸色煞白，赶紧推开窗户，让她呼吸新鲜空气。过了一会儿，欧也妮说：“我好些啦。”

一个到目前为止表面上一直平静而淡漠的人儿，突然表现出这种神经质的激动，使葛朗台太太不由得打量自己的女儿，凭着母亲对自己宠爱对象那种天生的爱怜的直觉，她明白了一切。事实上，欧也妮母女俩生命之间联系的密切程度，绝不亚于那对著名的匈牙利连体姐妹；那对姐妹由于造化的错误而肉体连在一起，欧也妮母女俩则总是一块儿坐在这个窗口，一块儿上教堂，一块儿睡觉，呼吸同样的空气。

“我可怜的孩子！”葛朗台太太说着把女儿的头搂在胸前。

姑娘听到这句话，抬起头看着母亲，揣摩她心里是怎么想的，说道：“为什么叫他去印度？他遭了难，不是正应该留在这里吗？他不是我们最近的亲戚吗？”

“是的，孩子，当然应该留下。可是你爸有你爸的理由，咱们应当尊重。”

母女俩一声不响地坐着，一个坐在四脚垫高的椅子上，一个坐在小扶手椅里，重新拿起活计做起来。欧也妮感激母亲在心灵上这种可赞可叹的谅解，虽然心里还沉甸甸的，还是亲一下她的手说：“你心肠真好，亲爱的妈妈！”这句话使母亲那张因长年痛苦而人老珠黄、憔悴干瘪的脸，有了点光彩。欧也妮又问一句：“你觉得他好吗？”

葛朗台太太只微微一笑，没有回答，沉默片刻才低声说：“你好像已经爱上他了？这可不好。”

“不好，为什么？”欧也妮反问道，“你喜欢他，娜侬喜欢他，为什么我不能喜欢他？来，妈妈，咱们摆桌子，让他来吃早饭吧。”欧也妮说着撂下活计，母亲也跟着放下活计，嘴上却说：“你疯了！”但她情愿跟着一起疯，以证明女儿疯得有理。欧也妮叫娜侬。

“小姐你还要什么？”

“娜侬，奶油中午该有了吧。”

“啊，中午吗？有啦。”老妈子答道。

“那好，给他把咖啡煮得浓浓的。我听格拉珊先生说过，巴黎咖啡煮得特别浓。要放得多多的。”

“你叫我上哪儿去弄啊？”

“买去。”

“万一先生碰到了我呢？”

“他在草地上。”

“我这就去。不过，上次去买白蜡时，费萨尔老板就问我咱们家是否三王来朝[①]了。我们花钱这么大手大脚，全城很快就会传开的。”

“你爹要是看出点什么，”葛朗台太太说，“会打我们的。”

“哎！打就打吧，我们跪着让他打。”

葛朗台太太没答话，只抬眼注视上天。娜侬披上头巾去了。欧也妮铺上白桌布和餐巾，又去把她寻开心晾在阁楼里绳子上的葡萄摘下几串来。她经过走廊时蹑手蹑脚，生怕惊醒了堂弟，但走过他房门口时禁不住停下来，谛听他均匀的呼吸，心里想：“他睡得那么香，哪知大祸已经临头。”她摘下几片最翠绿的葡萄叶子，像一个配膳室老主管，把葡萄装点得煞是好看，得意扬扬地捧下来放在餐桌上。她又去厨房里，把父亲数过的梨全部掳了来，在绿叶上堆成一座金字塔。她走来走去，蹦蹦跳跳，恨不得把父亲整个家劫掠一空。可是，父亲把所有钥匙都带在身上。娜侬回来了，拿了两个鲜蛋。一见鲜蛋，欧也妮真想扑上去搂住她的脖子亲她。

“朗德的佃户篮子里有鸡蛋，我问他要，他想讨好我就给啦。”

欧也妮放下手里的活计二十来次，去看咖啡煮好没有，去听堂弟起床的动静。这样花了两个钟头心血，终于张罗出一顿午饭。这顿午饭简单，不破费，但却严重违反了家里根深蒂固的习惯。午饭是站着吃的。每个人拿点面包，一个水果或一些黄油，一杯葡萄酒。看到餐桌摆在火炉边，一张扶手椅放在堂弟的刀叉前面，餐桌上摆着两盘水果、一个蛋盅、一瓶白酒，还有面包和一碟堆尖的糖，欧也妮想到万一父亲这时回来，会怎样恶狠狠地瞪她，就不由得四肢哆嗦。因此，她不时望一下钟，计算堂弟是

① 三王即《福音书》中所载朝拜婴儿耶稣的三王。这句话的意思是：咱们家是否过三王来朝节了。

否能在老头子回来之前用完中餐。

“别担心，欧也妮。万一你爸回来了，一切由我担着。”葛朗台太太说。

欧也妮不禁掉下一滴眼泪，大声说：

“啊！好妈妈，我对你爱得不够啊！”

夏尔哼着小调，在房间里没完没了地转来转去，终于下楼来了。幸好，才十一点钟。这个巴黎人！他打扮得那样漂亮，就像是在那位正在苏格兰游历的贵妇人的古堡里做客。他进来时满面春风，笑嘻嘻的，绝妙地显示出他的青春年少，欧也妮见了亦喜亦悲。原以为是来安茹住古堡的美梦已经破灭，不过他不在乎，高高兴兴地和伯母打招呼：

“夜里睡得好吗，亲爱的伯母？你呢，堂姐？”

“好，少爷，你呢？”葛朗台太太回答。

“我睡得非常好。”

“堂弟你该饿了吧。”欧也妮说，“坐下吃饭吧。”

“我中午之前从来不吃早餐，中午我才起床。不过旅途中生活太差啦，我就听从安排。况且……”他掏出布雷格造的特别精致的扁怀表。“瞧，才十一点，我起得太早啦。”

“起得太早？”葛朗台太太问。

“是呀。不过，我是想整理东西。好吧，先吃点东西也不错。随便吃点，鸡呀山鹑什么的。”

“圣母玛丽亚！”娜依听了不禁叫起来。

“山鹑。”欧也妮心里重复道。她恨不得拿出自己的全部积蓄去买一只山鹑来。

“过来坐吧。”伯母招呼道。

时髦少爷往扶手椅里一倒，俨然像一个往长沙发上一歪的俏女子。欧也妮母女俩搬过椅子，在壁炉前离他不远的地方坐下。

“你们一年到头生活在这里？”夏尔问道。他觉得这间堂屋大白天比在烛光下更难看。

“一年到头生活在这里，”欧也妮打量着他答道，“除了摘葡萄的季节，我们去帮娜侬，住在诺瓦耶修道院里。”

“你们从来不外出走走？”

“星期天晚祷之后有时会的，如果天晴的话。”葛朗台太太回答，“我们溜达到桥上，或者去看割草。”

“你们这里有戏院吗？”

“去看戏，去看戏子演戏！”葛朗台太太嚷起来，“我的侄少爷，你可知道这是该死的罪孽？”

“哎，我亲爱的少爷，”娜侬端了鸡蛋过来说道，“我们请你吃没破壳的小鸡。”

“啊，新鲜鸡蛋！”夏尔像奢侈惯了的人说道，已不再想山鹑。“这可是美味的东西，如果有黄油的话。有吗，我的乖乖？”

“啊，黄油！那就吃不成烘饼了。”老妈子说道。

“把黄油拿来，娜侬！”欧也妮喊道。

姑娘看堂弟切面包，看得津津有味，像最多情的巴黎女子看一出沉冤昭雪的情节剧一样。夏尔由一位高雅的母亲抚育成人，后又受到一个时髦女子的陶冶，举手投足之间，的确不乏一个小妇人般的风流、娴雅和细腻。一个姑娘的同情和温存，的确具有磁石般的力量。夏尔看到自己受到堂姐和伯母的关爱，觉得那感情像潮水般涌过来，简直要把自己淹没了，就是想摆脱其影响也摆脱不了。他投向欧也妮的明亮的目光，那样和善，那样亲热，笑吟吟的。他端详欧也妮，发现她那张脸纯洁无邪，五官和谐周正，态度天真纯朴，一对明眸充满魅力，闪烁着青春的爱意，流露出欲念，但毫无肉欲的成分。

“的确，亲爱的堂姐，你如果身着盛装，坐在巴黎歌剧院豪华的包厢里，我敢担保伯母的话没错，你准会叫男人动心，叫女人嫉妒，就是说叫许多人犯罪。”

这番恭维话扣住了欧也妮的心弦，使她高兴得一颗心怦怦直跳，尽管她一点也没听懂。

“啊！堂弟，你是想取笑一个可怜的乡下姑娘吧。”

“你如果了解我，堂姐，就会知道我痛恨取笑，因为取笑会使心灵沮丧，伤害感情。”说着，他讨人喜欢地吃了一块涂黄油的面包。“不，我大概不够风趣，不会取笑人，这让我吃了许多亏。在巴黎，人家要软刀子杀你，就说‘这人心地好’。这话的意思是：这可怜虫笨得像头犀牛。我嘛，由于有钱，又谁都知道我无论用什么手枪，都能在三十步开外一举枪就撂倒目标，而且是在野外，所以没有人敢取笑我。”

“你说这话，侄儿，说明你心地善良。”

“你那枚戒指好漂亮，”欧也妮说，“请你给我看看，不冒失吧。”

夏尔伸手摘下戒指，欧也妮的指尖轻轻碰了一下堂弟粉红的指甲，脸立刻红了。

“妈，你看，这做工多好。”

“啊，这肯定含金量高！”娜侬端了咖啡送来，说道。

“这是什么？”夏尔笑着问。

他指着一把椭圆形的褐色陶壶。那壶外面上光，里面上彩釉，四周一圈灰色，里面咖啡沉底，水一滚泡沫翻到了面上。

“这是煮滚的咖啡。”娜侬答道。

“啊！亲爱的伯母，我在这里停留，至少得留下点做好事的印记。你们太落后啦！我教你们用夏普塔尔咖啡壶煮香喷喷的咖啡。”

他试图说明夏普塔尔咖啡壶的用法。

“哎哟！这么复杂，”娜侬说，“一壶咖啡得花一辈子才煮好。我才不会这样煮呢。啊，不这样煮。我这样煮咖啡，谁来给咱们的乳牛准备草料？”

“我来准备啊。”欧也妮说。

“孩子！”葛朗台太太望着女儿叫道。

这声叫唤提醒大家，这个不幸的年轻人就要陷入悲伤之中。三个女人都不吭声了，同情地望着他，使他觉得奇怪。

“你们怎么啦，堂姐？”

“嘘！”葛朗台太太见欧也妮要开口，连忙制止，“你知道，孩子，你爸负责同少爷谈……”

“叫我夏尔吧。”小葛朗台说。

“啊！你叫夏尔？多美的名字。”欧也妮大声说。

预感到的祸事几乎总会发生。娜侬、葛朗台太太和欧也妮都提心吊胆，担心老箍桶匠会随时回来，偏偏这时听见了熟悉的敲门锤声。

“啊！爸爸回来了。”欧也妮说。

她拿掉放糖的碟子，只留下几块糖放在桌布上。娜侬撤掉那盘鸡蛋。葛朗台太太像一头受惊的母鹿，噌的一声站了起来。看到她们如此惊慌失措，夏尔感到莫名其妙，问道：

“喂！你们怎么啦？”

“我爸回来了啊！”欧也妮回答。

“那又怎么样？”

葛朗台先生进了堂屋，犀利的目光扫一眼餐桌，扫一眼夏尔，一切全明白了。

“啊！啊！你们给侄儿摆酒。好啊，很好，太好了！”他说话一点都不结巴，“猫儿上了房，耗子就在地板上跳舞啦。”

“摆酒？……”夏尔自言自语。他想象不到这个家庭的生活方式和习惯。

“我的一杯酒给我端来吧，娜侬！”老头子说。

欧也妮端上酒。葛朗台从裤腰的小口袋里抽出一把厚刃牛角刀，切一片面包，挑一点黄油，仔仔细细抹匀了，站着吃起来。这时夏尔正往咖啡里加糖。葛朗台老爹看见了那些糖块，审视着顿时脸色发白的妻子，朝前走三步，附在可怜的老太太耳边问道：“这些糖你是从哪儿搞来的？”

“娜侬去费萨尔店里买来的，家里没有了。”

无法想象，这无言的一幕对这三个女人的震动有多深。娜侬离开厨房，来看堂屋里的情形。夏尔尝了尝咖啡，觉得太苦，找糖，糖已给葛朗台收起来了。

“侄儿，你想要什么？”老头子问。

“糖。”

“加牛奶吧，”主人说，“咖啡就不会那么苦了。”

欧也妮把父亲已经收起来的那碟糖重新拿出来，放在桌子上，平静地注视着父亲。真的，那个巴黎女郎用纤纤玉手抓住丝绸结的绳梯，帮助情人逃跑时所表现出的勇气，也不见得胜过把糖重新放到桌子上的欧也妮。巴黎女郎自豪地伸出玉臂让情人看上面的伤痕，她得到了报偿：每根受伤的血管都得到眼泪和热吻的滋润，由快乐来治疗。可是欧也妮在老箍桶匠凶狠的目光逼视下，五内俱焚，心都碎了的秘密，她的堂弟夏尔永远也不会知道。

“你不吃吗，太太？”葛朗台问妻子。

这个像奴隶般的女人走过去，可怜巴巴地切片面包，拿了一个梨。欧也妮大胆地请父亲吃葡萄，对他说：“尝尝我保存的葡萄吧，爸爸！堂弟，你也吃，好吗？这儿串这么好看的葡萄，我是专为你拿下来的。”

“啊！要是不加阻止，她们会为了你把整个索莫城都掳掠一空呢，侄儿。等你吃完饭，我们一块去花园里走走，我有事要对你说，不过不是什么甜蜜的事情。”

欧也妮和她母亲都望了夏尔一眼，夏尔看出她们的表情不正常。

“你这话是什么意思，伯父？自从我可怜的母亲去世后（说到母亲二字，他的声音变得低沉了），就不会再有什么祸事落到我头上啦。”

“侄儿啊，”伯母对他说，“谁知道上帝要用什么不幸来考验我们呢？”

“得，得，得，得！”葛朗台喝道，“又来说蠢话了。侄儿啊，看到你这双雪白漂亮的手我心里就难受。”他指着造化安在小臂尽头的那双像羊肩一样白白胖胖的手。“瞧，这本来是生就捞金攒银的手！可是，你从小娇生惯养，脚上穿皮鞋，而你脚上穿的这皮子，本来是用来做钱包，让我们放票据用的。真糟践哪，糟践！”

“伯父，你到底想说什么？我如果听懂了一句，就给绞死。”

“跟我来吧。”

吝啬鬼折起刀子，喝干杯子里剩下的酒，打开门往外走。

“堂弟，拿出勇气来。”

姑娘说这话的语气让夏尔不寒而栗。他跟在可怕的伯父后面，焦急得要死。欧也妮母女俩和娜侬按捺不住好奇心，来到厨房里，窥伺那两个角色就要在潮湿的小花园里上演的那一幕。伯父和侄儿先是默默无语地走着。要把父亲的死讯告诉夏尔，在葛朗台并不是为难的事，倒是他知道夏尔落到了身无分文的田地，不免动了恻隐之心，所以暗自斟酌，怎样把这残酷的事实表达得缓和一些。“你失去了父亲！”这等于白说，因为父亲总要比儿女先死。“你任何财产都没有了！”人世间的一切苦难都集中在这句话里了。老头子沿着园子中间那条小径转了三圈了，踩得脚下的细沙嚓嚓作响。在人生的重大关头，凡是喜事或祸事降临我们头上的地方，我们的心灵总是念念不忘的。所以此刻夏尔特别留心地观察小花园里的黄杨树、飘零的黄叶、损坏的围墙、奇形怪状的果树以及种种别致的小景。这一切都将镌刻在他的记忆里，由于强烈的感情而特别不容易忘记，将永生永世与这个最重要的时刻联系在一起。

“今天这天气真是又暖和又晴朗。”葛朗台说着深深吸一口气。

“是啊，伯父，可是为什么……”

“唉！孩子，”伯父说，“我有坏消息要告诉你。你父亲情况很不好……”

“那我还在这里干什么？”夏尔说着又喊道，“娜侬！找几匹驿马来。在这里我总能找到一辆车吧。”他补充了这一句，回头看伯父，伯父呆立不动。

“马和车都不管用啦。”葛朗台望着夏尔说道。夏尔一声不吭，眼睛发呆。“是的，我可怜的孩子，你猜到了。他死了，这还不算，更严重的是，他是用手枪自杀的……”

“我父亲……”

“是的。可是这还不算，所有报纸都不怀好意地评论这件事，好像它们有权这样做似的。喏，你自己看吧。”

葛朗台拿出从克吕绍手里借来的报纸，把那篇宣布噩耗的文章伸到夏尔面前。可怜的小伙子还是个孩子，还处于动不动就会天真地流露感情的年龄，这时便痛哭起来。

“哭吧，哭吧，”葛朗台心里说，“他那双眼睛刚才把我吓坏了。现在他哭出来了，就不要紧了。这倒也罢，我可怜的侄儿，”葛朗台不知道夏尔是否在听，只顾大声说，“这倒也罢，你的痛苦会过去的，可是……”

“不会！永远不会！我的父亲！父亲！”

“他让你一点家底也没有啦。你一分钱也没有了。”

“这与我有什么相干？我父亲在哪里？父亲！”

哭喊声、抽噎声在院墙间震荡、回响，令人揪心。三个女人觉得可怜，也都哭了。哭和笑一样是会传染的。夏尔不再听伯父说话，冲进院子，摸上楼梯，到了房间里，横着扑倒在床上，将头埋进毯子里，想避开亲人大哭一场。

“让头一阵暴风雨过去再说。”葛朗台回到堂屋里说道。欧也妮和她母亲抹一把眼泪，慌忙回到原来的位置，用瑟瑟发抖的手干起活来。“可是，这后生准没出息，对死人比对钱还关心。”

欧也妮听到父亲用这样的话谈论最圣洁的痛苦，不禁打了个寒战。从这一刻起，她开始认清自己的父亲了。夏尔的哀号虽然有所减弱，但还是在这座易产生回声的房子里回荡；他沉痛的呜咽仿佛来自地底下，逐渐变得微弱，直到黄昏时分才停止。

“可怜的年轻人！”葛朗台太太叹息道。

这声叹息可招了祸！葛朗台老爹扫了老伴、欧也妮和糖碟子一眼，记起为这个倒霉侄儿所准备的不寻常的午餐，走到堂屋中间站定，照例不动声色地说道：

“哦，对了，葛朗台太太，希望你不要继续大手大脚花钱了。我的钱不是给你买糖去喂那浑小子的。”

“我妈与这件事不相干，”欧也妮说，“是我……”

“你是长大成人了，”葛朗台打断女儿的话，“想和我作对了是不是？欧也妮，你给我想一想……”

“爸，你兄弟的儿子到你家里来，总不应该缺……”

“得，得，得，得，”箍桶匠连“得”了四声，“什么我兄弟的儿子呀，什么我的侄儿呀。夏尔与咱们八竿子打不着，他是个身无分文的人，他父亲破产了。等这个花花公子哭够了，就叫他离开这里。我才不想让他把我的家搅得天翻地覆呢。”

“爸，什么叫破产？”欧也妮问道。

“破产吗，”父亲答道，“就是身败名裂的事情之中最身败名裂的事情。”

“这大概是十恶不赦的大罪，”葛朗台太太说，“我们的兄弟该下地狱了吧。”

“瞧你又来唠叨了。”葛朗台耸耸肩对老伴说。“欧也妮，”他接着说，“破产等于盗窃。不幸的是，法律保护这种盗窃。一些人相信纪尧姆·葛朗台的声誉和诚信，把商品托付给了他，可是他把一切都吞没了，只给人家留一双哭天抹泪的眼睛。江洋大盗比破产的人还好一些。江洋大盗攻击你，你可以自卫，况且他也是把脑袋别在裤腰带上。可是破产的人……总而言之，夏尔无颜立于世上啦。”

这话在可怜的姑娘心里隆隆震响，沉重地碾过她的心头。她天真纯朴有如生长在深山密林里一株娇嫩的鲜花，既不懂处世之道，也不懂父亲那些让人晕头转向的推理和诡辩，接受了父亲关于破产的解释。而父亲的解释其实别有用心，没有告诉她存在被迫破产和蓄意破产之分。

“那么，这桩祸事你没有法子阻止它发生吗？”

“我弟弟并没有同我商量，再说他亏空达四百万。”

“什么叫四百万啊，爸？”欧也妮问得那么天真，俨然一个以为要什么有什么的孩子。

“四百万吗？”葛朗台答道，“就是四百万枚面值二十苏的钱；要五枚面值二十苏的钱币才等于五法郎。”

“天哪！天哪！”欧也妮叫起来，“叔叔怎么会有四百万呢？法国另外还有什么人拥有这么多钱吗？（葛朗台老爹摸着下巴，露出了微笑，那个肉瘤似乎膨胀了。）可是，堂弟怎么办呢？”

“他要去印度，按照他父亲的遗愿，努力在那里发起来。”

“可是他有钱去那里吗？”

“我给他路费……到……对，到南特的路费。”

欧也妮跳过去搂住父亲的脖子。

“啊！爸，你真好，爸！”

她一个劲地亲父亲，弄得葛朗台几乎感到羞愧，良心有点不安起来。

“积攒一百万要很长时间吧？”欧也妮又问道。

“当然啰！”箍桶匠回答，“你知道什么叫一枚拿破仑金币[①]吗？那么，需要五万枚拿破仑金币才够一百万。”

“妈妈，我们为他做‘九日祈祷’吧。”

“我也这样想。”母亲回答。

“犯得着吗？老是要花钱。”父亲说道，“嗯，这，你们以为

---

① 旧时法国金币名，上面有拿破仑头像，值二十法郎。

家里有几千几百吗?”

这时传来一声低沉的哀号，格外凄厉，在顶楼里回荡，吓得欧也妮和她母亲浑身冰凉。“娜侬，去楼上看看他是不是要自杀。”葛朗台说道，转身看见老伴和女儿被他这句话吓得脸色煞白，又说，“啊！瞧，别犯傻，你们俩。我得走了，要去应付那个荷兰客商，他们今天就要走。然后，我还要去看克吕绍，与他扯扯这些事。”

葛朗台走了。等他带上大门，欧也妮和母亲才舒了口气。在这天上午之前，女儿从来没有在父亲面前感到压抑。但几个钟头以来，她的感情和思想时时都在变化。

“妈，一桶酒能卖多少钱?”

“你爸每桶卖一百到一百五十法郎，听说有时能卖二百法郎。”

“他一年的收成如果能酿一千四百桶……”

“说实话，孩子，我不知道能卖多少钱。生意上的事，你爸从来不对我讲。”

“不过，这样看来爸爸很有钱。”

“也许吧。不过，克吕绍先生告诉我，两年前他买了弗洛瓦枫。这样他可能拮据了。”

父亲究竟有多少财产，欧也妮再也搞不清，只能算到这里为止了。

“他看都没看我一下，那宝贝儿!”娜侬下楼来说，“他像一头小牛倒在床上，痛哭流涕像玛大肋纳[①]。他真是一个本笃会修女。这可爱又可怜的小伙子怎么这么悲伤?”

“妈妈，我们快去安慰他吧。有人敲门，我们就下来。”

---

① 玛大肋纳，《圣经》里悔过的女罪人。

葛朗台太太无法抗拒女儿悦耳的声音。欧也妮心灵高尚，已经成年。两个女人揣着一颗怦怦跳的心，上楼去夏尔的房里。房门是敞开的。小伙子什么也没看见，什么也没听见。他浸在泪水里，不成声地呜咽着。

“他多爱他父亲啊！”欧也妮低声说。

从这句话的语调，明显可以听出一颗不知不觉动了情的心所抱的希望。葛朗台太太慈祥地看女儿一眼，附到她耳边说：“当心，你要爱上他了。”

“爱上他？”欧也妮答道，“唉，你要是知道我爸是怎么说的！”

夏尔翻了个身，瞥见了伯母和堂姐。

“我失去了父亲，我可怜的父亲！他如果把他的灾难的秘密告诉我，我们本来可以两个人一块设法挽回的。天哪，我的好父亲！现在想来，那天我拥抱他时一点也不亲热，我本来指望很快就能再见到他啊。”

他一阵呜咽，说不下去了。

“我们会为他祈祷的，”葛朗台太太说，“顺从上帝的旨意吧。”

“堂弟，”欧也妮说，“振作起来！你的损失是无法弥补的，因此现在该考虑如何挽回你的荣誉……”

女人无论处理什么事情都有头脑，就是安慰人的时候也不例外。欧也妮正是以女人的这种本能和这份敏感，想引导堂弟关心他自己，借以减轻他的痛苦。

“我的荣誉……”小伙子叫起来，猛地撩了一下头发，抱着双臂在床上坐起来。“啊，不错！伯父说我父亲破产了。”他令人心碎地号叫一声，用双手捂住脸，“让我一个人待着吧，堂姐，请走开。天哪！天哪！原谅我父亲吧，他一定非常痛苦。”

年轻人的痛苦，这样没有暗自的盘算、没有不可告人的想法而真实地表达出来，让人见了真是异常感动。当夏尔挥着手请她们离开，让他单独待着时，欧也妮和她母亲两颗纯朴的心明白，这是一种难为情的痛苦。她们便下了楼，默默地重新坐在窗前的位置，干了将近一个钟头的活儿，彼此没说一句话。凭着姑娘家一眼什么都能看清的眼力，刚才欧也妮只悄悄瞅了一眼小伙子的个人用品，就看见了他那些精致的梳洗用具、镶金的剪刀和剃须刀等。透过痛苦的气氛所瞥见的这种奢华，也许因为二者的反差吧，使得欧也妮对夏尔更关切了。母女俩一直蛰居于平静的孤独之中，从来还没有如此严重的事件，如此悲剧性的场面，触动过她们的想象力。

“妈妈，”欧也妮说，“咱们为我叔叔戴孝吧。”

“这得由你爸来决定。”葛朗台太太回答。

母女俩又沉默无语了。欧也妮一针一针地织着，从她那有规律的动作，旁观者不难窥测，她正在思绪万千地沉思默想。这个非常可爱的姑娘的头一个愿望，就是分担堂弟的哀痛。四点钟光景，门锤突然响了，仿佛敲在葛朗台太太心上。

“你爸这是怎么啦？”她对女儿说道。

葡萄园主兴冲冲地进来，摘下手套，搓着双手，几乎把皮肤都要搓掉了。幸好他的皮肤像经过鞣制的俄罗斯皮革似的，只是没经过松香和乳香的熏制。他走来走去，不时看钟，终于忍不住吐出了心里的秘密。

最后这句话说得很平静，但深含讽刺意味。索莫城的人此刻都聚集在那广场上，是被葛朗台的酒刚刚脱手的消息聚拢来的。他们如果听到了这句话，肯定会气得发抖。一场惊慌失措会使酒价下跌一半。

“爸，你今年有一千桶酒吧？”欧也妮问道。

“是呀，乖女儿。”

这称呼表示老箍桶匠快乐到了极点。

“能卖到二十万枚面值二十苏的钱。”

“是啊，葛朗台小姐。”

“好啊！爸，你救助夏尔就容易了嘛。”

伯沙撒看见墙上的谶语[1]时的意外、愤怒和惊愕，也没有葛朗台此刻所憋的满腔怒火强烈。他本来已经把侄儿抛到了脑后，却发现侄儿一直藏在女儿的心里和她的算计之中。

“啊！自从这花花公子踏进我家的门，就一切都乱了套。你们大摆阔气，买糖果，摆宴席，花天酒地。我可不答应。我到了这把年纪，大概知道该如何做人的！轮不到我女儿或者任何人来教训我。对待侄儿我该如何做就会如何做，用不着你们来插一杠子。至于你，欧也妮，”他转向女儿补充道，“不要再在我面前提他，否则，我把你和娜侬送到诺瓦耶修道院去，你看我做得到做不到。你如果发牢骚，明天我就送你去。那小子呢，在哪儿？他下楼没有？”

“没有，朋友。”葛朗台太太回答。

“那么，他在干什么？”

“哭他父亲。”欧也妮回答。

葛朗台看女儿一眼，找不出一句可说的话。他好歹是父亲啊。在客厅里转了一两圈，他就上楼去了，去他的办公室里考虑买公债的事。他那两千阿尔邦林木齐根伐倒脱手，进项是六十万法郎。加上白杨树所卖的那笔款子，以及刚成交那笔生意的

① 伯沙撒是巴比伦的最后一个国王尼布甲尼撒的儿子。一天，他大宴群臣，忽然墙上出现手指写的几个字。他叫人解释其意，经但以理破解，为“巴比伦王国气数已尽”之意。不久，巴比伦王国被波斯帝国所灭，伯沙撒被杀。

二十万法郎，上年度和本年度的收入，总数可达九十万法郎。公债每股七十法郎，很短时间内就能赚回两成，这颇有诱惑力。他拿过刊载他兄弟死讯的那张报纸，在上面一笔数一笔数计算起来，对侄儿的呻吟充耳不闻。娜侬敲墙请主子下楼，晚饭已经摆好了。在拱顶下面下最后一级楼梯时，葛朗台盘算道："既然可得八厘利，这桩生意就做定了。两年后，我可以从巴黎提回一百五十万法郎叮当响的金洋。"

"喂，侄儿呢?"

"他说不想吃，"娜侬回答，"这样会饿坏的。"

"省一顿也好。"主人回答。

"当然，咳!"娜依说。

"嗯，他不会一直哭下去的。饿了，狼也会从树林里跑出来。"

晚餐席上安静得出奇。

"好心的老伴，"等桌布撤掉后，葛朗台太太说道，"咱们该戴孝吧。"

"真是的，葛朗台太太，你尽会出些要花钱的花花点子。戴孝在乎心，不在乎孝服。"

"可是，兄弟的孝非戴不可啊，教会训导我们……"

"拿你那六路易去买你们的孝服吧，我你给块黑纱就够了。"

欧也妮默默地抬眼望着天。她那受到压抑而沉睡在心底的慷慨天性，突然苏醒了，却有生以来头一回，感到自己这天性时时受到冲犯。这个晚上表面上与他们单调的生活中千百个晚上没有什么两样，但无疑是最可怕的一个晚上。欧也妮低着头做活儿，没有用头天晚上夏尔不屑一顾的那个针线盒。葛朗台太太织她的袖套。葛朗台则沉思默想，掰着指头盘算了四个钟头，而他盘算的结果，明天一定会叫索莫城的人大吃一惊的。这天谁也没来这个家登门拜访。此时此刻，全城沸沸扬扬，都在议论葛朗台的狠招、他兄弟的破产和他侄儿的到来。由于需要就共同利益议论议论，索莫城中上阶层的葡萄园主都聚在格拉珊先生府上，宣泄满腔怒火，粗言恶语咒骂前市长。娜侬在绩麻，堂屋灰色的天花板下面，就只听见她的纺车声。

“我们倒是都不磨牙。”娜侬说着露出像去皮杏仁般又白又大的牙齿。

“什么都不应该磨损。”从沉思中醒过来的葛朗台接过话说。他看到了自己三年后拥有八百万财产的前景，看到自己在黄金的海洋上航行。“睡觉吧。我代表大家去对侄儿说声晚安，也看看他想不想吃点什么。”

葛朗台太太停在二楼楼梯平台上，想听听老头子与夏尔说什么。欧也妮更大胆，再上了两级楼梯去听。

“喂，侄儿，你肯定感到难过。是的，哭吧，这是人之常情。父亲总归是父亲。不过，遭了难也不要急。你在这里哭，我正为你操心呢。你看，我可是一个好心肠的伯父。来，振作起来。你想喝一小杯酒吗？在索莫，酒是不值钱的东西，在这里请人喝酒，就像在印度请人喝茶。可是，”葛朗台继续说，“你这里没点蜡烛。不好，不好！做什么事情都看得清才成。”葛朗台走到壁炉台前。“嗬！这里居然有白蜡烛。见鬼，这白蜡烛哪里搞来的？臭娘儿们简直想拆掉我家的地板，给这小子煮鸡蛋啦。”

听到这几句话，母女俩赶紧缩回卧室，钻进被窝，动作之敏捷，不亚于受惊逃窜回洞的耗子。

“葛朗台太太，你有座金库是不是？”丈夫进到太太房里问道。

“老伴，我正在祷告，请等一等。”可怜的母亲回答的声音都变了。

“让你仁慈的上帝见鬼去吧！”葛朗台咕哝道。

凡是守财奴都不信来世，对他们来说，一切都在现世。这种观念给现今的时代投下一道可怖的光：现今这个时代与任何时代相比，金钱之于法律、政治和道德，都更加处于支配地位。学校、书籍、人和学说，全都串通一气，破坏对来世的信仰，即破坏一千八百年来支撑社会大厦的基础。现在棺材是一种没有多少人惧怕的中转站。追思祈祷之后的来世，已经被搬回现世，通过正当或不正当的手段，登上人间天堂，极尽奢华和享乐，让人心变为铁石，为了短暂的拥有而磨炼自己的肉体，像殉道者为了永恒的幸福而终生受难一样，这正是如今普遍的想法！而且，这种想法到处被明文记载，甚至写进了法律。对立法者，法律不问“你怎样想的”，而问“你付多少钱”。这种法理一旦由资产阶级传播到平民大众之中的时候，我们的国家将变成什么样子呢？

“葛朗台太太，你祈祷完了吗？”老箍桶匠问道。

“老伴，我为你祈祷呢。”

“很好！晚安。我们明天早上再谈。”

可怜的女人这天晚上躺在床上，就像功课没学好的小学生，生怕醒来时看到老师生气的面孔。一点点响动都会叫她担惊受怕，所以她整个儿钻进被窝，裹得严严实实。正在这时，欧也妮穿着睡衣，光着脚，溜到她身旁，在她前额上印了一个吻，说道：

“哎，好妈妈，明天我告诉他都是我做的。”

“不行。他会把你送到诺瓦耶去的。让我来应付吧，他总不能吃掉我。”

“听见吗，妈妈？”

“什么?”

“唉！他一直在哭。”

“去睡吧，孩子。你光着脚要着凉了，地板潮乎乎的。”

这个重大的日子就这样过去了，它将在这个富有而可怜的女继承人心头沉甸甸地压一辈子。从此她的睡眠再也不会像从前那样酣畅深沉了。人生有些事情，在相当平常的情况下，整个儿讲匪夷所思，尽管是千真万确的。可是，对于我们心血来潮的决断，人们不是几乎总是不从心理学上加以探究，对不可思议地形成的、促成这些决断的原因，不加任何说明吗？欧也妮发自心灵深处的热情，也许要从她最敏感的肌理中去进行分析，因为据一些玩世不恭的人讲，这种热情变成了一种病态，影响她的一生一世。许多人宁可否认结局，也不去估量一下把精神方面的一种现象和另一种现象暗中联结起来的纠结、连缀和贯串的力量。在这里，善于观察人的天性的诸君会看到，欧也妮的过去，正是她不假思索的天真和突如其来的真情流露真实可信的依据。她过去的生活越平静，女性的同情心这种最敏感的感情就越强烈，在她的心灵里蓬勃滋长。所以，被白天的事情弄得心乱如麻的欧也妮，夜里好几次惊醒，倾听堂弟的动静，似乎听到了自昨天以来就一直在她心头回荡的一声声悲叹。她忽而看见他悲伤得断了气，忽而想象他饿得奄奄一息。天快亮时，她确实听到了一声可怕的叫喊。她立刻穿上衣服，借着熹微的晨光，蹑手蹑脚向堂弟的房间走去。房门敞开着，烛台里的蜡烛已经燃尽。夏尔被疲劳制服了，和衣坐在椅子上睡着了，头歪倒在床沿，正做噩梦，恰如一般腹中空空的人。欧也妮尽可以痛哭一场，尽可以欣赏那张年轻漂亮的脸。那张脸因为痛苦而变得像大理石，两眼哭肿了，虽然睡着的，好像还在流泪。睡梦中的夏尔感应到欧也妮的存在，睁开眼睛，看见她百感交集地站在自己身边。

“对不起，堂姐。”他说道，显然不知道是什么时间，也不知道在什么地方。

“这里有几颗心在倾听你的声音，堂弟。我们以为你需要点什么呢。你应该躺下，这样坐着睡太累了。”

“说得对。”

“那就待会儿见。”

她赶紧跑开，对自己来到这里既害臊又欣慰。只有天真无邪，才能这样大胆冒失。涉世一深，不论行善还是犯罪，都会谨小慎微。欧也妮在堂弟身边时没有发抖，一回到自己房里，两腿都站立不稳了。糊里糊涂的生活突然结束了，她开始思前想后，一个劲地责备自己：“堂弟会怎么看我呢？他准会以为我爱上了他。”其实，她恰恰最希望他这样想。真诚的爱必然洞达，知道爱能触发爱。待字闺中的姑娘居然偷偷跑进一个小伙子的房里，这可是了不得的事情！在爱情方面，有些想法和行为对某些心灵而言，不就等于神圣的婚约吗？一个钟头后，欧也妮走进母亲房里，照例侍候母亲起床穿衣。然后母女俩下楼坐在窗前的老位置等候葛朗台，惴惴不安的情状，正如担心有人会大发雷霆或担心受到惩罚一样，一颗心不是发冷就是发热，不是抽紧就是膨胀，看各人的气质。这种感觉其实十分自然，连家畜都会产生。家畜犯过失挨了打，一点点疼痛都哇哇乱叫，自己不小心碰伤了，则会一声不吭。老家伙下楼来了，与太太说话显得漫不经心，又亲了一下欧也妮，就在餐桌前坐下，似乎把昨天晚上那些威胁的话抛到了脑后。

“侄儿怎么样了？这孩子倒是不烦人。”

“先生，他还没睡醒。”娜侬回答。

“再好不过啦，这就不需要点白蜡烛了。”葛朗台话中带刺地说。

这种不寻常的宽大，这种说话带刺的兴致，使葛朗台太太深感意外，留神地打量丈夫。老家伙……这里也许有必要提一笔：我们前面常常用来指葛朗台的“老家伙”这个词，在都兰、安茹、普瓦图、布列塔尼等地，既可用于称呼最残忍的人，也可用于称呼最老实的人，只要他们达到一定的年纪。这个称呼对于个人仁厚与否，并不表示任何先入之见。老家伙拿起帽子和手套，说：“我去广场上逛逛，会会克吕绍叔侄几个。”

“欧也妮，你父亲肯定有事。”

事实上，葛朗台觉睡得少，每天夜里总有一半时间用于种种事前的盘算。这些盘算使他的见解、观察、计划总是惊人的准确，保证他经常稳操胜券，令索莫城的人惊叹不已。人的本领是耐心和时间的综合。本领高强的人既有意志，又善于等待时机。守财奴的一生就是不断地发挥人的本领为自我服务。他凭的只是两种意识：自爱和利益。但利益可以说就是牢固的自爱，当然也就是不断证明自己真正高人一等。所以自爱和利益是同一个整体即自私自利的两个方面。可能正因为如此，被巧妙地搬上舞台的守财奴，能激起极大的好奇心。这类人物戕害了又集中体现了人类的全部情感，因此每个人都与这类人物一脉相通。哪里存在没有欲望的人？而没有金钱，什么社会欲望可以得到解决？照他老伴的说法，葛朗台的确有事。像所有守财奴一样，他心里时时存在一种挥之不去的需要：非与别人进行竞争，把别人的钱合法地捞过来不可。制服别人，不就是显示自己的本领，使自己永远能够蔑视那些在世间任人宰割的弱小者吗？唉！谁能理解平静地躺在上帝脚边的羔羊？它是尘世间一切受害者感人至深的象征，是来世的象征，是备受赞美的苦难和弱小的象征。这羔羊，守财奴将它养得肥肥的，把它圈起来，宰杀，烹饪，吃掉，又加以蔑视。守财奴们的养料，就是金钱加蔑视。昨天夜里，老家伙换了一种思路，所以他刚才表现出了宽大。他想出了一套诡计，捉弄巴黎人，掐他们，撕扯他们，让他们打滚，让他们来回奔跑，怀着希望，又突然面如土色。他，这个老箍桶匠，在他索莫城的家里灰暗的堂屋里头，踏在虫蚀斑斑的旧楼梯上时，心里所想的就是如何拿巴黎人寻开心。他心里一直想着侄儿的事。他要挽回亡弟的名声，而无需花一分钱，既不花他自己的，也不花侄儿的。他的现金将存出去三年，他只管好自己的产业就行了。因此，需要为他诡计多端的行为提供动力，这动力他从弟弟的破产中找到了。现在他感到没有什么东西可供他的利爪撕扯，所以想撕碎巴黎人，而让夏尔从中受益，自己又可以廉价地做一个有情有义的哥哥。家族的荣誉在他的筹划中没有占什么分量。他这番情意可以比作赌徒们感受到的一种需要，就是非要看到自己没有下注的一场赌博赌得精彩不可。克吕绍叔侄是他不可缺少的，但他不愿意去找他们，而决定请他们过来。今晚就开始上演刚刚筹谋的这出喜剧，以期明天全城为他喝彩，而他无需花一个子儿。父亲不在家，欧也妮就感到高兴，可以公开地照顾心爱的堂弟，毫无顾忌地对他倾吐珍藏心底的同情。同情心是女人崇高的优点之一，是女人愿意让人感受到的唯一优点，也是男人可以听凭她们比自己更得天独厚的唯一优点。欧也妮两三次跑去听堂弟的呼吸，弄清楚他是睡着的还是醒着的。后来，堂弟起了床，于是奶油、咖啡、鸡蛋、水果、碟子、酒杯，一切早餐所用的东西，都成了她表示关爱的物品。她轻快地跑上破旧的楼梯去听堂弟的动静：他在穿衣服了，或者还在哭？她甚至跑到房门口。

“堂弟?”

“堂姐。”

“你愿意去堂屋里用早餐，还是端到房里来用?”

“听便。”

“你感觉怎么样?”

“不好意思，堂姐，我肚子饿了。”

这段隔着门的对话，在欧也妮看来，简直是一个小说情节。

“那好，我们把早餐给你送到房间里来，以免惹得我爸不高兴。”她像小鸟一样轻快地跑进厨房说，“娜侬，去给他收拾房间。”

这架上上下下不知跑了多少趟，稍一踩踏就噔噔响的楼梯，在欧也妮心目中再也不破旧了。她觉得这楼梯闪闪发光，会说话，像她一样年轻，像她的爱情一样年轻，而且为她的爱情服务。还有她母亲，她善良而宽厚的母亲，也包容她充满幻想的爱情。等夏尔的房间收拾好了，母女俩就一块进去陪这个不幸的人儿。基督教的大慈大悲不是教人要安慰不幸者吗？这两个女人从宗教里找了许多微末托词，为自己越界的行为辩解。夏尔·葛朗台觉得自己受到最亲切、最深情的关怀。他痛苦的心灵强烈感受到这种温厚友情和深切同情的甜蜜。这正是这两颗一直受到压抑的心灵一旦获得片刻自由，就会在痛苦的领域，即她们日常的天地里充分流露出来的情感。有至亲关系做掩护，欧也妮便着手整理堂弟带来的内衣和梳洗用品，对所拿起的每件讲究的小玩意儿，镂银镶金的小饰物赞叹不已，以欣赏做工为名久久不肯释手。夏尔看到伯母和堂姐对自己慷慨的关心，不禁深为感动。他了解巴黎的社会，知道以自己目前的处境，只有受冷遇遭白眼的份儿。欧也妮那种特殊的美，在他眼里变得艳丽动人；昨天他还嘲笑的风俗，如今他赞美它的淳朴了。因此，当欧也妮从娜依手里接过满满一瓷碗奶油咖啡，端给堂弟喝，以极纯朴的感情，深情地看他一眼时，这个巴黎小伙子不禁热泪盈眶，抓住她的手亲了一下。

“哎哟，你这又怎么啦？”欧也妮问道。

“啊！这是感激的眼泪。”夏尔回答。

欧也妮突然转身去拿壁炉架上的烛台。

“娜依，”她说，“来拿走。”

她再看堂弟时，脸上还红晕未消，不过至少眼神能够伪装了，没有把洋溢于心头的极度快乐流露出来。然而，他们两人的眼睛表达出同一种感觉，正如他们的心灵沉浸于同一种想法：未来是属于他们的。这番温情，对处于巨大悲伤之中的夏尔而言，格外甜蜜，因为它出自意料之外。一声门锤让两个女人回到了原来的位置。幸好，她们楼梯下得快，等葛朗台进来时，已经在做活儿了。如果他在楼梯脚下碰到她们，不消说准起疑心了。老家伙站着匆匆忙忙吃完中饭，就见庄园看守人从弗洛瓦枫赶了来，是来讨早就答应但至今未给的补贴的。他带来了一只野兔和几只竹鸡，都是在庄园里打的，还为磨坊租户捎来了所欠的鳗鱼和两条白斑狗鱼。

“啊，哈！高诺瓦耶这可怜的家伙来得正是时候嘛。这些东西好吃吗，唵？”

“好吃，宽宏大量的亲爱的老爷，打到才两天。”

“喂！娜依，快来，”老家伙喊道，“把这些拿进去，晚餐吃，我要款待两位克吕绍。”

娜依傻了眼，望着大家说：

“嗯，好。可是叫我上哪去弄脂油和香料？”

“太太，”葛朗台说，“给娜依六法郎，待会儿提醒我去地窖里拿两瓶好酒。”

“哎，嗯，葛朗台先生，”庄园看守又开口了。他准备好了一篇讲话，目的是要把补贴讨到手，“葛朗台先生……”

“得，得，得，得，”葛朗台说，“我知道你想说什么。你是一个老好人，这件事咱们明天再谈，今儿个我忙得很。”说着他转身对葛朗台太太道，“太太，给他五法郎。”

葛朗台说完赶紧跑了。可怜的女人用十一法郎买到了清静，真是太高兴了。她知道，葛朗台把给了她的钱再一个子儿一个子儿抠去之后，会安静半个月。

“给，高诺瓦耶，”她塞给庄园看守十法郎说，“改天再谢你的辛劳吧。”

高诺瓦耶无话可说，走了。

“太太，”娜依披上黑头巾，挎上篮子说，“我只需要三法郎，剩下的你留着吧。行，我好歹能对付。”

“娜依，做一顿美味可口的晚餐，我堂弟要下楼来吃饭的。”欧也妮说。

“肯定有什么不寻常的事情，”葛朗台太太说，“打我和你爸结婚以来，这是他第三回请客吃饭。”

四点钟光景，欧也妮和母亲摆好了六副刀叉。主人从地窖里把外省人珍爱的陈年佳酿拎了几瓶上来。这时，夏尔来到了堂屋里。小伙子脸色苍白。他的举止、神态、目光和声调，高雅中透露出悲痛。他的痛苦不是装出来的，他的确痛苦。这痛苦像面纱蒙在他脸上，使他现出一种值得怜爱的神情，这正是女人所喜欢的。欧也妮因此更加爱他。也许是不幸使他更贴近了欧也妮。对欧也妮来讲，夏尔不再是那个高不可攀的、富有的俊小伙子，而是遭了大难的亲戚。苦难生平等。女人视救苦救难为己任，这是她们与天使相同的地方。夏尔和欧也妮靠眼睛相互理解，彼此交谈。这个落难的、可怜的花花公子，这个孤儿，默默地、平静而高傲地待在一个角落里，但堂姐温存、爱怜的目光不时落在他身上，使他不得不抛开悲伤的想法，与她一块遨游于希望与未来之中——这正是欧也妮喜欢的。这时，葛朗台请克吕绍叔侄吃饭的消息在索莫城引起的轰动，超过了先前葛朗台卖掉当年收成的消息，而他那个行为是背叛所有葡萄园主的罪行。这个老奸巨猾的葡萄园主请客吃饭，如果能像当年的亚西比德[①]那样，为了惊世骇俗而剁下狗尾巴宴客，也许会成为一个大人物呢。可是，他比索莫城的人高明得多，经常把他们玩弄于股掌之中，根本没把他们放在眼里。格拉珊夫妇不久就得知了夏尔的父亲横死和多半已破产的消息，决定当天晚上就到老主顾家致哀，以示友谊，同时摸一摸在这种情况下他还请克吕绍叔侄吃饭，究竟是出于什么动机。五点整，克·德·彭峰庭长和他的叔父克吕绍公证人到了，两人从头到脚一身盛装。宾主入席，不消说是开始大吃大喝起来。葛朗台一副严肃的样子，夏尔一声不吭，欧也妮像个哑巴，葛朗台太太也像平常一样甚少开口，弄得这顿晚餐成了名副其实的吊丧饭。大家准备离席时，夏尔对伯父伯母说："请允许我先告退，我有一封悲伤的长信要写。"

"请便，侄儿。"

夏尔走后，老家伙认为他一门心思在写信，什么也听不到了，便阴阳怪气地看太太一眼说：

"葛朗台太太，我们要谈的事，你恐怕听也听不懂。现在七

① 亚西比德（约公元前 450—前 404），雅典将军和政治家，与哲学家苏格拉底关系密切，是其得意门生。

点半钟了，你该钻被窝啦。女儿，你也晚安吧。”

他亲了一下欧也妮。两个女人离开了堂屋。演出这才正式开场。在这天晚上的演出中，葛朗台比他一生中任何时候都展示了更多的机敏。这种机敏他是在与人的交往中学到的。那些被他咬得过凶而皮开肉绽的人因此而送了他一个绰号：老狗。索莫城的这位前市长如果有更高的野心，加上机缘凑巧，爬上社会的更高层，奉派出席讨论各国事务的国际会议，说不定能把追求个人利益的才智，用来风风光光地为法兰西做出有益的贡献呢。不过事情也很难讲，老家伙一旦离开索莫，也有可能只是一条可怜虫。一些有才智的人可能和某些动物一样，离开了土生土长的环境，就没法繁衍发展。

“庭……庭……庭长……先……先生，你提……提到……破……破产……”

老家伙装了许多年以至于大家都习以为常的磕巴，以及遇到雨天他便抱怨不休的耳聋，在今晚这种场合，使克吕绍叔侄觉得特别累人。他们一边听葡萄园主往下说，一边不自觉地扭动着嘴脸，仿佛在替他使劲，帮助把他有意说得磕磕巴巴的话顺当地说出来。在这里也许有必要讲一讲葛朗台口吃和耳聋的故事。在安茹地区，没有人比这位狡猾的葡萄园主对昂热法语理解得更透彻、发音更清楚。他虽然精明，过去却上过一个犹太人的当。那个犹太人在谈生意时，将手做成喇叭状放在耳朵边，假装听觉不灵，同时在斟酌措辞时结巴得非常厉害。葛朗台吃了心肠好的亏，觉得自己有责任提示那个狡猾的犹太人似乎在寻找的字眼和意思，结果自己把那个犹太人要说的理由说了出来，他说的话成了那个该死的犹太人要说的话，最后他成了那个犹太人而不是葛朗台了。那次古怪的交锋所谈成的生意，是老箍桶匠整个经商生涯中，绝无仅有的一笔值得抱怨的生意。不过，在金钱上吃了亏，思想上却吸取了受益匪浅的教训，自此之后取得了累累成果。最终，这老家伙还祝福那个犹太人，因为他教会了自己一种艺术，使商业对手失去耐心，让他一心想帮你把想法表达出来，而最终忘掉自己的观点。然而任何生意都没今晚这件事情这样需要装聋，装磕巴，说话绕弯子，让人摸不着头脑，把自己的真实想法隐藏起来。首先他不愿对自己的想法负责任；其次他希望自己说话要节制，不让人家摸透自己的真实意图。

“彭……彭……彭峰先生，”三年来，这是葛朗台第二次称呼克吕绍的侄儿彭峰先生，庭长听了还以为这个诡计多端的老家伙相中了他做女婿呢。“你……你……你说……说……说破……破产在某……某些情况下，可……可以由……由……”

“由商业法庭本身出面阻止。这是天天都有的事。”克·德·彭峰先生抓住了葛朗台老爹的想法或自以为揣摸透了他的想法，想和颜悦色地向他解释一番。“你想听听吗？”

“我洗……洗耳恭……恭听。”老家伙谦卑地回答，他装出一个调皮孩子的样子，表面上非常认真地在听老师讲解，心里头却在嘲笑老师。

“当一位受人尊敬的重要人物，比如巴黎已故的令弟……”

“我……我兄弟，是的。”

“遇到资不抵债的危险……”

“这……这……这叫资……资不抵债吗？”

“是的。以致破产迫在眉睫。对当事人有管辖权（请听清楚）的商业法庭，可以通过判决，向其商社委派几名清理人。清理并非破产，明白吗？破产了，一个人就名誉扫地了。但宣告清理，他还是个诚实的人。”

“这大不……不……不相同，如果这这这不要花……花……花……花更多钱的话。”葛朗台说道。

“不过，没有商业法庭的帮助也可以宣告清理。”庭长闻了一下鼻烟接着说，“你知道怎样宣布破产吗？”

“是呀，我从来没……没想……想……想过。”葛朗台回答。

“首先，”法官接着说，“是要由当事人或者其正式登记的代理人，造好资产负债表，递交法院书记室。其次，是要由债权人提出申请。可是，如果当事人不递交资产负债表，如果没有任何债权人请求法庭作出判决，宣告该当事人破产，那又怎么样呢？”

“是啊，怎……怎……怎么样？”

“那么死者的亲人、代表、继承人，或者当事人本人，如果他没有去世的话，或者当事人的朋友，如果他不肯露面的话，可以宣告清理。莫不是你想对令弟的债务宣告清理？”庭长问道。

“啊！葛朗台，”公证人大声说，“这样做好啊。在咱们外省就讲究名誉。你如果能还你的姓氏以清白，因为这毕竟是你的姓氏，那你才真是男子汉呢……”

“了不起的男子汉！”庭长打断叔父的话说道。

“当然，”老葡萄园主答道，“我兄……兄……兄弟和我一样姓……姓……姓葛朗台。这……这……这毫无疑问。我……我……我不否认。而清……清……理无……无论在……在什么情……情形下，从各……各……各方面面看，对我……我……我所……所钟爱的侄儿都……都是很……很有利的。可是要弄清楚。我不认……认……认识巴黎那……那些诡计多端的家伙。我……我住在索索莫，你们知道！我侍……侍弄葡……葡萄，挖挖排……排……排水沟，总……总……总之，我有我的事……事……事情要做。我从来没开过期……期票。什么叫期票？

我……我……我收到过很……很多，但从来没有签……签……签发过。这玩意儿能兑……兑现，能贴……贴……贴现。我就知……知……知道这些。我听听说还可……可……可以赎回期……期……”

“是的，”庭长说，“可以贴百分之几从市场买到期票，明白吗？”

葛朗台将手做成喇叭状，放在耳朵边，庭长重复一遍他刚才这句话。

“看来，”葡萄园主答道，“这中间有利也有弊啰。我……我这把年……年……年纪了，对这……这……这些事情，却一窍不通。我要……要留在这……这里照……照看葡萄。葡萄多……多，才能用葡萄支付。首先要照……照看好收成。我在弗洛瓦枫有重……重……重要生意，有利可图的生意要做。我不能抛……抛开家不管，去……去应付那些鬼……鬼……鬼人鬼事，我又搞……搞……搞不清。你……你说为了办清理，阻止宣告破产，我应该去巴黎。可是，我不能同时在……在……在两个地……地……地方，除非我是一只小……小鸟，而且……”

“我明白你的意思，”公证人大声说，“可是老朋友，你有的是朋友，有的是能够为你尽心尽力的老朋友啊。”

“行啊，”葡萄园主心里想，“那你就自告奋勇吧。”

“如果派一个人去巴黎，找到令弟纪尧姆最大的债主，对他说……”

“等……等一等，”老家伙忙说，“对他说什么？是……是不是说，索莫城的葛朗台先生这……这……这样，索莫城的葛朗台先生那……那样，他爱他的兄弟，爱他的侄……侄儿。葛朗台是一个好亲……亲戚，他用心良苦。他的收……收……收成卖了好价钱。不要宣布破……破产，你们开个会，任……任命几个清清清理人。那……那时葛朗台再瞧……瞧着办。与其让……让法院的人插……插……插手，不如清理对你们更……更合算。嗯，是不是就这样说？”

“没错！”庭长答道。

“因为，你知道，彭……彭……彭峰先生，在做出……出决定之前，要……要……要做到心中有数。做不到的事就做不到。凡是要花……花大钱的事，先得把财力和负担搞清楚，以……以免搞得倾……倾……倾家荡产。嗯，对吗？”

“当然喽，”庭长说，“我认为几个月之内就可以花一笔钱把所有债权赎回，而这笔钱完全以协议方式支付。哈！哈！你手里拎块肥肉，还怕那些狗不跟你跑！只要不宣告破产，你手里又握着债券，你就冰清玉洁啦。”

“冰……冰清玉……玉洁，”葛朗台手又做成喇叭状，重复道，“我不明白什么冰……冰清玉洁。”

“那么你听我说。”庭长嚷起来。

“我……我听……听着呢。”

“债券是一种商品，可以随市场行情看涨看跌。这是杰雷米·边沁[①]关于高利贷的原则的一种推论。这位法学家证明对高利贷者加以谴责的偏见是愚蠢的。”

“哦。”老家伙说了一声。

“根据边沁的观点，”庭长接着说，“既然原则上讲金钱是一种商品，那么代表金钱的东西也就变成了商品；既然众所周知，债券这种商品是随一般商品日常价格的变化而变化的，那么由某

① 杰雷米·边沁（1748—1832），英国功利主义哲学家、经济学家和法学家。

某人或某某人签名的债券，就像某种商品一样，在市场上会供应充足或供不应求，因而卖得很贵或跌到一钱不值，法庭就可以要求……（哦！瞧我多笨，对不起）我认为你可以按二五折赎回令弟的债券。”

“你……你说这这人叫……叫杰……杰雷米·边……”

“边沁，英国人。”

“这个杰雷米能避免我们在生意方面叫苦连天。”公证人笑着说。

“这些英国人有……有……有时候还是挺近情……情……情理的嘛。”葛朗台说道，“那么，照……照……照边……边……边沁的说法，我兄弟的债券值……值……值钱又不值钱。我……我……我说得对吗？我觉得这很清楚……债主们就是……不，就不是了。我明……明白。”

“让我把这一切向你讲明了吧。”庭长说，“从法律上讲，如果你拥有了葛朗台商社的所有债券，令弟或他的继承人就不欠任何人的债了。好啦。”

“好啦。”老家伙跟着说道。

“从公道的角度考虑，如果令弟的债券按一定的折扣在市场上转让（转让，你懂这个术语的意思吗？），而你一位朋友恰好经过那里，把这些债券收买下来，就是说债权人并没有受到任何暴力胁迫，是自愿转让了这些债券。那么，已故巴黎葛朗台的遗产就光明正大地摆脱一切债务了。”

“不错，”箍桶匠说，“生意归生意，这是肯定的。不过，你们明……明……明白，这很困……困……困难。我……我……我没有……有……有钱，也没有时间，也没有时间，也……”

“是的，你脱不开身。好吧，我愿意替你去巴黎走一趟（旅费你出，这不足挂齿）。我去看那些债权人，跟他们谈，把期限展缓，只要在清理总额上你额外再付一笔钱，并将之纳入债券里面，那么一切就解决了。”

“这以后再……再……再说吧，我不……不……不能够，也不……不……不愿意在没弄清楚……之前就应承。做……做……做不到的就做不到。你……你……你明白吗？”

“这是对的。”

“你对我讲……讲……讲的这一套，弄弄得我头……头……头都要胀……胀……胀裂了。我这一辈子这是头……头……头一回不……不……不得不考虑这样的……”

“是啊，你不是法学家嘛。”

“我……我是个可……可……可怜的葡萄园主，对你……你……你刚才讲的这一套一窍不通。我得……得……得研究研究。”

“好吧，”庭长摆出要把谈话归纳一下的架势。公证人用责备的口气打断他：

“侄儿！”

“怎么，叔叔？”庭长问道。

“让葛朗台先生说明他的意图吧。这回的委托非同小可。咱们亲爱的朋友对委托的范围该有一个明确的界定……”

一声门锤通报格拉珊一家到访。他们的到来和问候使克吕绍先生没法把话说完。这样被打断公证人感到庆幸，葛朗台已经在斜着眼睛看他了，鼻尖上的肉瘤显示出他内心里卷起了一场风暴。但是，首先，行事谨慎的公证人觉得，一个一审法庭的庭长去巴黎降服债权人，插手一桩违背严格的廉政法律的舞弊案，这是不合适的；其次，他还没有听到葛朗台老爹做出愿付任何酬劳的表示。看到侄儿要参与这样一件事，他本能地感到担心。利用格拉珊一家人进来的时机，他挽起庭长的胳膊，把他拉到窗口。

“侄儿，你表现得够啦。愿意尽心的表示就到此为止吧。想得到他女儿的愿望使你失去了理智。见鬼！不应该盲目乱撞。现在让我来把舵，你在旁边搭把手就行了。你犯得上损害法官的尊严参与这样一件……”

公证人话没说完，听见格拉珊先生一边和老箍桶匠握手一边说：“葛朗台，我们获悉贵府遭到的可怕不幸，纪尧姆·葛朗台的公司遭到劫难，令弟去世。我们特地来向你致哀。”

“最大的不幸，就是葛朗台先生的弟弟去世了。”公证人打断银行家的话说道，“他要是向兄长求救，还不至于自杀。我们的老朋友充满了荣誉感，打算清理巴黎葛朗台商社的债务。当法庭庭长的舍侄，为了不让葛朗台先生自找麻烦去处理这样一件牵涉司法方面的事情，表示愿意立刻去巴黎，与各债权人寻求妥协，适当满足他们的要求。”

这一席话，加上葡萄园主摸着下巴表示默认的态度，令格拉珊一家三口格外惊讶。他们来的路上还随心所欲地痛骂葛朗台吝啬，几乎把他说成是害死兄弟的罪魁祸首。

“啊，我早就知道嘛！”银行家嚷起来，一边朝太太递个眼色，“我刚才在路上跟你怎么说的，格拉珊太太？葛朗台连头发尖梢都充满了荣誉感，绝不会容忍他的姓氏受到丝毫玷污！不名誉的金钱花了也不舒服。咱们外省人就是重名誉。好哇，很好，葛朗台。我是一个老兵，不会掩饰自己的想法，而会用粗话讲出来：这他妈的可是高尚得很啊！”

“可……可这高……高尚代……代……代价很高啊。”老家伙答道。银行家握住他的手热烈地晃动着。

“可是，这件事，我老实的葛朗台，”格拉珊接着说，“请庭长先生别见怪，这件事纯粹属于商业上的，需要的是一个老练的生意人去交涉。什么折算、垫付、利息计算，全都得内行才成。我要去巴黎办事，可以顺便代为……”

“我们慢慢考虑吧，两……两……两个人根……根据各自可……可……可能的条件，尽……尽……尽量做……做……做出安……安……安排，不致让我……我……承诺我……我不愿……愿意承……承……承诺的事……事情。”葛朗台结结巴巴说道，“因为你知道，庭长先生当然是要我出路费的。”

说最后这句话时，老家伙不结巴了。

“哎！”格拉珊太太说，“去巴黎多好玩，我愿意自己花路费去。”

她说着给丈夫丢个眼色，似乎是鼓励丈夫无论如何都要把这件差事从他们的对头手里抢过来。她接着又看一眼克吕绍叔侄，眼神里充满了嘲讽，使得那叔侄俩顿时满脸沮丧。葛朗台于是抓住银行家上衣的一颗纽扣，把他拉到一个角落里，对他说：

“你和庭长，我更信得过你。况且，”鼻尖的肉瘤给牵动了几下，他补充道，“这中间有文章。我想买公债，手头有几千法郎可买，不过只想买几十法郎一股的。据说每到月底行情就会跌，这你可是行家，不是吗？”

“当然！好啊，这样我还得为你买进数千法郎公债？”

“刚开头嘛，这是小意思。别说出去！我玩这个不想让任何人知道。月底你帮我做成一笔吧。不过，不要向克吕绍家的人透露一个字，这会使他们感到不舒服。既然你要去巴黎，我们可同时为舍侄合计一下，看看怎样才能稳操胜券。”

“那么，这就说定了。我明天坐驿车出发。”格拉珊大声说，

“我几点钟来了解你最后的想法?”

“五点钟，晚饭之前。”葡萄园主答道，一边搓着双手。

两家客人在一起还待了一会儿。格拉珊沉默片刻拍了拍葛朗台的肩头说：“有你这样的好亲戚真不错啊!”

“是呀是呀，虽然表面上看不出来。”葛朗台答道，“我是个好亲戚。我爱自己的兄弟，我要证明这一点，如果不要花……”

“我们告辞了，葛朗台。”银行家不等他说完，及时打断他，“如果我提前动身，有些事情还得安排一下。”

“好，好。我也一样，为了你所知道的这些事，我要躲进我……我的三思室……室，正如克吕绍庭长所称的。”

“该死的！我再也不是彭峰先生了。”法官闷闷不乐地想，脸上的表情像是在庭上被辩护律师搅得不耐烦了似的。

这两家子冤家对头一块走了。无论哪一家的人都不再考虑早上葛朗台背叛本地葡萄园主们的罪过，而是相互摸底，了解对方对老家伙在处理这件新事情上的用心有什么看法，可是全都枉然。

“你们和我们一起去奥松瓦尔夫人家吗?”格拉珊问公证人。

“我们等一会儿去，”庭长答道，“我答应过格里博古小姐过去向她打个招呼的。如果我叔叔允许，我们先要上她家一趟。”

“那么再见吧，先生们。”格拉珊太太说道。当格拉珊一家人离开克吕绍叔侄俩有几步路时，阿道尔夫对父亲说：“他们气得七窍冒烟啦，嗯?”

“别说了，儿子，”他母亲说道，“他们还听得见。再说，你这话听起来不雅，完全是法科学生腔。”

“唉！叔叔，”庭长见格拉珊一家走远了，忍不住大声说，“我开始是彭峰庭长，最后呢仍然仅仅是一个克吕绍。”

“我看出来了这让你气不顺。可是，风向转到格拉珊那边去了。你怎么聪明一世糊涂一时？……让他们顺着葛朗台老爹‘咱们再谈’这根杆子去爬吧。你放心，孩子，欧也妮早晚还是你的媳妇。”

不多一会儿，葛朗台这个崇高的决定就传遍了三个家族，全城都在议论他看重手足之情的事了。至于葛朗台不顾葡萄园主们之间的誓约独家卖掉存货的事，大家都原谅了他，而赞美他的荣誉感，夸奖他的慷慨大度，本来谁都没想到他会这样。法国人的性格，就是对一时的红角儿，对时下赶潮流的新奇玩意儿，总是兴奋、激动、狂热。那些群众，那些百姓，难道都健忘吗？

葛朗台老爹关上门，喊娜侬：

“你别把狗放出来，也别睡觉，咱们有事情要一块儿做。十一点钟，高诺瓦耶会赶着弗洛瓦枫的马车来到我家门口。你留心听着，等他到了不让他敲门，叫他径直进来。警察局规定深更半夜不准喧哗。再说，也没有必要让街坊邻里知道我出门了。”

葛朗台说罢，就去楼上的密室里了。娜侬听见他在挪动、翻阅、来回踱步，但一直非常小心，显然不想惊醒妻子和女儿，尤其不想引起侄儿的注意。他看见侄儿房里还亮着灯，已经开始在咒骂他了。欧也妮一心惦着堂弟，半夜仿佛听见一个垂死的人在呻吟，她觉得这垂死的人一定是夏尔，因为当她和他分手时，他脸色那样苍白，充满绝望！说不定他自杀了。她突然披上一件衣服，一件带风帽的外套，打算去看看。从门缝里漏进一道强烈的光，起初她担心起火了，不过很快就放心了，因为她听到了娜侬重重的脚步声，还听见她的说话声夹杂着几匹马的嘶叫声。

“莫非我爸要把堂弟送走？”欧也妮想道，同时把门打开一点儿，小心在意地不弄出响声，但能看到走廊里的情形。

蓦然她的眼睛遇到了父亲的眼睛，虽然父亲目光涣散，什么也没有注意和怀疑，却吓得她透心凉。老头子和娜侬一块右肩抬着一根粗杠子，杠子中间所系的一根粗绳子吊着一个小桶，是葛朗台老爹平时闲着没事时在面包房里做着玩的那种。

“圣母啊！先生，怎么这样沉？”娜侬低声说道。

“可惜都是十生丁的铜子儿。”老头子说道，“当心别撞倒了烛台。”

只有放在楼梯扶手两根栏杆之间的一支蜡烛照亮这个场面。

“高诺瓦耶，”葛朗台对他的临时保镖说道，“带手枪了吗？”

“没带，先生。哎！不就是一些铜子儿吗，怕什么？”

“嗯！没什么可怕的。”葛朗台老爹说。

“再说我们会奔驰得很快，”保镖又说，“你的佃户们为你挑选了最好的马。”

“好，好。你没对他们透露我去什么地方吧？”

“我根本就不知道。”

“好。这马车结实吗？”

“你问结实吗，东家？哈，装运三千公斤没问题。你这几个破桶才多重？”

“哦，我知道！”娜侬说，“将近一千八百公斤吧。”

“别多嘴，娜侬！你告诉太太我去乡下了，回来吃晚饭。赶快点儿，高诺瓦耶，要在九点钟之前赶到昂热。”

车子走了。娜侬闩好大门，放出狗，带着压伤的肩头睡下了。邻里没有任何人知道葛朗台出门和他出门的目的。老家伙完全保守了秘密。在这座堆满金币的公馆里，没有人见到过铜子儿。上午在港口，从人家的闲聊中听说在南特，由于得到许多装配船只的生意，金价涨了一倍，一些投机商跑到昂热来抢购。老葡萄园主只向佃户借了几匹马，就得以载了自家的黄金去昂热抛售，再从那里换回国库券。从中所赚的差价，就足够他买公债所必需的款子了。

“我爸走啦。”欧也妮心里说。她站在楼梯高头，一切全听到了。屋里恢复了寂静。马车的辘辘声渐渐远去，渐渐消失，已经不再在沉睡的索莫城里回荡了。这时，欧也妮在耳朵听见之前，心里听见一声呻吟透过板壁从堂弟的卧房里传过来。房门的缝里漏出一道刀口般宽窄的亮光，横照在旧楼梯的栏杆上。欧也妮上了两级楼梯心里想：“他难受呢。”听到第二声呻吟，她就到了房间前面的楼梯平台上。门虚掩着，她把它推开。夏尔睡着了，头歪倒在旧扶手椅外面，手里的笔掉了，手几乎垂到了地面。由于这种姿势，小伙子的呼吸断断续续，欧也妮突然吓坏了，快步抢进房里。“他可能累坏了。”她看见十来封已封好的信，心里想道。她看信封上的地址，只见写着：法里-布莱曼车行，布伊松成衣店，等等。“他多半在料理自己的事务，准备尽早离开法国。”她想道，目光却落在两封摊开的信上，其中一封是这样开头的：“亲爱的安奈特……”她顿时头昏眼花，心怦怦乱跳，双脚仿佛钉死在地板上了。他亲爱的安奈特，他已经在爱，已经有人爱他了！没有希望啦！他信上说些什么？她心里和脑海里都闪现着这些念头。她看见到处都有那几个火焰般的字，连地板上也有。“这么快就得放弃他了！不，我不能看这封信。我应当走开。不过，看看又何妨？”她看一眼夏尔，轻轻捧起他的头，放在椅子靠背上。夏尔像孩子一样听人摆布，平时他睡着了也知道母亲来到了身边，在睡梦中接受母亲的关爱和亲吻。欧也妮恰如一位母亲抬起他那只垂到地面的手，恰如一位母亲轻轻吻他的头发。亲爱的安奈特！一个魔鬼在耳边喊叫着这几个字。“我知道这样做也许不好，不过这封信我还是要看。”她暗自说道。欧也妮扭过头去，高尚的诚实在责备她。平生头一回，善与恶在她心里冲突起来。在这之前，她从来没有为自己的任何行为感到脸红过。爱情和好奇心占了上风。每读一句话，她的心就膨胀得更厉害，一封信读下来，她心里初恋的快感更变得妙不可言了。

亲爱的安奈特，什么都不可能将你我分开，如果不是我遭到的这场大难——再小心谨慎也无法预见的大难。我父亲自杀了，他的财产和我的财产全部丧失了。从我所受的教育，在这个年纪我还是个孩子，可是已成了孤儿。然而，我应该像个男子汉，从我坠落的深渊里站起来。今天夜里，我花了部分时间进行考虑。我想清清白白离开法国（这是没有疑问的），可是我身上连一百法郎都没有，好让我去印度或美洲碰运气。是的，我可怜的安娜，我要去最恶劣的地方寻找发财的机会。据说，去这样的地方，发财的机会来得快，又可靠，留在巴黎，我不可能发财。等待一个破产的人和破产者的儿子的，只有侮辱、冷漠和鄙视，可是无论我的心灵还是我这张脸，天生都忍受不了这些。天哪！负债四百万！……我头一个礼拜就会死于决斗。所以我决定不返回巴黎。你那最温柔、最忠贞的爱情，使一个男人的心灵变得高贵的爱情，也无法吸引我回去。唉！心爱的，我没有钱去你身边，给你和接受你最后一个吻，一个我能从中吸取足够的力量去闯一番事业的吻。

“可怜的夏尔，幸亏我看了这封信！”欧也妮想道，“我有金子，我给他。”

她抹掉眼泪，继续看信。

我还不曾考虑过贫穷带来的不幸。我即使有必不可少的一百路易做旅费，也没有一个子儿做本钱买小商品带出去做生意。不，我不会有一百路易，一路易都不会有。我还能剩下多少钱，只有等巴黎的债务清偿之后才知道。即使分文不剩，我也要平静下来去南特，到船上当普通水手，在那里起步。像过去的许多硬汉子一样。他们身无分文，但年轻，从印度回来时都成了阔佬。从今天早上起，我冷静地考虑了自己的前途。前途对于我比对其他任何人更可怕，因为我从小被溺爱我的母亲娇生惯养，又受到世间最慈祥的父亲的疼爱，而且一进入社交圈子，就遇到安娜你的爱！人生在我的心目中只有鲜花，这样的幸福是不会长久的。不过，亲爱的安奈特，我有足够的勇气，而这是一个无忧无虑的年轻人不可能有的，尤其因为这个年轻人习惯了巴黎最迷人的女人的爱抚，沉溺于家庭的快乐，家里的一切都对他微笑，他要什么父亲就给他什么……啊！我的父亲，安奈特，他死了呀……唉！我考虑了自己的处境，也考虑了你的处境。这一天一夜，我老了许多。亲爱的安娜，即使你为了把我留在你身边，留在巴黎，情愿牺牲一切豪华的享受，牺牲衣着打扮和歌剧院的包厢，咱们也不会有足够的钱，来维持我的挥霍生活所必需的开销，再说我也不能接受你做出这么大的牺牲。因此，咱俩只好今天就永远分手。

“他和她分手了，圣母玛丽亚！啊，真幸运！”

欧也妮高兴得跳起来。夏尔动了动，吓得她出了一身冷汗。幸好夏尔没有醒，欧也妮接着往下看信。

我什么时候回来？不知道。在印度的气候条件下，一个欧洲人老得快，尤其是一个劳动的欧洲人。就算十年吧。十年之后，你女儿都十八岁了，可以给你做伴，又窥探你的秘密了。这世界对你很残酷，你女儿对你可能更残酷。人情冷暖，少女忘恩负义，这类例子我们见得还少吗？应当引以为戒。像我一样，在心灵深处牢牢记住这四年的幸福吧，如果可能，忠实于你可怜的朋友吧。不过，我不能要求你这样。因为，你知道，亲爱的安奈特，我必须顺应自己的处境，以平常心看待生活，作最现实的打算。因此，我要考虑结婚的问题，这是我的新生活中必须解决的一个问题。而且，我向你坦白，在这里，在索莫城的伯父家里，我遇到了一位堂姐，她的举止、相貌、思想和心地，你都会喜欢的。此外她似乎对我……

“他一定是累极了，所以没有再写下去。”欧也妮看见上面那句话写了一半就停了笔，心里这样想。

她在帮他说明理由呢！那么，这个天真纯朴的姑娘，难道就不能觉察出这封信透露出一种冷漠？受到宗教教养的女孩子，无知而又纯洁，一旦涉足迷人的爱情世界，眼睛里看到的便全都是爱情。她们在爱情的世界里漫步，被笼罩在天国的光辉里，其实这光辉是她们自己的心灵放射的，而且照耀着她们所爱的人。她们用自己感情的火花感染自己所爱的人，把自己美好的思想加到他们身上。女人的错误几乎总是源于相信善或者相信真。对欧也妮而言，“亲爱的安奈特，我心爱的人儿”这些话，全是最美妙的爱情语言，在她的心灵里回荡，抚慰着她的灵魂，就像孩提时代，听到管风琴奏出《来啊，膜拜吧》这首圣歌那神圣的音符一样悦耳。而且夏尔眼中还噙着泪水，更充分显示了他心灵的高尚，而这正是让姑娘神魂颠倒的。她怎能知道，夏尔那样爱父亲，那样真诚地哭他，并不是因为他的心肠有多好，而是因为他的父母对他实在太宽厚了。纪尧姆·葛朗台夫妇对儿子什么心血来潮的愿望也总是设法满足，让他享受到富贵生活的一切乐趣，使他不至于像大多数儿女那样，怀着或多或少的罪恶打算，可怕地算计父母。因为那些孩子面对巴黎的种种享乐，不免产生种种欲望，做出种种计划，可是忧心忡忡地看到，他们的欲望和计划与日俱增，却因为父母尚活在世上而迟迟无法实现。父亲为了儿子不惜挥金如土，终于在儿子心里播下了真心实意的、没有保留的孝心。然而，夏尔毕竟是一个巴黎孩子，由于巴黎风俗的熏陶和安奈特本人的调教，习惯了对什么都要算计。在他年轻人的外貌之下，已经是一颗老于世故的老人之心。他早已受到上流社会可怕的熏陶。在上流社会，一个晚上在思想和言语上所犯的罪恶，比重罪法庭惩处的还多；几句调侃便把最伟大的思想诋毁无遗；谁看得准谁就是所谓的强者，而所谓看得准，就是什么都不相信，既不相信感情，也不相信人，甚至不相信事实，而热衷于制造假事实；为了看得准，每天早上都要掂掂朋友的钱袋子的分量，对所发生的一切善于圆滑地保持超脱的态度，对眼前的一切什么都不欣赏，不欣赏艺术作品，也不欣赏高尚行为，无论做什么事动机都是个人利益。在经过无数次的疯狂放纵之后，那位美丽的贵妇人安奈特，迫使夏尔严肃地思考了，对他谈论他将来的地位，用一只芳香的手摩挲着他的头发，一边给他做发髻，一边教他如何筹划人生。她使他女性化，又使他实际化。这是双重的腐蚀，但腐蚀的手段高雅、精明、有情趣。

“你好傻啊，夏尔。”她说道，“我得花很多精力教你认识上流社会。你对吕波克斯先生的态度很不好。我知道他是一个不怎么值得尊重的人，可是应该等到他失势之后，那时你爱怎样蔑视他就怎样蔑视他。你知道康庞夫人[1]怎样教诲我们的吗?‘孩子们，一个人在台上，你们要崇拜他；一旦他下了台，就帮把手把他拖到垃圾堆里去。有权有势，他是上帝；失势倒台，他连阴沟里的马拉都不如，因为他还活着，而马拉已死了。人生就是环环相扣的计谋，应加以研究，加以运用，使自己始终保持有利的地位。’”

夏尔是一个过分时髦的人。父母过分宠爱他，社交界过分奉承他，他不可能有崇高的感情。母亲在他心里种下的那粒金子般的种子，在巴黎这台挤压模的挤压下，早已变平变薄了，他呢只是表面地用一用，总有一天会磨压得一点不剩的。不过夏尔才二十二岁。在这种年龄，人生的纯真似乎与心灵的单纯是分不开的。声音、目光和面部表情与情感是一致的。所以，当一个人还目光清澈如水，额头上没有一丝皱纹时，就是最严厉的法官、最多疑的诉讼代理人、最刁钻的高利贷者，也总是不敢贸然断定他的心已老于世故，工于算计。夏尔从来没有机会实践巴黎道德的准则，到目前为止，他的可爱就可爱在没有经验。可是不知不觉之间，他心灵里已经种下了自私自利的根苗。巴黎人那套圆滑处世经的根苗，已经潜伏在他心里，一旦他从悠闲的旁观者变成现实生活中的角色，便会立即开花。几乎所有女孩子都对外在的美好诺言深信不疑。欧也妮虽然像外省的一些女孩子一样，凡事小心谨慎又善于察言观色，可是当堂弟的举止、言谈和行为与情感还十分一致的时候，她怎么会对他产生怀疑呢?一个偶然的机会，对欧也妮来讲也是注定会带来不幸的机会，让她看到了堂弟那颗年轻的心里真情最后的流露，也就是说听到了他的良心最后

① 康庞夫人（1752—1822），巴黎贵族女子学校校长，路易十六王后的密友。

几声叹息。她放下这封她觉得充满爱情的信，尽情地端详起熟睡的堂弟。她觉得这张脸上依然流露出人生纯真的幻想。她先是发誓要始终不渝地爱他。然后她的目光转到另一封信上，再也不觉得这种冒失的行为有什么大不了的。况且，她看这另一封信，是为堂弟高尚的优点寻找新的证据。她像所有女人一样，认为自己相中的男人一定有种种高尚的优点。

亲爱的阿尔丰斯，你阅读这封信的时候，我已经没有朋友了。不过说实话，我虽然怀疑上流社会那些习惯于高谈阔论友谊的人，但并不怀疑你的友谊。所以我委托你料理我的事情，指望你把我所有的东西卖个好价钱。我的处境想必你已经了解。我一无所有了，想到印度去。我刚刚给所有我似乎多少欠了些钱的人去了信，谨附上清单一纸，准确性仅凭我的记忆所及。我的藏书、家具、车辆和马匹等，相信足以抵我所欠债务。我只想保留没多少价值的东西，以便买些小商品带出去起步做生意。亲爱的阿尔丰斯，为变卖这些东西，我不久会给你寄一纸正式委托书，以防节外生枝。请把我的全部枪械寄给我。布里东留给你。一头那样出色的牲口，谁都不肯出价钱的，我宁愿送给你，权当一个临终的人把常戴的戒指送给他的遗嘱执行人一样。在法里-布莱曼车行订造了一辆很舒适的旅行车，尚未交货，请设法让他们留下车子而不让我赔偿损失。如果不肯，请务必做到在我目前的处境下不损害我的信誉。我欠那个岛上人六路易赌债，别忘了还给他……

"亲爱的堂弟。"欧也妮暗暗唤一声，丢下信，端了蜡烛，小步溜回自己房间。她怀着十分快活的激动心情，拉开一个旧橡木柜的抽屉。那柜子是文艺复兴时期最漂亮的家具之一，上面还依稀可辨著名的蝶螈徽记。她从抽屉里拿出一个带金坠子的红丝绒大钱袋，金银线绣的边已经磨损，是她外祖母留下的一件遗物。她得意地掂了掂钱袋的分量，将她忘了数目的积蓄兴致勃勃地点了一遍。她先把二十枚簇新的葡萄牙金币挑出来放在一边，那是1725年约翰五世时铸造的，换成葡币实际上值五元，或者照她父亲的说法，每枚值一百六十八法郎六十四生丁，但鉴于这些金币罕见、精美，一枚枚像小太阳一样耀眼，所以照惯例每枚值一百八十法郎。接着挑出来的是面值一百热那亚元的热那亚金币，也是罕见的古币，每枚可兑换八十七法郎，金币收藏家肯出价一百法郎。这是她母亲的外祖父拉贝特利埃老先生的遗物。第三个品种是三枚西班牙古金币，菲利普五世时代1729年铸造的。让蒂叶太太所送，每次送给她时总说同一句话："这可爱的小玩意儿，这枚小小的金币，值九十八法郎哩！我的小宝贝，好好保存吧，将来会是你的宝库中最珍贵的宝物。"又一个品种，是她父亲最看重的荷兰金币一百杜卡托，1756年铸造，成色二十三开有余，每枚将近值十三法郎。再一个是非常珍贵的品种，是守财奴们最珍视的金徽章：三枚有天平图案的卢比、五枚有圣母像的卢比，全是二十四开的纯金，是莫卧儿大帝铸造的精美无比的金币，按重量每枚值三十七法郎，但爱把玩黄金的行家至少出价五十法郎。最后一个品种是四十法郎的拿破仑金币，前天才收到的，随便扔在这个红钱袋里。这些财宝里面，有些是全新的、从未使用过的金币，有些是真正的艺术品。葛朗台老爹时不时要过问，要拿出来欣赏一番，对女儿详细讲讲它们的内在品质，例如边饰如何精美，底子如何光洁，字体又如何丰富多彩，连生动的棱角都还丝毫没有磨损。但此刻欧也妮既没想到这些宝贝的稀罕，也没想到父亲的癖好，更没想到把父亲如此珍爱的宝物脱手会面临怎样的危险。不，她只想到堂弟。经过一番计算，虽然免不了有些差错，她终于弄清了自己拥有的财产实际价值约五千八百法郎，按一般市价可卖到近两千埃居[①]。看到自己这么富有，她高兴得拍起手来，恰如一个孩子，高兴到极点，就单纯地要以身体的动作来发泄。这天晚上，父女俩都清点了各自的财富，父亲是为了去抛售黄金，女儿是为了把钱投进爱情的海洋。欧也妮把钱放回旧钱袋里，拿在手里，毫不犹豫上楼去了。堂弟隐瞒的窘况使她忘记了此刻正是夜里，忘记了行为要得体，何况还有良心、献身精神和幸福感给了她胆量。正当她一手端着蜡烛，一手拎着钱袋，出现在房门口时，堂弟恰好醒来了，一看见堂姐，不禁目瞪口呆。欧也妮走上前去，把烛台放在桌子上，声音激动地说："堂弟，我做了一件很对不起你的事，请你原谅。你不计较，上帝也就会宽恕我。"

"什么事？"夏尔揉着眼睛问。

"我看过这两封信。"

夏尔脸红了。

"怎么会发生这种事？我为什么上楼来了？"欧也妮又说，"说实话，现在我自己都搞不清了。不过，看了这两封信，我并不怎么感到后悔，因为这两封信使我了解了你的心、你的灵魂，还有……"

"还有什么？"夏尔问道。

"还有你的计划，你需要一笔钱……"

"亲爱的堂姐。"

① 按一埃居合五法郎计算，近两千埃居约合一万法郎。

“嘘，嘘，堂弟，小声点，不要惊醒别人。”欧也妮说着打开钱袋。

“这是一个可怜的姑娘的积蓄，她根本用不着。夏尔，收下吧。今天早上我不知道钱为何物，是你教我明白了钱是一种工具，如此而已。堂兄弟与亲兄弟差不多，姐姐的钱你完全可以借用的。”

既是成人又是姑娘的欧也妮，没有想过会遭到拒绝。堂弟却默不作声。

“怎么，你拒绝吗?”欧也妮问道。寂静中可以听见她的心在怦怦地跳。

堂弟的犹豫使她觉得没有面子，但堂弟身无分文的窘境在她思想上反应更强烈，于是她双膝往地上一跪，说道：

“你不接受，我就不起来。堂弟，求你了，你倒是回答一句啊！让我知道你是不是赏脸，是不是包容大度，是不是……”

听到这高尚的、绝望的呼喊，夏尔止不住热泪潸潸，掉到欧也妮的手上，他正抓住她的手不让她下跪。欧也妮感受到这几滴热泪，立刻跳起来抓过钱袋子，把钱倒在桌子上。

“好啦，收下了，是不是?”她高兴得热泪盈眶，“别担心，堂弟，你会发财的。这些金子会给你带来福运。你将来再还我吧。况且，我们也可以合作，你提出什么条件都行。只是你不要把这份礼看得那么重。”

夏尔终于吐露出了心里话：

“好吧，欧也妮，我再不接受，未免显得心胸太狭窄了。不过，一物还一物，信任还信任。”

“什么意思?”欧也妮惊异地问。

“听我说，亲爱的堂姐，我这里有……”夏尔停顿一下，指着五斗柜上一个套在皮套子里的方盒子说，“看见没有，那是一件对我来说像生命一样宝贵的东西。这个盒子是我母亲送给我的一件礼物。今天早上我就想，要是母亲能从坟墓里出来，一定会把她怀着爱心为置办这个梳洗用品盒所挥霍的黄金亲自卖掉的。由我去把它卖掉，我觉得是一种亵渎行为。”欧也妮听到最后这句话，紧紧地攥住堂弟的手，两个人泪汪汪地对视着。停了片刻，夏尔接着说：“不，我既不愿意把它毁掉，也不愿意冒险地带着它浪迹天涯。亲爱的欧也妮，就把它存放在你这里吧。朋友之间，从来不会托付如此神圣的东西。你看过就知道了。”夏尔说着拿起盒子，从套子里抽出来，揭开盖子，伤心地让堂姐看里面的梳洗用品。欧也妮惊叹不已，那里面每件黄金制品做工之精美，其价值超过了黄金重量的价值。“你现在欣赏到的这些还算不了什么。”夏尔说着按了按一个按钮，露出一个夹底。“瞧，这才是我抵得上整个世界的无价之宝呢。”他取出两幅肖像，米尔贝尔夫人[①]的两幅杰作，四周镶满了珍珠。

“啊！这个美丽的女人，是不是你写信的那……”

“不，”夏尔微笑着回答，“这个女人是我母亲，这是我父亲，他们是你的叔父婶子。欧也妮，我该跪着求你帮我保存这件宝物。要是我把自己和你这笔小小的积蓄一起断送了，这些金子算是给你的补偿。至于这两幅肖像，我只能留给你，只有你配保存它们。你宁可毁掉它们，也不要让它们落到别人手里……”欧也妮默不作声，夏尔逗趣地追问一句，“好啦，收下了，是不是？”

听到堂弟说出她自己刚才说过的这句话，欧也妮头一回向堂弟投过去恋爱女人的一个眼波，一个既多情又深沉的眼波。夏尔

---

① 米尔贝尔夫人（1796—1849），著名的微型肖像画家。

抓住她一只手，印了一个吻。

“纯洁的天使！你我之间，金钱永远无所谓，是不是？金钱只因为感情才有意义，今后你我之间感情就是一切。”

“你长得像你母亲。她的声音也像你的声音一样柔和吗？”

“哦，柔和多了……”

“听起来肯定是那样。”欧也妮垂下眼帘说，“行了，睡吧，夏尔。我要你睡下，你累了。明天见。”

她轻轻把手从堂弟手里抽出来。堂弟端着烛光送她，两个人一起走到门口，他说：“唉！为什么我会倾家荡产呢？”

“不要紧，我相信我父亲有钱。”欧也妮说。

“可怜的姑娘！”夏尔向房里跨一步，背靠着墙说，“他有钱就不会让我父亲死了，也不会让你过这种苦日子了，总之他就不会生活得这个样子了。”

“可是他有弗洛瓦枫。”

“弗洛瓦枫能值多少钱？”

“我不知道，他还有诺瓦耶。”

“一座破田庄！”

“他还有葡萄园，有草场……”

“不值一提。”夏尔现出不屑一顾的神情说，“哪怕你父亲每年只有二万四千法郎的收入，你们还会住这种冷飕飕、毫无装饰的房子吗？”他左脚向前跨一步补充一句，“这就是给我放财宝的地方吗？”他指着一个旧衣柜这样问道，借以掩饰自己的真实想法。

“你去睡吧。”欧也妮说道，不让他进自己凌乱的房间。

两个人睡熟之后做着同一个梦，从此夏尔悲痛的心中点缀了几朵玫瑰。第二天上午，葛朗台太太看见女儿在午餐之前陪夏尔散步。小伙子仍然满面愁容，完全是一个不幸的人，深深地陷入了悲痛之中，在估量自己所坠入的深渊的深度时，感受到将来的生活沉重的负担。

“我爸要吃晚饭才回来呢。”欧也妮看到母亲现出不安的神色，这样说道。

从欧也妮的举止、神态和特别温柔的声音不难看出，她与堂弟思想上是相通的。也许在感受到感情的力量把两个人结合到一起之前，他们的心灵就已经热烈地融成一片了。夏尔待在堂屋里暗自忧伤，没有人打扰他。三个女人都各忙各的。葛朗台忘了把事情安排好，家里来了不少人。盖屋工、水管工、泥瓦匠、挖土工、木工、种园子的、佃户，有些是来商谈修理事项的，有些是来付租金的，有些是来要钱的。因此，葛朗台太太和欧也妮不得不来来去去，没完没了地给工人们和乡下人答话。娜依把抵租的东西搬进厨房。她总要等主人吩咐下来才知道，哪些东西该留着家里用，哪些东西该拿到市场上去卖。老爷子像许多乡下绅士一样，习惯于把劣质酒留着自家喝，烂水果留着自家吃。傍晚将近五点钟光景，葛朗台从昂热回来了，带着金子换来的一万四千法郎，皮夹子里装着王家国库券，在拿去买公债之前还有利息可拿。他把高诺瓦耶留在昂热照料几匹累得半死的马，等它们休息足了再慢慢赶回来。

“太太，”他说，“我从昂热回来的，我饿了。”

娜依在厨房里嚷着问他：“你从昨天到现在啥都没吃吗？”

“啥都没吃。”老爷子回答。

娜依端上汤。全家正围在桌边吃饭，格拉珊来听主顾的吩咐了。葛朗台老爹连侄儿都没见到。

“你安心地吃吧，葛朗台，”银行家说，“咱们一会儿再聊。

你知道昂热的金价吗？有人从南特赶到那儿收购呢。我打算送一些去抛售。”

“别送了，”老家伙说道，“市面已经饱和啦。咱们是好朋友，我不能让你去白跑一趟。”

“可是那里的金价高达十三法郎五十生丁啊！”

“应该说达到过。”

“见鬼！你这消息从哪儿来的？”

“昨夜我去了昂热。”葛朗台低声对他说。

银行家惊讶万分。随后他们进行了一场交头接耳的对话，交谈过程中格拉珊和葛朗台看了夏尔好几次。大概是在老箍桶匠请银行家帮他买十万法郎公债的时候吧，格拉珊又一次情不自禁地流露出惊愕的样子。

“葛朗台先生，”他对夏尔说，“我要去巴黎，如果你有什么事情托我去办……”

“没有任何事，先生。谢谢你。”夏尔回答。

“要更客气地谢谢他，侄儿。先生是去料理纪尧姆·葛朗台商社的事情。”

“难道还有什么希望吗？”夏尔问道。

“怎么！”箍桶匠神气活现、骄傲地嚷起来，“你不是我侄儿吗？你的名誉就是我们的名誉。你不是姓葛朗台吗？”

夏尔站起来，抓住葛朗台老爹拥抱一下，脸色煞白地出去了。欧也妮敬仰地望着父亲。

“行啦，再见，我的好格拉珊，一切拜托了，帮我好好治治那些人！”两位谋略家握了握手，老箍桶匠一直送银行家到大门口。关好大门之后，他回来往扶手椅里一躺，对娜侬说：“给我来杯惠醋栗酒吧。”但他太激动，待不住，又起了身，打量一眼拉贝特利埃先生的肖像，踏着娜侬所称的舞步，一面唱道：

在法兰西禁卫军里，
有我的一位好爸爸……

娜侬、葛朗台太太、欧也妮默默地相互打量着。葡萄园主高兴到了极点时，总让她们胆战心惊。晚饭后的这段时间很快就结束了。首先，葛朗台老爹想早睡，而他一睡觉，家里人便全都得睡觉，恰如奥古斯特国王一喝酒，全波兰的人都得醉倒一样。其次，娜侬、夏尔和欧也妮疲倦的程度，也不亚于老爷子。至于葛朗台太太嘛，睡觉、吃喝、走路都是随丈夫的意愿。然而，在饭后消化的两个钟头里，箍桶匠显得空前的诙谐，说了许多不同凡响的警句，每一句都显示出他的风趣。他喝完那杯惠醋栗酒，端详着酒杯说：

“嘴唇还没沾到，酒杯就空了！我们的一生也这样。你不能拥有现在，又要拥有过去。钱不能花出去了还留在钱袋子里。要是那样，人生岂不是太美好了。”

他快活而又宽容。当娜侬搬了纺车来准备绩麻，他说：“你也该累了，撂下那些麻吧。”

“啊，好！……不过，我会感到无聊的。”老妈子回答。

“可怜的娜侬！要不要喝点惠醋栗酒？”

“啊！惠醋栗酒吗，我不会不要。太太的惠醋栗酒比所有药剂师都酿得好。他们所卖的难喝死了。”

“他们糖放得太多，没有酒味了。”老爷子说。

第二天八点钟，全家人聚在一起吃早饭的时候，头一回呈现了融洽亲密的气氛。不幸使葛朗台太太、欧也妮与夏尔很快变得亲近了。娜侬也不知不觉地对他们抱有同情。四个人开始亲如一家了。老葡萄园主呢，贪财的欲望得到了满足，又肯定这花花公子不久就要离开，除了到南特的旅费，不用多给他掏一分钱，所以夏尔住在家里，他也几乎不放在心上了。他听任两个孩子——他这样称呼欧也妮和夏尔——在葛朗台太太监督下爱做什么做什么。在公共道德和宗教道德方面，他对太太还是完全信得过的。公路旁边草场的边和水沟都要搞整齐，卢瓦尔河岸边要栽白杨，葡萄园和弗洛瓦枫都有冬天的活儿要做，他一心忙这些事情无暇旁顾。从这时开始，欧也妮就步入了爱情的春天。随着那天半夜她把积蓄送给堂弟那一幕的发生，她的心也跟着积蓄一起去了。两个人相互默契，保守着同一个秘密，经常相互对视，显得心心相印，彼此的感情变得更深、更一致、更亲密，可以说到了把日常生活置之度外的程度。亲族之间就不能说话温柔，目光含情吗？欧也妮乐于让堂弟领略初生的爱情天真烂漫的快乐，而忘掉自己的痛苦。爱情之初与人生之初不是有着美妙动人的相通之处吗？我们不是用甜美的歌声和爱抚的目光催婴儿入睡吗？我们不是给孩子讲述神奇的故事，让孩子的未来金光灿烂吗？在孩子眼里，希望不就是展开绚丽的翅膀不停地翱翔吗？他们不是也时而高兴地流泪，时而痛苦地哭泣吗？他们不是为了毫无意义的小事，例如为了造活动宫殿的石子或者刚摘下就忘了的鲜花，而争吵不休吗？他们不是巴不得抓住时光，让他们尽早踏入生活吗？恋爱是我们第二次脱胎换骨。在欧也妮与夏尔之间，童年与爱情难分难解，这是一种充满稚气的初恋，因为他们的心沉浸在悲伤之中，所以这初恋给他们带来格外大的慰藉。这爱情是在黑纱下挣扎着诞生的，这样它倒是与这所破旧的房子朴素的外省气氛更加和谐。在静悄悄的院子里井台边与堂姐交谈几句，在小花园长满青苔的凳子上，两个人一直坐到日落，认真地说些一本正经的废话，或者在老城墙和房子之间那恍如教堂拱廊下的宁静中沉思默想……夏尔这才懂得了爱情的圣洁，因为他那个贵妇人——亲爱的阿奈特只让他领略过爱情中暴风雨般的骚动。这时他放弃了那卖弄风情、追求虚荣、风风火火的巴黎式的爱情，而领略到了纯洁的、真正的爱情。他喜欢上了这座房子，这里的生活习惯他再也不觉得可笑了。他清早就下楼来，赶在葛朗台拿出一天的粮食之前，与欧也妮聊一会儿。当听见楼梯上响起老爷子的脚步声时，他就溜进花园。清晨的这种约会，连母亲也不知道，而娜侬佯装看不见的这种约会，在他们心里产生了小小的犯罪感，这就给这世间最纯洁无瑕的爱情，增添了偷尝禁果的强烈快乐。及至早餐后，葛朗台老爹出门去巡查庄园和葡萄园了，夏尔便与母女俩待在一起，帮她们绕线，看她们做活儿，听她们闲谈，体味着从没体验过的乐趣。这种近乎修道院式的简朴生活，向他显示了这两颗对世界一无所知的心灵多么美，使他深为感动。他本来以为，这种生活方式在法国已经找不到，只有在德国才存在，而且是虚构地存在于奥古斯特·拉封丹的小说里。不久，他觉得欧也妮是歌德笔下玛格丽特理想的化身，还没有玛格丽特的缺点。总之，一天又一天，他的眼神、他的谈吐，都使可怜的姑娘神魂颠倒，如痴似醉，任凭爱情的激流席卷着自己。她抓住这幸福不放，像游泳的人紧紧抓住柳枝，想离开激流，上岸去歇息。这些飞逝的日子里最快乐的时光，不是因为他们为即将到来的离别发愁，而蒙上了凄凉的阴影吗？每天总会有一件小事提醒他们就要分手了。格拉珊走了三天之后，葛朗台以外省人办这类事所抱的郑重其事的态度，领夏尔去一审法庭签字，声明放弃对父亲的继承权。多么可怕的放弃！简直是背叛祖宗。他又去了公证人克吕绍那里，请他拟定两份委托书，一份给格拉珊，一份给帮他卖动产的朋友。随后得去办必要的手续，领取出国护照。最后，当他定做的简单的孝服从巴黎送来之后，夏尔又叫来一个索莫城的成衣商，把自己多余的衣服卖给他。这件事格外让葛朗台老爹高兴。

“啊！这才像一个要出门去发财的男子汉。”葛朗台见侄儿穿上了黑色粗呢礼服，说道，“好，很好！”

“请相信，先生，”夏尔答道，“我清醒地知道我现在的处境。”

“这是什么？”老头子见夏尔手里捧着一把金子给他看，眼睛一亮问道。

“先生，”夏尔回答，“我把我的纽扣、指环，我所拥有的全部多余的、可能值几个钱的东西收集了起来。可是索莫城里我一个人也不认得，所以我想请你今天上午……”

“叫我买下来吗？”葛朗台打断他的话问道。

“不，伯父，请你给我介绍一个诚实的人……”

“给我吧，侄儿，我拿到高头去给你估个价，然后回来告诉你值多少钱，差不了一生丁。”他仔细看了看一条长金链说，“这是首饰金，十八到十九开。”

老头子伸出大手，抓过那把金子走了。

“堂姐，”夏尔说，“请允许我把这两颗纽扣送给你。你用它们系上丝带扣在腕子上，就是眼下很时髦的一条手镯。”

“那我就不客气地收下了，堂弟。”欧也妮说着会心地看夏尔一眼。

“伯母，这是我母亲的顶针，我把它当作宝贝似的保存在旅行梳洗用品盒里。”夏尔把一枚精致的金顶针递给葛朗台太太。她想要一枚顶针都想了十年了。

“真不知道怎样谢你才好呢，侄儿。”这位老母亲眼里噙着泪水，“以后早祷和晚祷的时候，我要专门为你念一段最虔诚的经，就是旅行者平安经。这件首饰嘛，将来我死了，欧也妮会为你保存的。”

“侄儿，”葛朗台推开门进来道，“总共值九百八十九法郎七十五生丁。免得你自己去卖麻烦，这笔钱我垫付给你算了，按利弗尔足算。”

在卢瓦尔河沿岸地区，“按利弗尔足算”意为面值六利弗尔的银币算作六法郎，不扣成色。

“我没敢开口要你买下，”夏尔答道，“不过在你居住的这座城市去变卖自己的首饰也真让我难堪。拿破仑说：脏衣服得在家里洗。因此我感谢你这番好意。”葛朗台挠挠耳朵，一时间大家都不作声了。“亲爱的伯父，”夏尔又说道，一边不安地看着他，好像怕他多心，“堂姐和伯母都赏脸收了我的一点小玩意儿做纪念。现在请你也收下这副袖扣吧，反正我用不着了。它们却能让你想起远在海外的一个可怜的孩子，他时刻想念着亲人，而从今以后也只有你们和他是一家人了。”

“我的孩子！我的孩子！不应该把东西都送光啊……太太，你拿了什么？”老家伙贪婪地转向妻子问道，“啊！一枚金顶针。你呢，小丫头？嗬！钻石纽扣。好，孩子，我收下你的袖扣。”他握住夏尔的手继续说，“不过，你得让我为……为你付……是的，付去印度的旅费。是的，我要为你付路费。因为，你知道，孩子，我在估你这些首饰时，只算了金子的净重。还有做工，可能也值点钱。所以就这样说定了。我给你一千五百法郎……按利弗尔足算。这还得向克吕绍去借，因为家里一个小钱都没有了，除非佩罗特把拖欠的租金付来。嗯，对啦，我这就找他去。”

葛朗台戴上帽子和手套，就出门去了。

“那么你一定要走了？”欧也妮用既忧伤又赞赏的目光望一眼夏尔，问道。

“不得不走啊。”夏尔低下头答道。

几天来，夏尔的态度、举止和言谈表明他是一个忍受着巨大悲痛的人，但也感到自己肩负着重大责任，因而从不幸中汲取了新的勇气。他不再唉声叹气，他变成了大人。欧也妮看到他穿着黑粗呢丧服下楼来，而这身衣着与他苍白的脸色和忧郁的表情十分协调，她比任何时候都更窥透了堂弟的性格。这天欧也妮母女俩都戴了孝，与夏尔一块去堂区教堂为纪尧姆·葛朗台做追思弥撒。

午饭时分，夏尔收到巴黎来的几封信，逐一看了。

“喂，堂弟，事情办得还满意吗？”欧也妮低声问他。

“女儿，千万别问人家这类问题。”葛朗台批评道，“真见鬼，我从来不把我自己的事告诉你，你干吗要过问你堂弟的事？别去打扰这孩子好不好。”

“噢！我又没有什么秘密。”夏尔说。

“得，得，得，侄儿，将来你会知道，做生意就得将一张嘴把严。”

等到一对情人单独在花园里时，夏尔拉欧也妮在核桃树下的旧凳子上坐下，对她说：“我没有看错阿尔丰斯，他表现得非常好，把我的事情处理得既小心谨慎又光明正大。我巴黎的债务全还清了，我的家具全卖了好价钱。他还告诉我，他请教过一艘远洋货轮的船长之后，用剩下的三千法郎买了一批欧洲产的小摆设，到印度可赚一大笔。他已经把我的货品打包发到了南特，那里正好有艘船要开往爪哇。五天之后，欧也妮，我们就要再见了，也许是永别，至少要很长时间才能再见面。我那批货以及两个朋友寄给我的一万法郎，只不过是起步一笔小小的本钱。没有好几年我休想回来。亲爱的堂姐，不要把我的终身和你的终身等量齐观，我可能客死他乡，而你可能遇到一个有钱的人来提亲……”

“你爱我吗？”欧也妮问。

“啊！是的，很爱。”夏尔用深沉的语气回答，这语气流露出同样深沉的感情。

“那我就等你，夏尔。天哪！我爸正在窗口。”欧也妮说着推开想靠过来拥抱她的夏尔。

她逃到门洞里，夏尔跟过去。她看见夏尔跟过来，便溜到楼梯脚下，推开自动关闭的门。欧也妮不知道往什么地方躲，到了娜侬的小房间旁边那个走廊里最黑的地方。紧跟着她过来的夏尔抓住她的手，把她拉到身前，揽住她的腰，轻轻搂住她让她贴着自己。欧也妮不再推拒，接受并给予了最纯、最甜蜜也最全心全意的一个吻。

“欧也妮，堂弟胜过亲兄弟，他可以娶你。”夏尔对她说。

“但愿如此！”娜侬打开她那间陋室的门，嚷了一声。

两个情人吓了一跳，赶紧逃到堂屋里。欧也妮重新拿起活儿来做，夏尔拿起葛朗台太太的祈祷书，诵读里面的《圣母经》。

“嗯！”娜侬说，“咱们都祈祷吧。”

夏尔一宣布行期，葛朗台便忙着张罗开了，想表明他对侄儿非常关心。凡是分文不花的，他都表现得慷慨大方，主动去找一个装箱工，回来说那人的木箱要价太贵，便坚决要自己来做。他找来一些旧木板，一大早就起来，又是刨，又是拼，又是找平，又是钉钉子，居然做成了几个很漂亮的箱子，把夏尔的东西全装好了。他还负责把东西装上船，买了保险，从卢瓦尔河运出去，准时送到南特。

自从走廊里那一吻之后，欧也妮觉得时光过得飞也似的快得吓人。有时她想跟堂弟一起走。凡是领略过最难分难舍的爱情的人，领略过这爱情因年龄、时间、不治之症或人生厄运而一天天缩短的人，都能理解欧也妮的痛苦。她常常在花园里一面散步一面落泪。这花园，还有这院子、这房子和这座城市，对她来讲都太窄了，她事先已经在浩瀚无边的大海上空飞翔了。终于到了离别的前夕。上午，趁葛朗台和娜侬都不在家时，那只装有两幅肖像的宝贝匣子，给庄严地放进了衣柜里唯一上锁的抽屉里，与现在已经空空的钱袋子放在一起。两个人放这件宝物时，相互吻了无数次，洒了许多热泪。欧也妮把钥匙藏在胸前时，更不忍心拒绝夏尔吻那个地方了。

“这匣子会永远藏在这里面的，我的朋友。”

“好啊！我的心也会永远在那里面。”

“哎！夏尔，这样说不好。”欧也妮说话的口气并没有多少责备的意思。

“我们不是已经结合了吗？”夏尔回答说，“你向我许诺过了，现在我向你许诺。”

双方连说了两遍：“永远属于你。”

世间再也没有比这更纯洁的誓约了。欧也妮的单纯使夏尔的爱情顿时变得神圣了。第二天早晨的早餐十分凄切。娜侬收下了夏尔送的金线绣花睡袍和挂在胸前的十字架，硬是控制不住自己的感情，眼睛里含着泪水。

“这可怜的娇少爷要漂洋过海了，愿上帝一路护佑他。”

十点半钟，全家出门送夏尔去搭乘开往南特的驿车。娜侬放了狗，关好大门，一定要帮夏尔提旅行袋。老街上所有做买卖的都站在店门口看他们一行走过；到了广场上，公证人克吕绍也加入了他们的行列。

“待会儿不要哭，欧也妮。”母亲嘱咐女儿。

“侄儿，”到了客栈门前葛朗台亲了亲夏尔两边的脸蛋儿说道，“你穷兮兮地走，发了大财回来，那时你会看到你父亲的名誉丝毫无损。这我葛朗台向你保证，因为那时就全靠你……”

“啊！伯父，你缓解了我的离别之苦，这不正是你能送给我的最好礼物吗？”

夏尔打断了老箍桶匠的话，根本没有听明白他的意思，却洒了伯父一脸的热泪，欧也妮则使劲握着堂弟和父亲的手。只有公证人脸上挂着微笑，钦佩葛朗台的精明，因为只有他明白这老家伙的心思。四个索莫城人与好多人一起挤在车子前，一直等到车子出发。当车子驶上桥看不见了，车轮的辘辘声也渐渐远去，葡萄园主喊了声：“一路顺风！”幸好只有克吕绍听到这声叫喊。欧也妮和她母亲走到了站台旁还能望见驿车的地方，挥动着白手绢，夏尔也挥动着手帕遥相回答。

“妈，我这会儿真想拥有上帝的法力。”再也看不到夏尔的手帕时，欧也妮说道。

为了不打断葛朗台家所发生的事情的进程，有必要提前来看一看老家伙委托格拉珊去巴黎办事的情形。银行家走后一个月，葛朗台就到手了一张十万法郎公债登记证，是从八十法郎一股实价购进的。葛朗台去世时编造他的财产清单的人所提供的资料，也丝毫不能说明，这个多疑的老家伙是通过什么办法把购买公债所需的款子拨到巴黎，换来了那张公债登记证。公证人克吕绍认为，是娜侬在不知情的情况下，充当了运送款子的忠实工具。大约那段时间，这老妈子有五天不在家，说是去弗洛瓦枫收拾东西了，仿佛老家伙平时会把东西弄得乱七八糟似的。有关纪尧姆·葛朗台商社的事，箍桶匠事先的盘算都实现了。

众所周知，法兰西银行对巴黎和各省的巨富，都掌握有最准确的资料。索莫城的格拉珊和费利克斯·葛朗台榜上有名，像拥有可以抵押的广阔地产做靠山的金融大亨们一样受到尊重，因此，据传索莫城的银行家来到了巴黎，要为信誉清算巴黎葛朗台商社的债务，这件事本身就足以使这位商界巨子避免蒙受被拒绝清算的屈辱。财产当着债主们的面启封，本家公证人合法地对遗物进行清点登记。不久，格拉珊把债权人都召集到一起。他们一致推举索莫城的银行家和一家富商号的主人及主要债权人之一弗朗索瓦·凯勒共同为清算人，把挽救葛朗台家的声誉同时挽救债权所必需的权力交给他们两个人。索莫城的葛朗台的信誉，加上通过格拉珊之口在各债权人心里散布的希望，使妥协顺利达成。债权人之中没有一个故意刁难的。谁也没想到把自己的债权放到损益账中去处理，而只是想："索莫城的葛朗台会偿还的！"过了半年，那些巴黎人把流通中的债券清偿了，收回来作为有价证券保留着。这是箍桶匠想取得的第一个结果，第一次碰头会九个月之后，两位清算人给每个债权人分发了百分之四十七的债款。这笔款子是出售已故纪尧姆·葛朗台的证券、不动产、动产和一般物件所得，出售的手续一丝不苟。这次清算办得绝对公正无私。债权人都乐于承认葛朗台兄弟令人钦佩、毋庸置疑的信誉。等到赞美之辞体面地传开之后，债主们就要求偿付余下的部分了。他们联名给葛朗台写了一封信。

"果然不出所料！"老箍桶匠说着把信扔进火里，"耐心点儿，我的小伙计们。"

作为对这封信所包含的提议的答复，索莫城的葛朗台要求把现存的交换他兄弟的遗产的全部债券存放于一个公证人处，并附一张已付款的收据，以便审核账目，准确制订遗产状况清单。存放债券的做法引起许多异议。债权人一般都是些性情乖张的家伙。今天准备达成协议，明天要死要活把一切推翻，再过几天又变得特别好商量。今天，他太太心情好，他小儿子长了牙，家里事事顺意，他便一个子儿的亏也不想吃；明天，逢着下雨，出不了门，他心里愁烦，一件事情只要能解决，什么提议他都答应；后天，他要求有担保；到了月底，他非逼你自杀不可，这刽子手！债主们都像飞来跳去的麻雀，大人们却撺掇小孩子设法把一粒盐放到麻雀尾巴上。但债主们驳斥对他们的债权的这种比喻，因为照此比喻他们什么也捞不到。葛朗台看透了债主们心情的变化，他兄弟的债主们全都逃不出他的算计。一些人光火了，干脆拒绝存放债券。"好，好得很！"葛朗台读了格拉珊就这个问题写给他的信，搓着双手说道。另一些人同意存放债券，但条件是要明确他们的权利，声明任何权利都不能放弃，甚至要保留宣告破产的权利。又一轮通信磋商。索莫城的葛朗台接受了对方提出的全部保留条件。获得这个让步之后，温和的债主们便去说服强硬的债主们。尽管还有些抱怨，但债券都存放了。"这老家伙没有把你和我们放在眼里。"有人对格拉珊说。纪尧姆·葛朗台去世二十三个月后，许多商人被巴黎商业行情的动荡起伏搞得无暇旁顾，竟忘了向葛朗台追讨债款，或者即使没有忘记，也只是想："看来充其量也只能拿回来百分之四十七了。"箍桶匠早就对时间的力量做过盘算，说时间是个仁慈的魔鬼。第三年年底，格拉珊致函葛朗台，他已设法让债主们答应，葛朗台商社尚欠的二百四十万法郎，只要再偿付百分之十，他们就把债券全部还给他。葛朗台复信说，是公证人和经纪人糟糕的破产害死了他的兄弟，可是他们倒还活着。也许他们会变得有点用处，应该对他们提出起诉，逼他们拿出一些钱来，以减少拖欠款额。第四年年底，拖欠款额正式地明确定为十二万法郎。清算人与债权人、葛朗台与清算人之间，反复谈判，拖了半年。简单讲吧，等到被逼得非清偿不可时，这年将近9月份，索莫城的葛朗台回函给两位清算人，说他侄子在印度发了财，已向他表示父亲的债务由他全部还清，因此他不能不与侄子商量，就擅自清偿这笔债务，他正等待侄子的答复。到了第五年中，债主们还是被葛朗台以他侄儿要自己“全部还清”为由搪塞了过去。老奸巨猾的箍桶匠不时把这句话搬出来，说出了口自己也暗自发笑，每次说“这些巴黎人”时，总要露出奸险的冷笑，同时脱口咒骂一声。这些债权人的遭遇，在商业史上都前所未有。当我们这个故事里事件的演变让他们不得不再度出场时，他们依然处于当初葛朗台给他们安置的地位。等到公债涨到每股一百一十五法郎，葛朗台老爹抛出所持的债券，从巴黎提回约二百四十万法郎的黄金和公债所得复利六十万法郎，一齐倒进他的藏金桶里。格拉珊住在巴黎了，原因有二：首先他当上了国会议员，其次他迷恋上了王妃剧院最漂亮的女演员符罗琳。这位银行家虽然已是有家有室身为人父的人，但耐不住索莫城那种枯燥乏味的生活，所以当军需官时的老毛病又犯了。他的行为在这里没有必要议论，反正在索莫人的心目中是严重违背道德的。他太太倒挺幸运，财产上与他分了家，又有相当出色的头脑经营索莫城的银号。银号就在她的名下继续开展各项业务，弥补了格拉珊先生的荒唐行为所留下的财产缺口。克吕绍叔侄从中作祟，使这位守活寡的太太的尴尬处境变得更糟，以至于女儿嫁得很不称心，又不得不放弃娶欧也妮·葛朗台做儿媳的念头。阿道尔夫去巴黎找父亲，据说后来变成了一个很坏的人。克吕绍家得胜了。

“你丈夫真糊涂，”葛朗台凭了抵押担保借一笔钱给格拉珊太太时说道，“我很同情你。你是一个贤惠的弱女子。”

“唉！先生，”可怜的妇人答道，“他从你府上动身去巴黎那天，谁想得到就是走了一条自我毁灭的道路呢。”

“老天爷可以做证，太太，直到最后一刻我还是竭力阻止他去的。庭长先生极想取代他去，可他坚持非去不可，现在我们才明白这是为什么。”

这样，葛朗台就不再欠格拉珊夫妇任何情分了。

不论在什么情况下，女人都比男人有更多遭受痛苦的原因，而且遭受的痛苦确实比男人多。男人有力量，又能施展自己的才能，他行动，奔走，忙碌，思考，展望未来，从中得到安慰。夏尔的情形正是这样。但是，女人总待在一个地方，与忧愁相伴，无法排遣，一直跌到忧愁的深渊底部，一寸一尺地测量深渊的深度，往往用自己的祝愿和眼泪把这深渊填满。这正是欧也妮的情形。欧也妮开始领略自己的命运。感受、爱、受苦、奉献，永远是女人一生的功课。欧也妮完完全全成了女人，可就是没得到女人应有的安慰。她的幸福，正如波舒哀[①]精妙的说法，就像墙上稀疏的钉子，全都捡来归拢一起，也填不满手掌窝儿。忧愁从来不让人久等的，欧也妮的忧愁马上就来了。夏尔走后第二天，葛朗台的家在大家眼里都恢复了原貌，只有欧也妮感觉不同，觉得这个家突然变得空荡荡的。她瞒着父亲，要让夏尔的卧室保持他离开时的模样。葛朗台太太和娜侬当然乐于成全这种“保持现

① 波舒哀（1627—1704），17 世纪法国天主教教士，作家，法兰西学院院士，演说家，支持法王路易十四，鼓吹绝对君权论。

状”的愿望。

“谁说得准他不会比我们预料的回来得更早呢？”欧也妮说。

“啊！我巴不得他待在这里哩。”娜侬附和说，“我习惯服侍他了。真是一个温文尔雅、十全十美的少爷，都称得上俏啦，一头鬈发像个姑娘。”欧也妮凝视着娜侬。

“圣母啊！小姐，你这种眼神像是灵魂要堕入地狱了！不要这样看人。”

从这天开始，欧也妮的美貌有了新的特征。对爱人深沉的思念慢慢浸透了她的心灵，再加上被爱的女人那种端庄，使她的面部增添了一种画家们常用光晕来表现的光彩。堂弟到来之前，欧也妮可以比作未受胎之前的圣母玛丽亚；堂弟走了之后，她就像圣母玛丽亚了。她已经感受了爱情。前后两个玛丽亚，被一些西班牙画家画得那么不同，又那么惟妙惟肖，是基督教丰富多彩的形象之中最光辉的形象之一。夏尔走后第二天她去教堂做了弥撒，并许了愿以后天天要去。回来的路上，她进城里的书店买了一幅世界地图，回到家挂在镜子旁边，为的是跟随堂弟一路去印度，为的是早早晚晚置身于堂弟乘坐的船上，见到他，向他提出无数的问题，问他：“你好吗？感到难受吗？你看到那颗星时想我吗？你曾教我认识了那颗星的美丽和用途呀。”早晨，她来到那棵核桃树下，坐在虫蛀而生满青苔的凳子上出神。在这里他们一块谈论过那么多美好的事情，也说过那么多傻话，还幻想过他们以后美满的夫妻生活。她想着未来，仰天望围墙上头的那角蓝天，然后打量那堵古老的墙壁和夏尔那间卧房的屋顶。总而言之，这是单相思的爱情，是至真至诚、缠绵持久的爱情，它渗透到每一个思念之中，成了生命的养料，或者像我们的父辈所说，成了生命的材料。晚上，葛朗台老爹的那些所谓朋友来打牌时，她显得很愉快，不让真的心情流露出来。可是整个上午，她总与母亲和娜侬谈夏尔。娜侬懂得，她可以同情小女主人的痛苦，同时不疏忽对老主人的职守。她对欧也妮说："我要是有一个真心待我的男人，就是跟他……下地狱我也干。我……嗯……总之，我甘心为他送命。可是……嗯。我到死都说不清人生一世是怎么回事。小姐，你知道吗？高诺瓦耶那个老头，人倒是个好人，总是围着我转，自然是看上了我的积蓄，就像那些来向你献殷勤的人，其实是嗅到了老爷的金子。这些我都看得明白，因为我还挺心细，别看我五大三粗像座铁塔。嘿嘿！小姐，尽管这不是爱情，我还是挺开心。"

这样过去了两个月，从前那么单调乏味的日常生活，由于对这件秘而不宣的事情的强烈关心而变得活跃起来，三个女人也因之更加亲密。在她们心目中，夏尔依然生活在这间楼板灰暗的堂屋里，还在这里走来走去。每天早晚，欧也妮都打开那个梳妆盒，端详她婶子的肖像。一个星期日早上，她正对着肖像揣摩哪些地方像夏尔时，被她母亲撞见了。葛朗台太太这才了解那个旅行者用这件礼物交换欧也妮的财宝的可怕秘密。

"你全给了他，"母亲惊恐万状地说，"到元旦那天，你爸要看你的金子，你怎么说？"

欧也妮两眼发直，母女俩怕得要命，待了半个上午不知如何是好，连大弥撒都错过了，只赶去听了军乐弥撒。还有三天，1819 年就结束了。三天之后即将发生一件可怕的事情，即将上演一场没有毒药、没有匕首、没有流血的资产阶级的悲剧，但对于剧中人而言，比赫赫有名的阿特柔斯家族[1]所发生的悲剧还要

[1] 阿特柔斯为希腊传说中迈锡尼王国的国王。阿特柔斯家族内部关系错综复杂，腐败贪婪，以骨肉相残而著称。

残酷。

“这一下我们如何得了?”葛朗台太太将编织物放在膝头，对女儿说道。

两个月来这位可怜的母亲一直心慌意乱，本来要织好过冬用的毛线袖套至今还没完成。这件表面上不足挂齿的日常小事，对她却产生了恼人的后果。后来因为没有套毛线袖套，有一次丈夫大发雷霆，吓得她出了一身冷汗，受了恶寒。

“我想，可怜的孩子，你如果把你的秘密告诉了我，我们也许来得及往巴黎给格拉珊先生写封信。他有办法给我们寄一些与你那些金币相仿的金币。尽管葛朗台对这些金币很熟悉，但说不定……”

“可是，我们到哪儿去弄这么多钱呢?”

“我可以拿我的财产去典当。再说格拉珊先生也该……”

“现在来不及了，”欧也妮闷声闷气地打断母亲，说话的声音都变了，“明天早上我们不是要去他卧室向他祝贺新年吗?”

“可是，孩子，我为什么不去看看克吕绍他们呢?”

“不，不行，这等于让我自投罗网，以后我们就得听凭他们摆布了。况且，我主意已定。我没做错事，不后悔。上帝会护佑我的。听凭上帝的旨意吧。唉！妈，你如果读了他那封信，也会一心为他着想的。”

第二天即1820年1月1日早晨，母女俩胆战心惊无法摆脱的恐怖感，反而使她们找到了最自然不过的借口，不郑重其事地去葛朗台房里给他拜年。1819年到1820年的冬天是那个时期最严寒的冬天。屋顶上都堆满了雪。

葛朗台太太一听到丈夫房里有响动便对他说：“葛朗台，叫娜侬来我房里生点儿火吧，冷得这么厉害，躺在被窝里都要冻僵了。我到了这把年纪，也需要得到点照顾了。还有，”她稍微停顿一下继续说，“欧也妮要来这里穿衣打扮。这样冷的天气，可怜的孩子在她自己房里梳洗打扮会生病的。然后呢，我们到堂屋里火炉边去向你祝贺新年。”

“得，得，得，得，真唠叨！你这算新年大吉吧，葛朗台太太？你从来没有这么多话的。不过，我想你总不至于吃了酒浸过的面包吧。”一阵沉默。老头子听了妻子的话大概有些心软了，接着说，“好吧。我就按葛朗台太太的意思办。你真是个好婆娘，我不愿意你上了这把年纪有个三长两短，尽管一般地讲，拉贝特利埃家的人都硬朗得像水泥墩子。嗯！不是这样吗？不过我们总算得了他们的遗产，我不计较他们。”他咳了好几声。

“你今天早晨好开心啊，先生。”可怜的女人严肃地说。

“我吗，总是挺开心。”

开心，开心，箍桶匠好开心，
修理你的洗衣桶让它旧变新！

穿好衣服的葛朗台这样唱着进到太太房里。“是的，我的小乖乖，的确冷得厉害。早餐咱们好好吃一顿，太太。格拉珊给我捎来了荧白鹅肝酱。我这就去驿站取。”接着，箍桶匠凑到太太耳边说，“他可能还给欧也妮捎来了一枚面值双倍的拿破仑金币哩。我没有金子啦，太太，本来还有为数不多的一些古金币，这话可以对你说，可是为了做生意不得不出手啦。”为了庆贺新年，他在太太额头上亲了一下。

“欧也妮，”慈爱的母亲叫道，“你爸不知怎么睡了个好觉，今早晨他心情好得很。嗯！我们可以过关啦。”

“老爷今天怎么啦？”娜侬进到女主人房里生火时说道，“首先，他对我说：‘早上好，新年好，大笨蛋！去我太太房里生火，她冷。’接着，他伸手给了我一枚六法郎的硬币，我都傻了。一枚几乎没有用过的硬币！给，太太，你瞧瞧。啊！好人哪，怎么说也是个可敬的人。有些人越老心肠越硬，但是他像你酿的惠醋栗酒，越变越香甜，越变越好喝，他是一个十全十美，一个好心肠的人。”

葛朗台那么开心的秘密，在于他的投机完全成功了。箍桶匠为贴现十五万法郎荷兰证券，请格拉珊先生垫付了手续费，其次为买进十万法郎公债，又请格拉珊垫付了零头。格拉珊先生将这两笔钱扣除之后，把葛朗台本季度应得利息剩下的三万法郎托驿车捎了来，同时还报告了公债将上涨的消息。公债当时是八十九法郎一股，但到一月底，最著名的资本家都按每股九十二法郎购进。两个月来，葛朗台的投资赚了百分之十二。他的账目已经了清，今后每半年可以坐收五万法郎，既不用缴税，也没有补偿要交。他终于明白了买公债的好处。对这种投资外省人向来抱着难以克服的反感。他看到，他不需要花多少精力，要不了五年就会拥有六百万资本，加上他几处地产的价值，势必构成一笔巨大的财富。给娜侬的六法郎，大概是对这个老妈子不自觉帮了东家大忙的酬劳吧。

“啊！啊！葛朗台老爹大清早就像赶去救火似的，这是要上哪儿去？”忙着开店门的商人都这样寻思。不一会儿，他们看到他从驿站回来，后面跟着一个运输公司的送货人推辆独轮车，上面装着几个胀鼓鼓的袋子。“水总是往河里流，这老家伙是去拿钱了。”“钱从巴黎、弗洛瓦枫、荷兰往他这里流哩！”另一个说。“他最终会买下整座索莫城！”第三个嚷起来。一个女人对自己的丈夫说："他不怕冷，总是忙碌不停。""喂！喂！葛朗台先生，"一位布商即他最近的邻居招呼道，"你如果扛不动，我帮你减轻点儿吧。"

"嗯！只不过一些铜板。"葡萄园主回答。

"是白花花的银子。"送货人低声说。

"你要想得到我的关照，"老家伙推开大门时对送货人说，"就用笼头套上你这张臭嘴。"

"啊！老狐狸，我还以为他耳聋呢。"送货人想道，"看来天冷的时候他听得见。"

"这是二十苏利市。别开口！去你的！你的独轮车等会儿娜侬送给你……娜侬，娘儿们是不是去做弥撒了？"

"是的，先生。"

"来，抬起手！干活！"葛朗台喊道，一面将口袋放到娜侬肩上。不一会儿，钱都搬进了他那间密室，他将自己反锁在里面。"早餐做好了，你就拍墙壁。把那辆独轮车送回给运输公司。"

全家人十点钟才吃早饭。

"在堂屋里你爸不会要看你的金币。"做完弥撒回到家时，葛朗台太太对女儿说，"再说，你可以装得很怕冷。挨过了今天，我们可以在你生日那天之前，从容地凑齐你那些金币……"

葛朗台一边下楼梯，一边考虑把巴黎送来的这些钱迅速变成黄澄澄的金子，考虑他在公债方面这次出色的投机。他下了决心将自己的收入全部投进去，直到公债行情涨到一百法郎为止。他这样一考虑，欧也妮可得倒霉了。他一进到堂屋，母女俩立即祝他新年好，女儿跑上去搂他的脖子亲他；葛朗台太太神情严肃而庄重。

"啊！啊！我的孩子，"葛朗台亲着女儿的两腮说道，"我这么辛苦，还不是为了你，明白吗？……我要让你幸福。要幸福就要有钱。没有钱，一切都是空的。给，这是一枚簇新的拿破仑金币，特地为你叫人从巴黎捎来的。小乖乖，家里可是一粒金子都没有啦。只有你有金子，拿来给我瞧瞧，宝贝女儿。”

“嗯！太冷啦，咱们先吃早饭吧。”欧也妮答道。

“好吧，吃完了看，嗯？这有助消化。胖子格拉珊总算给我们捎来了这些东西。”他接着又说，“咱们就吃吧，孩子们，这可是不花钱白吃的。格拉珊不错，我对他挺满意。这家伙也帮了夏尔的忙，而且也是无偿的。那可怜的已故葛朗台的事他办得很好。嘀！嘀！”他嘴里塞满食物，停顿一下又说：“美味可口！吃呀，太太。这一顿至少可经得住两天。”

“我不饿。我体质很虚弱，你知道的。”

“哦！是吗？你尽管吃，不会把肚皮撑破的。你是拉贝特利埃家的人，一个身子骨硬朗的女人。你倒是的确又黄又瘦，可是我就是喜欢黄澄澄的颜色。”一个死囚等待屈辱地当众被处死所感到的恐怖，也没有葛朗台太太母女俩等待早餐后大祸临头所感到的恐怖厉害。老葡萄园主越是谈笑风生，吃得起劲，母女俩的心就抽得越紧。在这种处境下女儿倒还有一种可依靠的力量，就是说她可以从爱情中汲取力量。

“为了他，为了他，”她暗自说，“就是千刀万剐我也认了。”

这么想着，她望望母亲，眼睛里闪烁着勇敢的光芒。

“把这些全撤了，”十一点钟光景早餐结束，葛朗台吩咐娜侬道，“不过桌子不要搬走。这样我们可以舒适地欣赏你那一小批财宝。”他说着看一眼欧也妮，“小吗？实在说，不算小。按固有价值，你拥有五千九百五十九法郎，加上今天早上的四十法郎，差一法郎就满六千啦。好吧，我给你这个法郎，补个整数，因为……明白吗？宝贝女儿……喂！我们说话，你干吗听，娜侬？去，去，忙你的事儿去。”老家伙一发话，娜侬赶紧走开。“听我说，欧也妮，你得把你那些金子给我。你不会拒绝给你父亲吧，我的小宝贝女儿，嗯？”母女俩默不作声。“我嘛，我没有金子了，过去有，现在没有了。我会还你六千法郎，利弗尔足算。你按照我对你说的办法把它放出去。不要再考虑压箱钱。等我把你嫁出去时，这快啦，我要给你找一个未婚夫，他能给你一笔最可观的压箱钱，在本省都从没听说过的一大笔的压箱钱。听话，宝贝女儿。现在可是机会难得。你可以把你的六千法郎放给政府，每半年能拿到大约二百法郎利息。不用缴税，也没有什么补偿金要付，不怕冰雹霜冻，不怕发大水，旱涝保收。也许你舍不得与你那些金子分手吧，宝贝女儿，嗯？不管怎样还是拿来给我吧。我会给你收集金币，荷兰的，葡萄牙的，莫卧儿帝国的卢比，热那亚金洋，再加上每年你生日我给的，不出三年，你那一小笔美妙的财宝就能增加一半。你说怎么样，宝贝女儿？抬起头来啊。好，去拿来，小乖乖。你真该过来亲亲我的眼睛，因为我告诉你钱生钱的秘密和奥妙。真的，钱像人一样是活的，乱钻乱动，来来去去，会流汗，会生产。”

欧也妮站起来朝门口走了几步，猛然转过身来，正面看着父亲，对他说：“我的金子没有了。”

“你的金子没有了！”葛朗台叫起来，膝弯子一挺，霍地站了起来，像一匹马听到十步远的地方大炮轰鸣，猛地直立起来了一样。

“是的，没有了。”

“欧也妮，你瞎说的吧。”

“不。”

“祖宗的刀子会劈了你!”

箍桶匠这样诅咒时，楼板都发抖。

“哎哟，慈悲的上帝，瞧太太的脸多苍白!”娜侬嚷起来。

“葛朗台，你这样发火会要了我的命。”可怜的女人说道。

“得，得，得，得，你们，你们家的人是死不了的!……欧也妮，你那些金币弄到哪里去了?”葛朗台吼着向女儿冲过去。

“先生，”女儿伏在葛朗台太太膝盖上说道，“我妈很难受，你瞧，你别气死她。”

葛朗台看到妻子平时那张黄黄的脸变得那样惨白，也害怕了。

“娜侬，来扶我去躺下，”母亲声音微弱地说，“我要死啦。”

娜侬立刻挽起女主人的胳膊，欧也妮也帮一把。她们费尽了九牛二虎之力，才把太太搀扶到楼上她的房里，因为每上一级楼梯她都差点滚下去。葛朗台一个人留在堂屋里。然而过了一会儿，他上了七八级楼梯，喊道:“欧也妮，等你母亲躺下，你就下来。”

“好的，爸。”

欧也妮安慰母亲几句，很快就下来了。

“孩子，”葛朗台对她说，“告诉我你的金子哪里去了。”

“爸，如果你送给我的东西，不能由我完全做主，那么你拿回去吧。”欧也妮冷冷地回答，一面到壁炉台上找到那枚拿破仑金币，送给父亲。

葛朗台一把抓过来，塞进腰间的小钱包里。

“我想，以后你休想我再给你任何东西。不仅如此!”他说着将大拇指的指甲在门牙上弹了一下。“你不把父亲放在眼里，你不相信父亲，你根本就不知道什么叫作父亲。在你的心目中，如果父亲不是一切，那么他就什么也不是。你的金子哪里去了？”

“爸，我爱你，尊敬你，尽管你在发火。不过我冒昧提醒你，我都二十三岁了。你经常对我说我长大了，就是让我知道我是大人了。我拿我的钱做了我喜欢做的事，放心吧，它存放得很稳妥……”

“存放在什么地方？”

“这是一个不能泄露的秘密。”欧也妮答道，“你不是也有自己的秘密吗？”

“我不是一家之长，该有我的事要办吗？”

“我也有我的事要办。”

“那一定是件坏事，如果你对自己父亲都不能讲的话，葛朗台小姐。”

“是一件很好的事，就是不能对父亲讲。”

“至少你得说说你什么时候把金子给了人吧？”欧也妮摇摇头。“你过生日那天还有吧，嗯？”欧也妮仍然摇摇头，她因为爱情变得狡猾了，就像她父亲因为吝啬变得狡猾一样。“从没见过这样的犟脾气，也从没见过这样的偷盗行为！”葛朗台说话的声音越来越高，渐渐在整座房子里回荡。“怎么！在这里，在我自己的房子里，在我家里，居然有人拿走了你的金子！家里仅剩的金子！我不能知道是谁拿走的吗？金子是贵重之物。最正派的女孩子也可能做错事，把什么都送人，例如在大贵族老爷家里，甚至在市井草民家里。可是把金子送人……你是送给了某个人，嗯？”欧也妮不动声色。“真没见过这样的丫头！我还是不是你父亲？你如果是存放出去了，应该有张收据……”

“我究竟有没有自由做我想做的事情？那钱是不是我的？”

“可是你还是个孩子。”

“是大人啦。”

被女儿驳得理屈词穷，葛朗台脸色发白，只顾跺脚、诅咒，终于找到了话说，吼道：“该死的蛇蝎心肠的丫头！啊，坏东西！你知道我疼你，你就胡来。这丫头要爹的老命了！准没错，你把咱们的财产扔给了那个穿摩洛哥皮靴的叫花子。让祖宗的刀劈了你！我不能取消你的继承权，天杀的！可是我要诅咒你，诅咒你的表弟和你的儿女！你不会有好结果的，听见没有？要是给了夏尔，那就……嗯，不，这不可能。怎么！竟然是这个油头粉面的坏小子抢劫了我……”他看一眼女儿，女儿冷若冰霜一声不吭。

“她一动不动，眉头都不皱一下，她比我葛朗台还葛朗台。至少你那些金子不是白送给人家了吧？嗯，你说。”欧也妮看父亲一眼，那嘲讽的目光更激怒了他。“欧也妮，你是在我家里，在你父亲家里。你要想在这个家里待下去，就得服从我的命令。神父们告诫你必须服从我。”欧也妮低下头。葛朗台接着说，“你专拣我最珍视的东西违抗我。除非你屈服，否则我不想再看见你。回你房里去吧。没有我的允许不能出来。娜侬会送面包和水给你。听到没有，走！”

欧也妮泪如雨下，逃到母亲身边。葛朗台踏着雪在花园里转了好几圈，一点没觉得冷，突然想到女儿可能跑到了太太房里，当场抓住她违抗了命令，那才解气哩。于是，他像猫一样轻捷地爬上楼梯，闯进葛朗台太太房里，正好看到母亲抚摩着伏在怀里的女儿的头发。

“别伤心，我可怜的孩子，你爸火气会消的。”

“她没有父亲啦！”箍桶匠吼道，“像这样不听话的丫头，是你和我生的吗，葛朗台太太？教育得好啊！还教她信教呢。哼！

好哇，你不待在自己房里，那么，蹲禁闭去，小姐。”

“你硬把我们娘儿俩拆开吗，先生？”

葛朗台太太抬起因发烧而通红的脸说道。

“你要把她留在身边，就把她带走，两个人都离开这个家。天雷劈的，金子呢？金子哪儿去了？”

欧也妮站起来，高傲地瞪父亲一眼，回自己卧房去了。老家伙把房门上了锁。

“娜侬，”他喊道，“把堂屋里的火熄掉。”然后他在太太房里壁炉角旁的一张扶手椅里坐下，对太太说：“她大概把金子给了夏尔那个勾引女人的混蛋了吧。那混蛋就看中了我们的钱。”

葛朗台太太考虑到威胁着女儿的危险，也出于自己对女儿的感情，倒是相当坚强，摆出一副冷冰冰的面孔，装聋作哑。

“这一切我一点儿也不知道。”她一面回答，一面朝床里边翻身，避开丈夫炯炯的目光。“你这样暴跳如雷，我真受不了。我相信我的预感，我只有蹬了腿从这儿出去了。现在你该饶了我，先生，我可从来没有让你受过气，至少我觉得是这样。闺女是爱你的，我相信她像初生儿一样无辜，所以不要为难她，撤销对她的处罚吧。冷得这样厉害，你会让她闹场大病的。”

“我不会见她，也不会跟她说话。她就待在她房里靠面包和水生活吧，直到她让她父亲满意为止。见鬼！一家之长应该知道家里的金子到哪里去了。她拥有的那几枚卢比，在法国可能都绝无仅有，还有热那亚金币和荷兰杜卡托。”

“先生，欧也妮是咱们的独生女，即使她把这些扔进了水里……”

“扔进水里？”老家伙叫起来，“扔进水里！你疯了，葛朗台太太。我说过的话绝不改变，这你知道。你要是想让家里太平，就让她招认，把她心里的话套出来行吗？女人对女人，总比我们男人容易通融。不管她做了什么事，我总不能吃了她吧。她怕我吗？就算她把她堂弟从头到脚镀上了金子，他已经漂洋过海，唉！我们想追也追不上啦……”

“那么，先生……”由于受到刺激的神经处于兴奋状态，或者女儿的不幸使她更爱之心切，人也变得更加机灵起来，葛朗台太太敏锐地觉察到，丈夫那个肉瘤，在她答话时可怕地抖动了一下，她马上改变了主意，但还是保留了原来的口吻，“那么，先生，难道我比你对她的影响还大吗？她什么都不对我讲。她像你。”

“该死的，今早上你这张嘴倒是厉害！得，得，得，得，我想你在嘲弄我。说不定你和她是串通一气的。”

他定定地盯住妻子。

“说真的，葛朗台先生，你想逼死我，就继续这样做下去。我对你说，先生，就是舍掉这条老命，我也要对你再说一遍：你不该这样对女儿，她比你讲道理。那钱是她的，她肯定派了好用场；我们每个人有什么善举，只有上帝有权知道。先生，我求你了，宽恕欧也妮好不好？……这样你也就减轻了你大发雷霆给我造成的打击，也许你就救了我一命。我的女儿，先生，把我的女儿还给我。”

“我走了，”葛朗台说道，“这个家没法待啦，母女俩想事、说话，好像都……哼！呸！你给了我一份叫人多么寒心的新年礼物，欧也妮！”他喊叫着，“行啊，好吧，你哭去吧。你会为你的行为后悔的，听见没有？每个月吃两次圣餐管什么用？既然你把你父亲的金子偷偷地送给一个游手好闲的家伙，等你把一切都送光了，他会把你的心都吃掉的！你会看到，你那个穿摩洛哥皮靴、目空一切的夏尔究竟是个什么东西！他没有心肝，没有灵魂，因为他居然胆敢拿走一个可怜姑娘的积蓄，而不征得她父母同意。”

临街的大门一关上，欧也妮便出了卧室，来到母亲身边。

“为了女儿你很有勇气。”她对母亲说。

“看到没有，孩子，违犯禁令的事给我造成怎样的处境……你使我不得不撒了一次谎。”

“啊！我会祈求上帝只惩罚我一个人。”

“这是真的吗？”娜侬惊慌失措地跑来问道，“以后小姐只能靠面包和清水度日了吗？”

“这有什么了不起的，娜侬？”欧也妮平静地反问道。

“唉！东家的小姐只吃干面包，我还吃得下果酱之类吗？不行，不行。”

“娜侬，这些话一句也不要提。”欧也妮嘱咐道。

“我会像哑巴一样，不过你等着瞧吧。”

二十四年来葛朗台头一回独自用晚餐。

“瞧你都变成单身汉了，先生。”娜侬对他说，“家里有妻子、女儿却成了单身汉，这滋味不好受吧。”

“我不跟你说话。管住你的臭嘴，不然我把你赶出去。我听见炉子上的锅里在滚，那是在煮什么？”

“我在熬油。”

“晚上有客人来，生上火。”

克吕绍叔侄、格拉珊太太母子八点钟来到，但没有见到葛朗台太太和女儿，感到奇怪。

“贱内有点不适，欧也妮待在她身边。”葡萄园主若无其事地答道。

大家东拉西扯闲聊了一个钟头，上楼去看望葛朗台太太的格拉珊太太下来了，大家都问："葛朗台太太怎么样?"

"不好，不好得很。"格拉珊太太答道，"她的身体状况看上去的确让人担忧。到了她那把年纪，千万得当心啊，葛老头。"

"这，看看再说吧。"老家伙心不在焉地答道。

大家向他道晚安告辞。到了街上，克拉珊太太告诉克吕绍叔侄："葛朗台家出了新情况。母亲身体很不好，只是她自己没有意识到。女儿呢，两眼红红的，像是哭了很久。莫不是他们要逼她嫁人?"

等葡萄园主睡了之后，娜侬穿着软底鞋悄没声息地进到欧也妮房里，端给她一个用平底锅煎的肉饼。

"给，小姐。"好心的老处女说，"高诺瓦耶给了我一只野兔。你食量小，这个肉饼能吃上八天。天气这么严寒，坏不了。至少不光吃干面包啦。那对身体很不好。"

"可怜的娜侬。"欧也妮攥住她的手说。

"我做得很香，很可口。他根本没有觉察到。我买了大油、肉桂，花的全是我自己六法郎里的，我完全做得了主。"说罢女仆赶紧溜了，因为她好像听见了葛朗台的动静。

几个月以来，葡萄园主经常在白天不同的时间来看妻子，但绝口不提女儿的名字，也不去看她，连间接提一句的话都没有。葛朗台太太没有离开过卧房，病情一日重似一日。什么都不能叫老箍桶匠软化，他毫不动摇，心肠那么硬，又冷冰冰的，像一块花岗岩。他照例还是东奔西走，但不再结巴，话也少了，在买卖上比过去任何时候都更狠，数字方面却常常出些差错。"葛朗台家准出了事。"克吕绍和格拉珊家的人说。"葛朗台家究竟出了什么事呢?"在索莫城每天晚上大家见了面，一般都少不了要互相这么问一句。欧也妮由娜侬陪着去教堂做弥撒。从教堂出来，遇上格拉珊太太凑上来问话，她回答起来总是躲躲闪闪，让对方的好奇心得不到满足。然而两个月下来，要把欧也妮被幽禁的秘密继续瞒着三个克吕绍和格拉珊太太，那是做不到的。欧也妮总是不露面，到了一定的时候，就再也找不到借口来解释了。后来，搞不清是谁泄露了秘密，全城人都已知道，从元旦那天起，葛朗台小姐就被父亲下令禁闭在卧室里，只靠面包和清水充饥，没有火烤；娜侬常给她做好吃的，半夜里送给她。大家甚至知道，这姑娘只有当她父亲不在家时，才能过去看望和照顾她母亲。葛朗台的行为受到十分严厉的批评。可以讲全城人都认为他无法无天，都想起了他一桩桩背信弃义、冷酷无情的事，一致唾弃了他。每当他路过时，大家都戳他的脊梁骨，悄悄议论他。每当他的闺女沿着那条弯弯曲曲的街下来，去做弥撒或晚祷时，家家户户的人都趴在窗口，好奇地观察这位富有的女继承人的态度和脸色，发觉她的脸上流露出忧伤和天使般的温柔。她的幽禁与失宠，她根本不当一回事。她不是天天看世界地图，看那条窄板凳、花园和那堵墙吗？她不是经常回味爱情的吻在她嘴唇上留下的甜蜜滋味吗？城里人对她的议论，有段时间她一无所知，她父亲也不知道。在上帝面前她虔诚而纯洁，她的良心和爱情支持着她耐心地忍受父亲的恼怒和报复。只不过一种深沉的痛苦压抑了其他所有痛苦而已。她的母亲，这温柔和慈祥的人，在接近坟墓时心灵反射的光辉，使她变得更美丽，可是病情正一天天恶化。欧也妮常常自责，觉得是自己无意中招致了这场病，正残酷地、慢慢地吞噬着母亲。这种内疚，虽然得到母亲劝慰，却使她与自己的爱情更加难分难解。每天早晨父亲一出门，她就来到母亲床头，娜侬随即把她的早饭送过来。但是，可怜的欧也妮看到母亲那样痛苦，又犯愁又难过，默默地指指母亲的脸让娜侬看，止不住潸然泪下，不敢提堂弟。倒是母亲不得不先开口问她："他在哪里？为什么不来信？"

母女俩都根本不知道距离遥远。

"咱心里惦着就行了，"欧也妮答道，"不要提他。你正病着呢，你比一切都要紧。"

一切就是他。

"孩子们，"葛朗台太太说，"对生命我没有丝毫留恋。多亏上帝保佑，让我愉快地面对苦难的结束。"

这个女人的话总是那么圣洁，充满基督教的精神。中餐的时候，丈夫来到她身边，在房间里踱来踱去。这一年头几个月，她天天对丈夫讲的都是那些话，每次重复时，态度像天使一样温柔，但很坚定，这是因为这个一辈子胆小怕事的女人，快死的时候反而有了勇气。每当丈夫淡淡地问她身体怎样时，她总是回答：

"先生，谢谢你对我身体的关心。不过，你如果愿意让我最后的时刻不那么辛酸，愿意减轻我的痛苦，那么就宽恕了我们的闺女，无愧于做个基督徒、丈夫和父亲吧。"

听到这些话，葛朗台在床边坐下来，其表现就像一个人看到要下雨了，不慌不忙到一个门洞里躲雨一样。他默默地听妻子说话，一句也不回答。当妻子用最动人、最温柔、最虔诚的话恳求他时，他就说："你今天的脸色有点不太好，可怜的太太。"他已经把女儿忘得一干二净，这一点仿佛刻在他那砂岩般的脑门上，刻在他那紧闭的嘴唇上。他支吾其词几乎一成不变的答话，使泪水顺着妻子苍白的脸簌簌滚落，但他依然毫不动容。

"愿上帝和我一样宽恕你吧。"葛朗台太太说道，"你总有一天会需要宽恕的。”

自从妻子病倒后，他没有再敢使用那一连串可怕的“得，得，得，得”。但是，妻子天使般的温柔并没有使他放弃专制。老太太丑陋的容貌日渐消失，高贵的精神鲜花般绽放在她脸上。她所显示的是整个心灵。祈祷的潜移默化，仿佛使她脸上粗陋的线条变得清纯细腻，容光焕发。想必谁都见过这种旧貌换新颜的现象：在一些圣洁的脸上，心灵的日常活动，使得天生粗陋的容颜最终消失，高尚的情操、崇高纯洁的思想显示出异乎寻常的生机。燃烧着这个女人生命之烛的痛苦所完成的这种变化，对依然铁石心肠的老箍桶匠也产生了影响，尽管微乎其微。他说话不再盛气凌人，但懂得自己一家之主至高无上的地位，所以干脆不说话，死守沉默。忠实于他的娜侬只要在市场上一出现，耳边便会立刻响起针对她的主人的讥讽和怨言。不管舆论怎样大胆讨伐葛朗台老爹，这位女仆为了维护这个家庭的尊严，还是为他辩护。

“哎哟！”她对中伤老家伙的人说，“我们不是也会人越老心越硬吗？你们为什么就觉得他这个人就不能变得更犟一点呢？你们不要胡说八道好不好，我家小姐生活得像个王后呢。她是孤单，嗯，她就喜欢孤单。再说，我家主人自有道理。”

葛朗台太太与其说是受疾病不如说是受忧烦的折磨，虽然天天祈祷，也没能使欧也妮和她父亲言归于好。暮春的一天晚上，她终于将自己隐藏心中的痛苦告诉了克吕绍叔侄俩。

“罚一个二十三岁的姑娘只靠面包和清水过日子？”彭峰庭长嚷起来，“而且没有理由，这构成残暴虐待罪，她可以提出控告，无论是……”

“得了，侄儿，”公证人说，“收起你这些法庭术语吧。太太，你放心，我让禁闭明天就取消。”

欧也妮听见有人在谈论自己，便打卧室里出来。

“两位先生，”她高傲地说道，“我请你们不要管这件事。我父亲是一家之主。我只要住在他家里，就得服他管教。他的行为用不着旁人赞成或反对，他只对上帝负责。我请你们凭友谊在这件事情上彻底保持沉默。责备我父亲，等于伤害我们自己的尊严。我感谢两位先生对我的关心。现在有些冷嘲热讽的闲言碎语，闹得满城风雨，我不过是偶有所闻。你们二位如果有心加以制止，我更感激不尽。”

“她说得有道理。”葛朗台太太说。

“小姐，制止针对你们的流言的最好办法是还你自由。”老公证人肃然起敬地说。幽禁、忧伤和相思使欧也妮益发美丽，让老公证人惊愕不已。

“行了，女儿，就让克吕绍先生费心来处理这件事吧，既然他有把握办成功。他了解你父亲，知道该怎样对付他。你要是想看到我在所剩无几的最后这些日子心里快活些，就无论如何得与你父亲和好。”

第二天，葛朗台按照自欧也妮被幽禁以来养成的习惯，到小花园里溜达了好几圈。他总是在欧也妮梳洗的时候来这里溜达。老头子踱到那棵大核桃树下，躲在树干后面，出神地望一会儿女儿长长的秀发，而思想上可能在自己的犟脾气和去亲亲爱女的欲望之间犹豫不定呢。他常常在那条朽木窄凳上坐下，而夏尔和欧也妮也曾坐在那里发誓海枯石烂不变心，那时欧也妮也偷偷地或从镜子里望父亲。每当他站起来继续溜达时，欧也妮便得意地坐到窗口，凝望着艳丽野花垂挂的那堵墙，裂缝处冒出几株铁线蕨、牵牛花，还有一种开黄花或白花的肉质植物，叫景天，在索莫和图尔的葡萄园里到处见得到。公证人克吕绍一大早就来了，发现在这个六月晴和的早晨，老家伙坐在窄凳上，背靠围墙，正愣神地望着女儿呢。

“有什么要效劳的吗，克吕绍先生?”见到公证人，葛朗台问道。

“我来谈事儿的。”

“噢，噢，你有点金子想跟我换钱?”

“不，不，不关钱的事，是有关令爱欧也妮的事。大家都在议论她和你呢。”

“别人管得着吗?烧炭工在家，一切由着他。”

“对啊，烧炭工在家，自寻死路也由他。还有更糟的呢，往窗外扔钱也由他。”

“这话怎讲?”

“哎！你太太现在病得厉害，朋友。你该请贝日兰医生来看看，她有生命危险。如果她没有得到应有的治疗就死了，我想你也会不安吧。”

“得，得，得，得！你知道我太太是怎么回事。这些医生一旦迈进你家的门槛，每天就会来五六趟。”

“总而言之，葛朗台，你爱怎么做就怎么做。我们是老朋友了。在整个索莫城，没有一个人比我更关心你的事，所以我才和你谈。种瓜得瓜，你现在又不是小孩子，知道该怎样做，对吧。再说，我并不是为这事来跟你谈，而是为一件对你来讲也许更加利害攸关的事。无论如何，你总不想要了你太太的命吧，她对你可是太有用处了。想一想如果葛朗台太太死了，你面对女儿，处境会怎么样吧。你必须向欧也妮报账，因为你的财产是与你太太共有的。你女儿有权要求分你的财产，有权卖掉弗洛瓦枫。总之，她母亲的财产由她继承，你不能继承。”

这些话老家伙听了不啻是五雷轰顶。法律方面他不像做生意那么在行，从来没有想到共有财产拍卖的问题。

“所以我劝你要和气对待女儿。”克吕绍归结说。

“可是，克吕绍，你知道她做了什么吗?”

“做了什么?”公证人反问道，好奇地想听听葛朗台老爹披露心中的秘密，弄清父女闹翻的原因。

“她把金子送人了。”

“哦！可是，那金子是她的吗?”公证人问道。

“全都这样说！”老家伙可悲地双手一摊说道。

“难道你愿意让一点鸡毛蒜皮的小事，”克吕绍又说，“阻碍你在太太去世时要求欧也妮放弃那份继承权吗?”

“啊！你把六千法郎称为鸡毛蒜皮?”

“哎！老朋友，你知道如果欧也妮提出要求，对你太太的遗产进行清点和分割，那要花多少钱吗?”

“多少?”

“二十万，或许三四十万法郎！为了弄清共有财产真正值多少，不是要拍卖，把它卖掉吗？而你们父女俩如果能通融……”

“让祖宗的刀子给劈了！”老葡萄园主叫喊着一屁股坐在凳子上，脸色发白。

经过一阵沉默或者一番生死挣扎，老家伙看一眼公证人，对他说：

“人生在世太难啦，会遭受许多痛苦。克吕绍，”他换了严肃的口吻，“你不骗我吧，你向我发誓，你说的这一套是有法律根据的。你拿法典给我看，我要看法典！”

“可怜的朋友，”公证人回答，“我的本行我还不清楚吗?”

“那么这一切千真万确了。我要被女儿抢光，出卖，整死，吞掉啦。”

“她继承她母亲的财产。”

“生儿育女有什么用！唉！我太太，我倒是爱的。所幸她身体结实。她是拉贝特利埃家的人。”

“她活不了一个月啦。”

箍桶匠拍着脑门，走几步又转回来，可怕地看了克吕绍一眼。“怎么办？”他问道。

“欧也妮可以无条件放弃继承她母亲的遗产。你不至于剥夺她的继承权吧，是吗？但是要想达成这样的协议，你就别亏待她。我对你说这些，老兄，可是违背我自己的利益的。我是干什么的，我？……不就是清理、清点、拍卖、分家这类事情吗……”

“咱们慢慢计议，慢慢计议，现在不要谈了，克吕绍。你把我五脏六腑都搅翻啦。你拿到金子了吗？”

“没有，不过有几枚古钱，十来枚吧，可以让给你。好朋友，与欧也妮和好吧。看见没有，全索莫城的人都朝你扔石子呢。”

“那些小人！”

“好啦，公债每股九十九了。人生在世总算有一回满意了吧。”

“九十九了，克吕绍？”

“是啊。”

“嘿嘿！九十九了！”老家伙把老公证人一直送到大门口。回到屋里，因为刚才听到的消息，他太兴奋，再也待不住，便上楼去太太房里，对她说：“喂，孩子她娘，今天一天你可以和女儿待在一起，我要去弗洛瓦枫。你们好好过吧，今天是咱俩结婚纪念日，我的好太太。给，这是六埃居，给你做领圣体的祭台，准备举行圣体瞻礼。你不是盼了相当长时间总想做一回吗？就尽情地做吧！祝你开心，祝你愉快，祝你身体好。永远开心！”他将十枚面值六法郎的埃居扔在太太床上，又捧住她的头在前额上亲了一下。“好太太，你感到好些了，不是吗？”

“你心里连女儿都容不下，怎么还想在家里接待宽大为怀的上帝呢？”

“得，得，得，得，”做父亲的用温和的口气说，“这个慢慢来吧。”

“老天爷慈悲！欧也妮，”高兴得满脸通红的母亲叫道，“过来拥抱你父亲。他原谅你啦！”

但老头子一溜烟跑了。他急急忙忙逃往他的庄园，要到那里去理一理他被搅乱的思想。当时葛朗台刚年满七十六岁。主要是近两年来，他的吝啬像人的一切根深蒂固的癖好一样，越来越厉害。根据对吝啬鬼、野心家以及终生执着于一念者的观察，发现这些人的感情都特别专注于象征他们的痴迷的某样东西。观赏黄金，拥有黄金，成了葛朗台狂热的癖好。他的专制思想正是随着吝啬的变本加厉而日趋严重的。要他在妻子去世时放弃对哪怕微不足道的部分财产的控制权，在他心目中都是违背天理的事情。向女儿报告他有多少财产，将他的财产包括动产和不动产统统登记造册，然后作为不可分的共同财产拍卖？……“那还不如挂脖子死了算了！”他在一个葡萄园里一边检查葡萄植株，一边大声这样说。最后他拿定了主意，晚餐时分回到索莫，决意向欧也妮屈服，讨好她，哄骗她，为了把几百万家产死死攥在手里，直到咽最后一口气，风风光光地死去。事有凑巧，老家伙身上带了万能钥匙，自己开了大门，蹑手蹑脚上了楼来到太太房里。恰恰这时欧也妮拿了那个精美的梳洗用具匣放在母亲床上。葛朗台不在家的时候，母女俩兴致勃勃地研究夏尔母亲的肖像，看夏尔哪些地方长得与她相像。

“前额和嘴长得完全像！”欧也妮正这样说着，葡萄园主推开门进来了。葛朗台太太看见丈夫两眼盯住黄金，叫起来：“上帝啊，可怜可怜我们吧！”

老家伙扑向梳洗用品匣，像一只饿虎扑向一个熟睡的婴儿。“这是什么东西？”他一把抓过那匣子，走到窗前去看。“是真金！金子！”他嚷道，“好多金子呢！足有两斤重。哦！哦！原来夏尔拿这个换了你那些宝贵的金币。嗯！你为什么不早说？这交易划算啊，乖女儿。你是我的女儿，我承认。”欧也妮手脚都在哆嗦。老家伙又问：“这是夏尔的，是不是？”

“是的，爸，这不是我的。这匣子是神圣的，是寄存在我这里的。”

老家伙想拿把刀子撬下一块金子，不得不把匣子放在一张椅子上。欧也妮冲过去想拿回来，但箍桶匠眼睛一直盯住女儿和匣子，伸手猛力一推，推得欧也妮倒在母亲床上。

“先生，先生！”母亲在床上坐起来喊道。

葛朗台拔出刀子就要撬了。

“爸，”欧也妮喊着双膝往地上一跪，爬到父亲身旁，向他伸着双手，“爸，看在所有圣徒和圣母面上，看在被钉死在十字架上的基督面上，看在我父亲你的灵魂永恒得救的分上，看在我的性命的分上，你不要碰这件东西。这个梳洗盒既不是你的也不是我的，是一个遭难的亲戚托我保管的，我必须完好无损地还给他。”

“既然是寄存，你为什么拿出来看？不能碰，就更不能看。”

“爸，不要毁掉它，那样你就叫我没脸见人啦。爸，你听见没有？”

“先生，求你开恩！”母亲说。

“爸！”欧也妮叫得那样响，吓得娜侬也跑了上来。欧也妮扑过去，把旁边一把刀抓在手里。

“噢，好啊！”葛朗台冷笑一声，不动声色地说。

“先生，先生，你要我的命了！”母亲叫道。

“爸，只要你用那把刀撬下一小块金子，我就用这把刀捅死我自己。你已经逼得我娘病得快死了，你还要杀了你女儿。好吧，现在就都动刀子吧。”

葛朗台拿着刀子对准匣子，望着女儿，犹豫不决。

“你横得下心吗，欧也妮？”他问道。

“她会的，先生。”母亲回答。

“她说得到做得到，”娜侬嚷道，“先生，你这一辈子也通情达理一回吧。”箍桶匠看看金子又看看女儿，僵了一会儿。葛朗台太太晕了过去。“啊，看见了吗，亲爱的先生？太太死过去啦！”娜侬喊叫着。

“得了，孩子，咱们不要为了一个盒子闹翻脸，拿去吧。”箍桶匠粗声粗气地嚷着，将盒子往床上一扔。“你呢，娜侬，去请贝日兰先生。好了，孩子她娘，”他吻一下太太的手说，“没有啥，行啦，咱们讲和了嘛。不是吗，乖女儿？再也不要吃干面包了，你爱吃什么就吃什么。啊！她睁开眼睛啦。好啊，孩子她娘，孩子她妈，孩子她亲妈，这就行啦。喂，你看，我正拥抱欧也妮呢。她喜欢她堂弟，如果愿意就嫁给他。让她帮他保存这个小盒子吧。不过你要长命百岁，我可怜的太太。来，动一动看！听我说，你会有一张最漂亮的祭台，索莫城从来没做过的祭台。”

“天哪，你怎么可以这样对待你的妻子和女儿！”葛朗台太太声音微弱地说。

“以后再也不会了，再也不会了。”箍桶匠大声说，“你等着看吧，可怜的太太。”他跑进密室，拿了一把金路易来撒在床上。“瞧，欧也妮，瞧，太太，这是给你们的。”他一面说，一面摆弄着金路易。“行了，开开心吧。太太，身体好起来吧，以后你什么都不会缺。欧也妮也一样。瞧，这一百枚金路易就是给她的。你不会再拿去送人了吧，欧也妮，嗯？”

葛朗台太太和女儿面面相觑，十分愕然。

“你把这些金路易收起来吧！爸，我们只需要你的感情。”

“好吧，就这样吧，”葛朗台把钱装进口袋，“咱们像好朋友一样生活吧。大家下楼去堂屋里吃晚饭吧。以后每天晚上可以玩两个铜子的罗多游戏。痛痛快快玩吧！怎么样，太太？”

“唉！我当然乐意，既然这使你感到愉快，”奄奄一息的病人说，“可是我起不来啊。”

“我可怜的太太，”箍桶匠说，“你不知道我多爱你。还有你，我的女儿！”他搂住欧也妮，拥抱她。“啊，闹了一场别扭之后拥抱自己的女儿多好！我的乖女儿！喂！你看，孩子她妈，我们现在成了一个人啦。把这个收藏起来吧。”他指一指梳洗用品匣对欧也妮说，“拿去吧，不用担心。我不会再提，永远不再提。”

索莫城最有名的医生贝日兰先生不大一会儿就到了。经过诊断，他老实告诉葛朗台，他太太情况很不好，但是如果精神上能非常平静，慢慢调养，细心照料，也许还能拖到秋末。

“要不要花很多钱？”老头子问道，“要不要吃很多药？”

“药倒不要吃很多，就是需要细心照顾。”医生禁不住微微一笑，答道。

“总之，贝日兰先生，你是看重脸面的人，不是吗？我信得过你，你认为什么时候该来看我太太，该来多少次，尽管随时来。请帮我保住我太太这条命，我很爱她，知道吗？虽然表面看不出来，因为我们家什么都掖着窝着，让我揪心。我有的是伤心事。我兄弟一死伤心事就进了我家门，我为他花钱，在巴黎大把大把花……花了老鼻子了，还没有完呢！再见，先生。要是还有救，请救救我太太。为这花上一百两百法郎我也认了。”

虽然葛朗台热切地盼望太太康复，因为公开太太的遗产，无异于让他先死一回，虽然葛朗台随时随地对母女俩的任何愿望都曲意逢迎，使母女俩受宠若惊，虽然有欧也妮体贴入微的侍奉，葛朗台太太还是很快地往黄泉路上走。她一天比一天衰弱，一天比一天垂危，像大部分这把年纪而病入膏肓的女人一样。她衰萎得有如秋天的树叶。天光照得她脸上亮亮的，就像阳光照得秋叶金黄而透明一样。这样死去无愧于她的一生，是昭示基督精神的死，不是可以说死得崇高吗？

1822 年 10 月间，她的贤德、她的忍耐以及她对女儿的爱，表现得格外光彩照人。她的生命熄灭了，而没有半句怨言。她这只纯洁的羔羊去了天国，在这尘世间她舍不下的只有在她凄凉的人生中陪伴着她的温顺的女儿，而她最后投向女儿的目光预示女儿将多灾多难。想到把这只像她自己一样纯洁无瑕的羔羊留在一个自私自利的世界上，留在这个一心想劫掠她的羊毛和财产的世界上，她就害怕得瑟瑟发抖。

“孩子，”她在断气之前对女儿说，“只有到了天国才有幸福，将来你会知道的。”

母亲去世后第二天，欧也妮觉得有一些新的理由，促使她与自己出生的、受过那么多苦的、母亲刚刚去世的这座房子难分难舍。她一看到堂屋的窗户和窗前四腿垫高的那张椅子，就忍不住掉眼泪。她觉得自己误解了老父亲的心，因为她发现自己成了父亲体贴关怀的对象，父亲刚才还来挽起她的胳膊下楼去吃早饭，用几乎慈祥的目光成小时地望着她。总之，父亲对她爱护有加，仿佛她是金子做的。老箍桶匠几乎换了一个人。他在女儿面前发抖得厉害，娜侬和克吕绍叔侄看到他如此衰弱，认为是年事已高的缘故，甚至担心是他身体的某些机能衰退所致。但是全家戴孝那天，公证人克吕绍被邀请来吃晚饭，他是唯一了解自己这位主顾的秘密的人。晚餐后，老家伙的行为已经昭然若揭了。

“亲爱的孩子，”等餐桌收拾完，门都仔细关好之后，他对欧也妮说道，“你现在成了你母亲的继承人了，你我两个人之间有些小事情要解决。是不是，克吕绍？”

“是。”

“非今天就办不可吗，爸？”

“是的，是的，乖女儿。事情这么悬着让我心里没底不行啊。我相信你不想让我难受吧。”

“啊！爸。”

“那好，今天晚上就全办妥吧。”

“那么，你要我做什么？”

“这，乖女儿，这与我无关。你跟她说吧，克吕绍。”

“小姐，令尊既不想把财产拿来分掉、卖掉，也不想为卖财产所得的现款付高额税款。为此，就要免除对你与令尊现在共有而未分割的财产进行清点造册……”

“克吕绍，这件事你有把握，可以对孩子这样讲吗？”

“你让我说，葛朗台。”

“好吧，好吧，朋友。无论你还是我女儿，都不想扒我的皮。是不是，乖女儿？”

“可是，克吕绍先生，到底要我做什么？”欧也妮不耐烦地问道。

“噢，是这样，”公证人说，“你要在这份文书上签字，声明放弃对令堂的继承权，将你与令尊共有的全部财产的收益权交给令尊，而令尊确保你的……”

“你对我讲的这一切我根本听不明白。”欧也妮说，“给我文书吧，告诉我该在什么地方签字。”

葛朗台老爹看看文书又看看女儿，看看女儿又看看文书，心里激动不已，揩掉挂在脑门上的几滴汗珠。

“乖女儿，”他说，“这份文书送去备案要花很多钱。你与其在上面签字，不如无条件放弃对你刚去世的可怜母亲的继承权，把你的未来托付给我。我觉得这样更好。我每月付给你一大笔钱，一百法郎。这样，你愿意为谁做多少次弥撒都做得起。每月一百法郎，利弗尔足算，行吗？”

“我随你的意思，爸。”

“小姐，”公证人说，“我有责任提醒你，这样你就放弃了一切……”

“啊！上帝，”欧也妮答道，“这有什么要紧？”

“闭嘴，克吕绍。话说了就算数。”葛朗台嚷着抓起女儿的手和自己的手掌拍了一下，“欧也妮，你绝不会反悔，你是一个诚实孩子，是吗？”

“啊！爸……”

他热烈地拥抱女儿，紧紧地搂得她几乎透不过气来。

“行了，孩子，你给了你爹一条命。不过，你只是把我给了你的还给我，咱们两清啦。交易就该这样做。人生就是一场交易。我祝福你。你是一个有品德的姑娘，爱自己的爸爸。现在你爱做什么就做什么去吧。明天见，克吕绍，”他说着看一眼惊呆了的公证人，“请费心让法院书记准备好放弃继承权的文件。”

第二天正午时分签署了声明书，欧也妮自动地被剥夺了一切。然而，尽管许下了诺言，郑重其事地答应每月给女儿一百法郎，到了年终箍桶匠还是一个子儿也没给。因此，当欧也妮开玩笑地向他提起，他不由得脸一红，很快去了楼上的密室里，把他从侄儿那里便宜买来的首饰拿来三分之一。

“瞧，小丫头，”他用嘲讽的口气说，“拿这些抵你那一千二百法郎，你愿意吗？”

“啊，爸！这些真的是给我的吗？”

“明年我再给你这么多。”他说着把那些东西扔到女儿的围裙兜里。“这样要不了多长时间，你就把他的小饰物全弄到手啦。”葛朗台搓着手说，因为利用女儿的感情捞了便宜而感到高兴。

然而，老爷子虽然身子骨还算结实，但觉得有必要让女儿学一点持家的诀窍了。连续两年，他让欧也妮当着他的面安排家里每天的伙食，还有结收债款。他慢慢地、逐步地把各处葡萄园和庄园的名字和面积告诉女儿。将近第三年，他已经让女儿适应他守财奴式的理财方式，并且使这种理财方式真正变成女儿的习惯。这样，他终于放心地将食物储藏室的钥匙交给了女儿，让她成为家庭主妇。

五年这样过去了，欧也妮父女俩单调的生活中没有发生什么留下深刻印象的事件。天天做同样的事，完成得像那座老挂钟一样准确。葛朗台小姐深深的忧伤对谁都不是秘密。但是，尽管大家都能猜到她忧伤的原因，她本人却从没有说过一句话，说明索莫城各阶层人士对她这位富家独生女心境的怀疑是空穴来风。能经常陪伴她的人，只有克吕绍家叔侄三个以及他们无意中带来的朋友。他们教会了她玩惠斯特牌①，每天晚上都来陪她玩。1827

① 惠斯特牌为桥牌的前身，流行于英国。

年，她父亲感到衰老不可抗拒，便不得不向她传授田产管理诀窍，告诉她遇到困难就找公证人克吕绍商量，他知道克吕绍为人诚实。这年将近年底，老头子终于在八十二岁高龄得了瘫痪症，而且病情发展得很快。贝日兰先生宣布葛朗台已无可救药。想到不久将剩下自己孤零零一个人在这世界上，欧也妮尽量与父亲亲近，更紧地抓住这最后一个感情的环子。她的思想像所有深情的女人一样，爱等于整个世界，只可惜夏尔不在身边。她怀着高尚的感情，关心照料年迈的父亲。老父亲各方面的机能衰退，只有吝啬依然本能地保持不变。因此，这个人去世时与在世时没有形成什么反差。每天清晨，他就自己推着轮椅在卧室的壁炉和密室的门之间转来转去。密室里无疑堆满了金子。他待在那里一动不动，焦虑不安地时而打量着前来看望他的人，时而打量那扇包了铁皮的门。听到一点点响动，他就要问出了什么事。令公证人惊讶不已的是，狗在院子里打哈欠他都听得见。平时他表面上呆头呆脑，一到收租或与管葡萄园的人算账或出具收据的日子，他总能准时清醒过来。于是他转动轮椅，直到密室门口，叫女儿把门打开，监督她亲手将一袋袋的钱悄悄地摞好，把门关严。等女儿把宝贵的钥匙交还他之后，他就不声不响地回到常待的地方。那钥匙他总藏在坎肩口袋里，还不时用手摸一摸。他的老朋友公证人克吕绍觉得，如果夏尔·葛朗台不回来，这位富有的女继承人就笃定要嫁给他那个当法庭庭长的侄儿，所以倍加关心和照顾，每天跑过来听候葛朗台差遣，奉命去弗洛瓦枫，去各处的田地、草场和葡萄园，出售收成，把秘密地堆放在密室里成袋的现钱兑换成黄金。终于到了垂危的时刻。老头子结实的身体还在同毁灭较量。他要坐在壁炉边正对着密室的门，把盖在他身上的被子一个劲儿往身前拉，拉得都卷了起来，一边还对娜侬说："裹紧，裹紧些，别让人家偷跑了。”现在他的全部生命力都退缩到眼睛里去了。当他的眼睛还能睁开时，他会立刻把双眼转向那藏满财宝的密室的门，对女儿说：“都在里面吗？都在里面吗？”声音里充满了惊慌和恐惧。

“都在里面，爸。”

“看守好所有金子，拿一些来放在我面前。”

欧也妮把一些金路易摊在他面前的桌子上。他几小时坐在那里，两眼盯住金路易不放，像一个刚会看东西的婴儿，总傻乎乎地盯住同一个东西，也像一个婴儿不时费力地露出一个微笑。

“这东西暖心窝子哩！”有时他这么说一句，脸上的表情仿佛进入了极乐世界。

当本堂神父前来给他做圣事时，他那双看上去死了几个钟头的眼睛，一看到十字架、烛台和银圣水器，立刻复活了，并且定定地盯住这些法器，他那个肉瘤也最后抖动了一下。当神父将镀金的十字架送到他嘴唇边，让他亲吻基督的圣像时，他却做了一个吓人的动作，想抓住十字架，而这最后的努力也就了结了他的生命。他唤欧也妮，他看不见她了，其实欧也妮就跪在他面前，她的眼泪浸湿了一只已经冰凉的手。

“爸，你要为我祝福吗……”

“用心管好一切。以后你到那边向我交账。”他说的这最后一句话表明，基督教应该也是守财奴们的宗教。

从此欧也妮·葛朗台就孤零零一个人生活在这个世界上，守在这座房子里。只有娜侬，看到她一个眼色就能明白和理解她的意思，只有娜侬真心爱她，听她倾吐自己的苦恼。在欧也妮心目中，长婆娜侬是她的保护人，不再是老妈子，而是一位谦卑的朋友。父亲去世后，欧也妮通过公证人克吕绍了解到，她在索莫地区拥有的不动产年收入达三十万法郎；有每股六十法郎买进的利率三厘的公债六百万，现在每股可卖到七十七法郎；还有价值二百万的黄金和十万法郎现金。另有一些过期未收回的债款未计算。她所拥有的财产总计大约为一千七百万。

“我堂弟在什么地方啊。”她暗自寻思道。

公证人克吕绍把核算得清清楚楚的遗产清册送给欧也妮那天，她和娜侬分别坐在堂屋壁炉的两边。这间堂屋显得空荡荡的，这里的一切，从母亲坐过的那张四脚垫高的椅子，到堂弟喝过酒的那只玻璃杯，统统都成了回忆之物。

“娜侬，咱俩好孤独……”

“是啊，小姐，我如果知道他在哪里，那位娇少爷，我会靠这双脚走去找他。”

“我们之间隔着汪洋大海啊。”欧也妮说。

就在这位可怜的女继承人，由年迈的老妈子做伴，在这座相当于她的整个天地的又冷又黑的房子里垂泪之时，从南特到奥尔良，人们纷纷谈论的全是葛朗台小姐的一千七百万家产。她所签署的第一批文件书上，就有一份是给娜侬一千二百法郎终身年金。加上原来已拥有的六百法郎年金，娜侬立刻成了一个富有的攀亲对象。不到一个月，她就从老姑娘变成了新媳妇，嫁给了安托万·高诺瓦耶。高诺瓦耶被任命为葛朗台小姐的田地产业的总看管。他太太与当时一般妇女相比，有一个很大的优势：她五十九岁了，但看上去不超过四十岁。粗犷的容颜反倒经得起时间的侵蚀。多亏了修道院式的生活和饮食制度，她脸色红润，身子骨像铁打的，根本不把老年放在眼里。也许她从来没有结婚那天那样好看。她倒是沾了长得丑的光，显得高大、肥硕、强壮，一张总不显老的脸上有一种幸福的神情，使得有些男人羡慕高诺瓦耶好福气。“她脸色真好。”呢绒店老板说。“她还能生孩子。”盐店老板说，“说句你不见怪的话，她像是在盐卤里腌过，不会变质的。”“她有钱，高诺瓦耶那小子算是娶对了。”另一个邻里说。娜侬在所有街坊邻里中，本来就人缘极好，当她出了那栋老屋，沿着弯弯曲曲的老街往下走，去本堂区教堂举行婚礼时，一路上听到的尽是恭维话。作为贺礼，欧也妮送了她三套餐具，每套十二件。高诺瓦耶没想到女主人如此慷慨大方，一提起她就禁不住热泪盈眶，以后为了她就是粉身碎骨，他也在所不辞。成了欧也妮的心腹的高诺瓦耶太太，又有一件像嫁了丈夫一样称心的乐事：她终于像已故的东家那样掌管食品的储藏室的钥匙，每天早晨调配一家人全天的口粮了。另外，她手下还管着两个仆人——一个厨娘和一个专门负责缝缝补补、给小姐做衣服的贴身女仆。高诺瓦耶兼当看守和管家。不消说，娜依挑选来的厨娘和女仆都是真正呱呱叫的。这样葛朗台小姐就有了四个忠心耿耿的仆人。佃户们都觉察不出老东家死后有什么两样。他生前建立了一套严格的例行管理章程，现在由高诺瓦耶夫妇一丝不苟地继续执行。

欧也妮三十岁了还没有尝过人生的一点乐趣。暗淡、凄凉的童年是在母亲身边度过的，可是母亲的心不被理解，受尽伤害，一直很痛苦。母亲高兴地离开了人世，但为女儿还要活下去而担忧，她在欧也妮的心灵里留下了些许的内疚和永远的怀念。欧也妮的初恋亦即她唯一的一次恋爱，是她郁郁寡欢的根源。情人她只看见过几天，仅偷偷地接受和回送过一个吻就把心给了他；然后他就走了，留下她被整个世界与他隔开。这段爱情遭到父亲的诅咒，却几乎要了母亲的老命，而给她自己只造成了夹杂着朦胧希望的痛苦。所以，她虽然殚精竭虑追求幸福，却直到如今都得不到回报。精神生命与肉体生命一样，有吐也有纳，心灵需要纳入另一个心灵的感情，加以消化吸收，化成更为丰富的感情，还给对方。人与人之间没有这种美好的现象，心灵就会了无生意，就会缺少空气，感到憋闷，窒息而死。欧也妮开始痛苦了。在她心目中，财富既不是一种势力，也不是一种安慰。她只能靠爱情、靠宗教、靠对未来的信念生活。爱情让她感悟了永恒。心灵和福音书向她指出两个期盼的世界。她日夜沉浸在两种无穷无尽的思想之中。这两种思想对她而言也许只是一种思想。她退隐于内心，怀着爱，以为也享受到爱。七年来，她的热情渗透了一切。她的财宝并非收入与日俱增的几百万家当，而是夏尔的那个匣子，是挂在她床头的两帧肖像，是从她父亲手里赎回来的那些饰物。她在衣柜的一个抽屉里铺了一层棉花，然后得意地把那些饰物摊在上面。还有母亲用过的婶婶那枚顶针，她每天都要戴上做一会儿刺绣，做这珀涅罗珀的活儿[①]，只是为了把这枚充满回忆的金饰套在手指上。看来葛朗台小姐决不会在服丧期间结婚。她真心实意的虔诚众所周知。因此，克吕绍一家由老神父明智地主导的方针，就是满足于用最亲切的关怀，来包围这位女继承人。每天晚上，她家堂屋里高朋满座，都是本地克吕绍家最热心、最忠实的支持者。大家用各种调子起劲地唱女主人的赞歌。她有随身御医、大司祭、内廷侍从、梳妆贵妇、首相，尤其是掌玺大臣，一位对她无所不言的掌玺大臣。这位女继承人哪怕想要一个持后裾的侍从，人家也会为她找来的。她是一位女王，其受到的巧舌如簧的阿谀奉承超过所有女王。阿谀奉承绝非出自伟大

① 珀涅罗珀是荷马史诗《奥德赛》的主角之一。丈夫外出二十年间，当地贵族向她提出无理的求婚，她说要织完公公的棕盖才能答应。她白天织多少，夜里就拆多少，拖延时间，等丈夫回来。她是一位品行高尚、忠于爱情的理想妇女。

的心灵，而是小人特有的伎俩。他们尽量把自己缩小，以求钻进他们所趋附的人物的要害部位。阿谀奉承还隐藏着利益。正因为这样，每天晚上挤满葛朗台小姐家堂屋的那些人，把她称为弗洛瓦枫小姐，用美妙动听的言辞把她捧上了天。这些众口一词的赞扬，欧也妮听起来新鲜，起初还不禁脸红，但不知不觉间，赞扬话不管如何粗俗，她的耳朵已习惯了听人家夸她美，倘若有一位新来的说她长得丑，她决不会像八年前那样毫不在乎了。久而久之，她在私下里膜拜自己的偶像时所说的那些甜言蜜语，自己终于也爱听了。就这样，她渐渐习惯了人家把她奉为女王，习惯了看到她的宫廷里夜夜挤满廷臣。彭峰庭长先生是这个小圈子的男主角，他的才气、人品、学识和殷勤，不断受到吹捧。有人说七年来他的财产大大增加了，光彭峰那块地年收益至少就有一万法郎，而且像克吕绍家的所有产业一样，是位于女继承人广阔的地产中间。“你知道吗，小姐，”一位常客说，“克吕绍家的年收入达四万法郎。”“还有他们的积蓄呢。”克吕绍家一个老支持者格里博古小姐说，“最近巴黎来了一位先生，愿意把他的事务所以二十万法郎转让给克吕绍，因为他如果当上了治安法官，他的事务所就得卖掉。”“他其实是想接替彭峰先生出任庭长，只是故意出言谨慎，”奥松瓦尔夫人说，“因为庭长先生要当参议员了。他熟门熟路，肯定会成功。”“是啊，他是个出类拔萃的人。”另一个说道，“小姐，你说是不是？”庭长先生竭力让自己与自己想扮演的角色相协调。虽已年届四十，那张令人生厌的黑不黑黄不黄的脸，像几乎所有吃司法饭的人一样已显得干瘪，但他还是打扮成青年人的模样，耍弄着手里的藤杖，在弗洛瓦枫小姐家决不吸鼻烟，每次到的时候总是系着白领带，穿一件带宽褶襟饰的衬衣，那神态倒像是一班蠢货的同门兄弟。他对美丽的女继承人说话显得很亲热，称她“我们亲爱的欧也妮”。总之，除了人数不同，除了罗多游戏换成了惠斯特牌，再除掉葛朗台夫妇两张面孔，这间堂屋里的场面与过去故事开始的时候几乎没有什么两样。猎犬群所追逐的始终是欧也妮和她的数百万家产。猎犬的数量越多，叫得也就越响，就能同心协力将猎物包围。要是夏尔这时从印度回来，他会发现人还是那些人，所追求的利益还是那些利益。受到欧也妮非常亲切、非常友善对待的格拉珊太太，坚持给克吕绍一家制造麻烦。可是与从前一样，在这里的场面中处于主宰地位的人物依然是欧也妮，也像过去一样，在这里至高无上的人物依然是夏尔。但终究有了一些变化。从前庭长只在欧也妮生日时送一束鲜花，现在经常送了。每天晚上，他给富有的女继承人带来一大束艳丽的鲜花，高诺瓦耶太太当着众人的面插进花瓶，但等客人们一走，就悄悄扔到院子的一个角落里。开春的时候，格拉珊太太故意扫克吕绍派的兴，对欧也妮提起弗洛瓦枫侯爵，说欧也妮如果愿意通过婚约把他的地产还给他，他就可以重振衰败的家业。格拉珊太太把贵族门第、侯爵夫人头衔叫得震天价响，将欧也妮轻蔑的微笑当作同意的表示，到处散布说，克吕绍庭长的婚事并不像人们想象的那样瓜熟蒂落了。“弗洛瓦枫先生虽然五十岁了，”她说，“但看上去并不比克吕绍先生年龄大。不错，他早年丧妻，有几个孩子，可是他是侯爵，早晚会成为法兰西贵族院议员。在时下这年月，这样的婚事哪里去找！我确确实实知道，葛朗台老爹当年把他的产业全部归并到弗洛瓦枫，就是存心要与弗洛瓦枫家族搭上这层关系。他鬼着哩，这老头子！”

“娜侬，”一天晚上睡觉的时候欧也妮说，“他怎么七年一次信也不给我写呢？”

当索莫城发生这些事情的时候，夏尔在印度发了财。他最初带去的那批小商品卖了好价钱，很快赚了六千美元。赤道的洗礼使他抛弃了许多成见。他发现在热带地区像在欧洲一样，发财的最好办法是贩卖人口。于是他去非洲海岸贩运黑奴，在贩卖人口的同时，在利益的驱动下还去各个市场贩卖最有利可图的商品。他做生意忙得不亦乐乎，没有一点闲暇。他头脑里占主宰地位的想法，就是发笔大财，风风光光重新出现在巴黎，攫取比落魄前更光彩的地位。在人堆里混久了，地方跑多了，见到了许多相反的风俗，他的思想也发生了变化，变得对事物都抱着怀疑的态度。他看到在一个国家被指责为罪恶的，在另一个国家竟成为美德，于是他对是非曲直再也不抱定见。成天与利益打交道，他的心变得冷漠了、狭窄了、干枯了。葛朗台家族的血统倒没有因为他的命运而丧失。夏尔变得冷酷，贪婪成性。他贩卖中国人、黑人、燕窝、儿童、艺匠，大放高利贷。他由于惯于偷漏关税，也就不把人权放在眼里。他去圣托马斯贱价买进海盗的赃物，运到缺这些货的地方去卖。初次旅行，欧也妮高尚纯情的形象犹如西班牙水手挂在船上的圣母像一样，伴随着他的旅程；生意上最初的成功，他也归功于这位温柔的姑娘祝福和祈祷所产生的法力。可是后来，黑女人、白女人、黑白混血女人、爪哇女人、埃及舞女，他与不同肤色的女人纵欲作乐惯了，在不同的国家艳遇多了，就把堂姐、索莫城、老屋、窄凳、走廊里的亲吻等往事，一股脑儿彻底抹去了。他只还记得那个围墙破旧的小花园，因为那是他的冒险生涯的起点。但是他唾弃这个家庭：伯父是一只老狗，骗取了他的金饰。欧也妮无论在他心里还是他思想上都毫无地位，她只不过在他的生意上占有一个位置，是曾经借给他六千法郎的一个债主。这种行径和这些思想，就是夏尔·葛朗台杳无音信的缘由。在印度、圣托马斯、非洲海岸、里斯本、美国，这个投机家为了不损害他的本姓的名誉，取了一个假名，叫卡尔·塞弗尔。这样他就可以毫无危险地到处出没，不知疲倦，胆大妄为，贪得无厌，决计不择手段敛钱发财，力图尽快结束这种不名誉的生涯，后半生再老实为人。这些做法使他很快发了大财。1827 年，他搭乘一家保王党商社的一艘豪华双桅帆船“玛丽–卡罗琳”号，回到了波尔多。他有三桶箍扎严实的金屑，价值一百九十万法郎，打算到巴黎换成金币，从中赚百分之七八。同船有一位和善的老者，是查理十世国王陛下内廷常任侍从奥布里翁先生。当初他一时糊涂，娶了一位交际花，可是他的产业在安的列斯群岛。为了弥补太太的挥霍浪费，这次他特地去岛上变卖产业。奥布里翁夫妇是奥布里翁·德·布什的后裔，这个家族最后一位领主 1789 年之前就去世了。现在夫妇俩每年大约只有两万法郎的收入，还有一个长得相当丑的女儿。母亲想不给陪嫁把女儿嫁出去，因为他们的财产只够在巴黎居家度日。这种打算社交界所有人都认为难以实现，虽然在他们心目中交际花鬼机灵的。连奥布里翁太太自己看到女儿也几乎感到绝望，巴不得把她送出去，不问对象，即使想当贵族迷了心窍的人也成。奥布里翁小姐长得像同音异义的昆虫蜻蜓[①]，腰身细长，非常瘦弱，嘴边总现出瞧不起人的神情，上面垂下来一个太长的鼻子，鼻头又太粗，平常呈黄色，但吃了饭之后却变得通红。这种像植物变色的现象，在一张本来就苍白的脸上，格外难看，即使在一张普通的脸上，也令人生厌。总之，她那副模样，正好让一位三十八岁风韵犹存还有奢望的母亲喜欢。为了弥补这类缺陷，奥布里翁侯爵夫人教给了女儿一样非常高雅的风度，让她经常注意卫生，使鼻

① 在法语里“小姐”一词亦是蜻蜓的俗称。

子暂时维持一种适当的肤色，还教会她打扮得有情趣，让她掌握卖俏的举止，学会做出多愁善感的眼神，叫男人见了动心，以为遇到了踏破铁鞋无觅处的天使。她还教女儿如何运用双脚，当鼻子不合时宜地红得厉害时，就及时地把脚向前伸出去，让人欣赏它的小巧玲珑。总之，她把女儿调教得相当令人满意。靠了宽大的袖子，骗人的胸衣，精心垫衬而鼓荡的长袍，束得极紧的紧身褡，她居然搞出了一套不可多得的女性用品，可以陈列在博物馆里给母亲们作示范。夏尔很巴结奥布里翁夫人，这位夫人恰好也很想结交他。有好几个人甚至说，在海上航行期间，颇具风致的奥布里翁太太把什么手段都使了出来，就是想俘获一个这样富有的女婿。1827 年 6 月在波尔多上岸之后，奥布里翁先生、夫人、小姐和夏尔下榻同一家旅馆，然后又一同动身去巴黎。奥布里翁公馆已抵押出去，需要夏尔把它赎回来。母亲已经表示乐于把底层让给女婿和女儿住。她不像奥布里翁先生那样对门第抱有成见，已向夏尔许诺要奏请仁君查理十世，钦准葛朗台氏改姓奥布里翁，并使用奥布里翁的家徽，而且只要在奥布里翁弄到一份价值三万六千法郎年金的长子世袭产业，就能继承布什领主和奥布里翁侯爵的双重头衔。双方的财产合在一起，和睦相处，加上宫廷闲差的俸禄，奥布里翁府上也可有十几万法郎的岁入。“等到有了十万法郎岁入，”奥布里翁夫人对夏尔说，“有了贵族的身份和门第，又出入宫廷，因为我会让你当上宫内侍从，那时你想当什么就可以当什么。就是说，你可以当行政法院审查官、省长、驻外使团秘书、大使，随你挑。查理十世十分垂爱奥布里翁，他们从小就认识。”

这个女人唤起了夏尔的野心，使得他飘飘然起来。她手段巧妙，以说体己话的方式，心对心和他倾谈，使夏尔在旅途中心里充满了希望。他以为父亲的事情已由伯父料理妥善，想想自己，已经突然跻身于圣日耳曼区。那是一个所有人都想挤进去的地方，而他像当年德洛一家一变而为布雷泽一样，是在玛蒂德小姐的蓝鼻子庇护下，以奥布里翁伯爵的身份重新出现在那里。他去国时复辟王朝摇摇欲坠，还乡时见到的却是一派繁荣景象，让他看了眼花缭乱，而贵族思想的光辉让他惊愕不已。在船上开始的那种陶醉之感，回到巴黎依然保持着，他决心千方百计把自私的丈母娘让他隐约看到的高官厚禄弄到手。在这个光明的前景中，他的堂姐不过是一个小点罢了。他再见到了阿奈特。作为交际圈子里的女孩，阿奈特极力怂恿她的老朋友应承这门亲事，并答应支持他实现野心的一切活动。阿奈特乐得让夏尔娶一个又丑又讨厌的姑娘。因为在印度闯荡了这么些年，夏尔已变得很有魅力，他皮肤晒黑了，举止变得坚决而大胆，具备了习惯于决断、支配、成功的男子汉的气概。夏尔呢，看到自己在巴黎算个角色，觉得巴黎的空气呼吸起来也比从前畅快。格拉珊听说他已回国，并且就要结婚，还发了财，便来看他，想告诉他再付三十万法郎就可以结他父亲的债务。他见到夏尔正与珠宝商在商谈。夏尔定做了一批首饰，打算作为结婚礼物送给奥布里翁小姐，珠宝商拿了图样来给他看。虽然富丽的钻石是夏尔从印度带回来的，但钻石的镶工以及年轻夫妇所需的银餐具和大件小件的珠宝首饰，算起来还需要二十多万法郎。夏尔没有认出格拉珊，接待他时是以一个时髦青年傲慢无礼的态度。毕竟他在印度曾多次与人决斗，打死过四个人。格拉珊先生已经来过三趟了，夏尔冷冰冰地听他说，然后并没有把事情完全弄清就回答说："我父亲的事情不是我的事情。我感谢你费心了，先生，可是我没法领情。我流血流汗赚来的将近两百万，不是要扔给我父亲的债权人的。"

“要是几天之内令尊被宣告破产了呢?”

“先生，几天之内我就叫奥布里翁伯爵了。你听明白了，这与我丝毫不相干。再说，你比我更清楚，一个有十万法郎年收入的人，他的父亲绝不可能破产。”他说着客气地把格拉珊先生推到门口。

是年 8 月初，欧也妮坐在那条堂弟曾与她山盟海誓的窄木凳上。凡是晴天，她总坐在这凳子上吃早饭。这可怜的姑娘乐于趁这清新、愉快的早晨，把与她的爱情有关的大大小小的往事，以及随之而来的灾难，在脑子里重新过一遍。朝阳照在那堵好看的布满裂缝的围墙上。那堵墙快要塌了，高诺瓦耶常常对太太说总有一天要倒下来压死人的，可是任性的女主人硬是不准任何人动它。这时邮差敲门，交给高诺瓦耶太太一封信。高诺瓦耶太太跑进花园喊道:“小姐，一封信!”一面把信递给女主人，一面问道:“是你盼望的那封信吗?”

这句话在欧也妮心里强烈震响，就像在院子和花园的围墙间震响一样。

“巴黎!是他寄来的。他回来了。”

欧也妮脸“唰”地白了，拿着信怔了一会儿。她心跳得太厉害，没法拆信和看信。长婆娜侬两手叉腰站在那里，高兴之情宛似轻烟，从她那黑脸膛的皱纹间渗透出来。

“看信哪，小姐……”

“啊!娜侬，他是从索莫走的，为什么要回巴黎去呢?”

“你看信不就知道了。”

欧也妮哆哆嗦嗦拆开信。里面掉出一张向格拉珊夫人与科莱尔银号兑付的汇票。娜侬捡起来。

“亲爱的堂姐……”

“不再叫我欧也妮了。”欧也妮想道，心抽紧了。

“您……”

“他以前可是用‘你’称呼我的!”

她合抱了双臂，不敢再往下念，大颗大颗的眼泪夺眶而出。

“他死了?”娜侬问道。

“那他就不会写信了。”欧也妮说。

于是她看了整封信。

亲爱的堂姐，相信您知道我事业有成，一定会感到高兴吧。托您的福，我发了财回来，这也是听从了伯父的忠告。伯父、伯母的过世，我是通过格拉珊先生刚刚获悉的。父母过世，事在必然，我们应该秉承他们的遗志。但愿您已不再悲伤。什么都无法抗拒时间，对此我有体会。是的，亲爱的堂姐，对我而言不幸的是，幻想的时期已一去不返。有什么办法呢！在辗转许多国家的旅程中，我对人生作过思考。去国的时候我还是孩子，还乡之时我已成了大人。如今我考虑许多过去不曾考虑的事情。您是自由的，堂姐，我也仍然是自由的。表面上看，没有任何东西可以阻碍我们实现我们小小的计划。不过我生性坦诚，不可能对您隐瞒我的情况。我丝毫没有忘记我不属于我自己，在浪迹天涯的过程中我始终记得那条窄木凳……

欧也妮像坐在火炭上面，霍地站起来，去坐到院子里的一级台阶上。

……我们坐在上面发誓永远相爱的窄木凳，记得那条过道，那间灰暗的堂屋，阁楼上我的卧房，还记得那天夜里，您给了我难能可贵的资助，使我后来起步更容易。是的，正是这些回忆支持了我的勇气。我想在我们约定的时间，您一定总想念我，就像我经常想念您一样。您有没有在九点钟看天上的云？一定看了，是不是？所以我不想背弃在我心目中神圣的友谊。不，我不应该欺骗您。这涉及眼下的一桩婚事。这桩婚事对我来讲，完全符合我在婚姻问题上所形成的一整套看法。在婚姻中爱情是虚幻的。今天，经验告诉我，结婚必须服从社会规则，并且按照社会要求要相互般配。然而，咱们俩年龄上已经有差距，而这一点，亲爱的堂姐，将来对您可能比对我影响更大。且不说您的道德观念、您所受的教育和您的生活习惯都与巴黎的生活格格不入，可能也与我今后的计划完全不相适应。我的计划之一是要维持一个排场阔绰的家，接待许多客人，而我记得您喜欢恬淡安静的生活。不，我还要说得更坦率些，请您权衡一下我的情况。您也应该了解我的情况，您有权做出判断。现在我一年有八万法郎收入。这笔财产使我能够与奥布里翁家联姻。这个家庭的继承人，一个十九岁的年轻姑娘一旦与我结婚，就能给我带来一个姓氏、一个爵位、一个内廷名誉侍从的职位和一个非常显赫的地位。我实话告诉您，亲爱的堂姐，我根本不爱奥布里翁小姐，但是同她结婚，就能确保我的儿女们会有社会地位，而这会带来无法估量的好处，如今君主制思想正重新日益得势。因此几年后，我儿子成了奥布里翁侯爵，拥有年收入四万法郎的长子世袭财产，就可以在国家机关得到称心的官职。我们对儿女负有责任。您看，堂姐，我多么坦诚地向您陈述了我的心情、希望和财产状况。睽别七载之后，我们年幼无知时的那些事您可能忘记了吧。我呢，无论是您的宽容还是我的诺言，都没有忘记，甚至最不经意说出的话，都统统记得。换了一个不像我这样认真，不像我这样保持一颗年轻而正直的心的人，早把这一切抛到脑后去了。告诉您我一心想缔结一桩门当户对的婚姻，但我还记得我们年幼时的爱情，这不就是把我完全交给您发落，由您来支配我的命运吗？这也就是告诉您，如果要我放弃我的社会抱负，我会心甘情愿地满足于那种朴素纯洁的幸福，那种幸福感人至深的情景，您已经让我领略过了……

忠于你的堂弟　夏尔

夏尔一边签名一边哼着一出歌剧里面的调子："叮嗒嗒——咚嗒嗒——叮嗒嗒——咚！咚嗒嘀——叮嗒嗒……"

"雷劈的！这叫耍点小手段。"他自言自语道。他找出一张汇票，又在信后附上了几句。

又及：附上汇票一张，请向格拉珊银号由你记名照兑八千法郎，可用黄金支付。这是您慷慨借给我的六千法郎的本利。另有几件礼物因装在托运的箱子里，尚未从波尔多送达，待运到后奉上，以表示我永远的感激。我的梳妆匣，可交由驿车捎回，地址是巴黎伊勒兰-贝尔坦街奥布里翁公馆。

"交由驿车捎回！"欧也妮说，"一件我为了它死上一千回都在所不惜的东西！"

可怕的灭顶之灾！船沉了，希望的茫茫大海上一段缆绳、一块木板都没有留下。看到自己被遗弃，有些女人会从情敌怀抱里把自己所爱的人夺过来，把情敌杀死，然后逃往天涯海角，最终上断头台或进坟墓。这无疑是壮烈的，因为犯罪的动机是崇高的激情，不能不给予人道的评价。另外一些女人则低首下心，默默忍受，日渐憔悴，逆来顺受，以泪洗面，在宽恕、祈祷和回忆里终了残生，直到咽了最后一口气。这就是爱情，真正的爱情，天使的爱情，在痛苦中生、在痛苦中死的高尚的爱情。欧也妮读完那封可怕的信正是这种心情。她举目望着苍天，想起母亲临终时所说的话。像有些临终的人一样，母亲对未来看得既透彻又清醒。欧也妮想起母亲的死和母亲先知般的一生，顿时彻悟了自己的命运。现在她只有展开翅膀，向天国奋飞，在祈祷中活到解脱的那一天。

“母亲做得对，”她啜泣着说，“受苦和等死。”

她慢步从花园走进堂屋。一反平时的习惯，她没有从过道进来，但在这间灰暗的旧堂屋里，还是看得见有些保留着堂弟的回忆的东西，壁炉台上就总是放着一个小碟子，而且每天早餐她还常使用，另外还有赛佛窑烧制的一个糖罐。这天上午应该是一个隆重的日子，有不少对她来说算是重大的事情要发生。娜依通报本堂神父来访。这本堂神父是克吕绍家的亲戚，维护彭峰庭长的利益。几天以前老教士克吕绍就要他找葛朗台小姐谈一谈，告诉她从纯粹宗教的意义上讲她必须结婚。看到本堂神父，欧也妮以为他是来收她每月布施给穷人的一千法郎，便叫娜依去拿钱。本堂神父却笑眯眯地对她说：

“小姐，今天我是来对你谈谈一位可怜的姑娘。全索莫城的人都关心她，可是她却不够爱惜自己，没有按照基督教的方式生活。”

“天哪！神父先生，你来得不凑巧，这会儿我可没有心思考虑别人，我正自顾不暇呢。我非常不幸，只有教会是我的避难所。教会有宽广的胸怀，能包容我们的全部痛苦；教会有丰富的感情，可供我们汲取而又不必担心汲尽。”

“好啊，小姐！我们关心这个姑娘就是关心你啊。请听我说，你如果想拯救自己的灵魂，只有两条路可走：要么出家，要么随俗。就是说，要么顺应你的天国命运，要么顺应你的尘世命运。”

“啊！恰好在我需要启示的时候，我听到了你的启示。不错，肯定是上帝派你来这里的。我要告别尘世，默默地在退隐中为上帝生活。”

“孩子，要下定这么狠的决心，必须三思再三思。结婚是生，出家是死。”

“啊，死！马上死才好呢，神父先生！”欧也妮说话时非常冲动，令人害怕。

“死？你还要对社会尽重大义务啊，小姐！你不是穷苦人的母亲吗？你不是冬天给他们衣服和柴火，夏天给他们工作吗？你的巨额财富是一种需要偿还的债务，你圣洁地接受了它。退隐修道院未免太自私，一辈子做老姑娘又实在不应该。首先，你能够一个人管理你庞大的家业吗？你也许会把它败掉的。说不定不久你就会遇到打不完的官司，或者被无法摆脱的困难弄得焦头烂额。相信你的指路人吧！你需要一个丈夫，应当保存上帝给你的恩赐。我是把你视为亲爱的信徒来对你说这番话的。你这么真诚地热爱上帝，决不会不在这尘世间让自己的灵魂获得拯救。你是这尘世最美丽的点缀，给尘世树立了圣洁的榜样。”

这时，外面通报格拉珊太太来访。格拉珊太太是抱着极大的绝望为报复而来的。

“小姐，”她说，“啊！神父先生在这里。那我就不说了。本来我是有事情来和你谈，可是我看你们正在谈重要事情。”

“太太，”神父说，“我告退不妨碍你。”

“啊！神父先生，”欧也妮说，“你过一会儿再来吧。眼下我太需要你的支持了。”

“的确，可怜的孩子。”格拉珊太太说。

“你这话是什么意思？”葛朗台小姐和神父异口同声问道。

“你堂弟回来了，要跟奥布里翁小姐结婚了，你不知道吗？一个女人绝不会这样糊涂的。”

欧也妮脸一红，默不作声。她拿定主意，以后遇事要像她父亲装得若无其事。

“噢！太太，”她反唇相讥，“我倒可能犯了糊涂，没听明白。说吧，当着神父先生的面说吧，你知道他是我的神父。”

“那好，小姐。这是格拉珊写给我的信，你看吧。”

欧也妮看到信上写道——

爱妻：夏尔·葛朗台自印度归来，抵巴黎已有一个月……

“竟有一个月了！”欧也妮想道，不禁垂下拿信的手。

停了一会儿，她继续看信。

……我白跑了两趟，才见到这位未来的奥布里翁子爵。尽管整个巴黎都在议论他的婚姻，教堂也贴出了结婚预告……

“那么，他给我写信时已经……”欧也妮心里说，但没有再往下想，也没有像巴黎女人那样骂一声“这无赖”。但是，尽管没有流露出来，她内心的蔑视是不折不扣的。

……这桩婚事成不成还很难说呢。奥布里翁侯爵不会把自己的千金嫁给一个破产者的儿子。我特意去告诉夏尔，他伯父和我是如何费尽心思料理他父亲的事情，用了怎样巧妙的手腕把债主们稳住直到今天。这浑小子竟然厚颜无耻地回答我说：他父亲的事不是他的事。我可是为他的利益和名誉日夜操心了五年啊。一般诉讼代理人有权按债务的百分之一，向他索要三四万法郎酬金。不过，等着瞧吧！从法律上讲，他还欠债主们一百二十万法郎，我要债主们宣告他父亲破产。当初我介入这件事情，完全是信了葛朗台那条老鳄鱼的诺言，而且以葛朗台家族的名义做了种种承诺。奥布里翁子爵不在乎自己的名誉，我对自己的名誉可是很看重的。因此，我打算向债主们说明我的立场。然而，我非常敬重欧也妮小姐，在过去一切顺利的时期，我们还向她提过亲。所以我想在采取行动之前，让你去对她谈谈这件事……

欧也妮读到这里不再往下读，冷冷地把信还给格拉珊太太说："多谢你，这件事等等看吧……"

"你这会儿说话的口气，可是与你已故的父亲完全一样啊。"格拉珊太太说道。

"太太，你要付给我们八千一百法郎的金子。"娜侬对她说。

"不错，劳驾跟我走一趟吧，高诺瓦耶太太。"

"神父先生，"欧也妮说话的语气冷静而庄重，这是她所要表达的想法使然，"请问结婚以后保持童贞，算不算罪过？"

"这是一个意识问题，我无法回答。如果你想知道大名鼎鼎的桑切斯[①]在他所著的《婚姻概论》中是怎样说的，我明天可以告诉你。"

神父走后，葛朗台小姐上楼到父亲那间密室里，独自待了一整天，晚饭也不肯下来吃，尽管娜侬一再催促。直到晚上圈子里

① 桑切斯（约1550—约1623），法国医生和哲学家。

的常客登门时，她才露面。葛朗台家的堂屋里从来没有这天晚上这么多客人。夏尔归来和愚蠢变心的消息早就传遍了全城。但是客人们不管怎样细心地察言观色，他们的好奇心始终得不到满足。欧也妮早有所料，虽然内心纷扰，痛苦不堪，脸上却平静得不露半点痕迹。有些人用哀怨的目光或说些伤感的话对她表示关心，她却报以笑容，还善于以礼貌来掩饰自己的不幸。九点钟光景，牌局结束，打牌的人离开牌桌，一边相互算账找钱，一边争论着最后几局惠斯特牌，加入聊天的圈子。就在客人们起身告辞准备离开堂屋的时候，发生了一桩震动索莫城，乃至震动全区和周边四个省的戏剧性事件。

“庭长先生请留步。”欧也妮见彭峰先生拿起了手杖，便这么对他说。

听到这句话，那一大群客人个个都为之一怔。庭长脸色发白，只好坐下。

“几百万归了庭长啦！”格里博古小姐说。

“这一下明白啦，”奥松瓦尔太太嚷道，“彭峰庭长娶定葛朗台小姐了。”

“这是全局最妙的一着。”老神父说。

“好一个大满贯哩！”公证人说。

每个人都有自己的妙语、双关语。在所有人心目中，这位高踞于数百万家产之上的女继承人，恰如坐在宝座上。上演了九年的这出戏演到了结局阶段。当着全索莫城的人请庭长留下，不就是宣布她要庭长给她做丈夫吗？在严格遵守传统的小城市，这类出格的举动无异于最庄严的承诺。

“庭长先生，”等到就剩下他们两个人时，欧也妮声音激动地说，“我知道你看中我什么。你发誓在我有生之年让我自由，并且绝对不提婚姻赋予你对我的权利，那么我就答应嫁给你。啊！”看到庭长跪了下来，她又说，“我话还没说完呢。我不应该欺骗你，先生。我心里有一份抹不掉的感情。我能给予我丈夫的唯一感情就是友谊。我既不想伤害他，也不愿意违背自己心里的准则。不过，你要想得到我的婚约和我的财产，就得帮我一个大忙。”

“你看到了我什么都愿意做。”庭长回答。

“这是一百五十万法郎，庭长先生，”欧也妮说着从怀里掏出法兰西银行一张一百股的股票，“你去一趟巴黎，不是明天，而是今天夜里马上走。你找到格拉珊先生，把我叔叔的全部债权人的名单要到手。然后把他们召集拢来，把我叔叔遗下的债务，按五厘计息，从借款之日起到偿还之日止计算，将本金和利息全部付清，最后要他们出具一张总收据，必须经过公证，手续齐备。你是法官，这件事我只有托付给你啦。你是一个正直又多情的男人，我相信你的诺言，将来就靠你的姓氏庇护，度过人生的艰难。我们将来要相互宽容。你我相识多年，几乎算得上亲戚，你不会让我不幸吧。”

庭长拜倒在富有的女继承人脚下，高兴而又惶恐得浑身哆嗦。

“我是你的奴隶！”他说。

“你拿到收据，先生，”欧也妮冷冷地看他一眼又说，“你把它连同所有债券送给我的堂弟葛朗台，同时把这封信交给他。等你回来，我履行诺言。”

庭长明白他是因为情人结怨才得到葛朗台小姐的，所以他急急忙忙十万火急完成欧也妮交给的使命，不让两个情人有任何重归于好的时机。

彭峰先生一走，欧也妮便倒在扶手椅里号啕大哭。一切全完了。庭长搭上驿车，第二天黄昏抵达巴黎，第三天一早便去见格拉珊先生。法官在存放债券的公证人事务所召集所有债权人，倒是没有一个缺席的。虽然都是债主，但说句公道话，他们都很守时。彭峰庭长在这里代表欧也妮小姐，把所欠他们的本金和利息全部还清。照付利息这一点，成为当时巴黎商界最具轰动性的事件。收据备案登记之后，庭长又按照欧也妮的吩咐，给格拉珊送去五万法郎辛苦费，然后就去奥布里翁公馆，找到夏尔。夏尔刚回到自己房里，被岳父大人说了一顿而垂头丧气。老侯爵向他宣布，纪尧姆·葛朗台所欠的债务一日不还清，他就一日休想娶他的女儿。

庭长首先交给夏尔这封信。

堂弟台鉴：叔父所欠债款已全部还清，现托彭峰先生送上收据一纸；另一纸收据，是证明我的上述垫款，你已偿还给我。我听到了破产的传闻。我想，一个破产者的儿子也许娶不到奥布里翁小姐。是的，堂弟，你对我的思想和举止的评价不无中肯。我大概不具备上流社会所要求的一切，既不懂那里的算计，也不懂那里的风俗，无法让你享受到你想在那里寻求到的乐趣。你为社会习俗牺牲了我们的初恋，但愿你幸福。为了使你的幸福完满，我所能做的，只有献上你父亲的名誉。别了，你永远有一个忠实的朋友即你的堂姐。

欧也妮

野心家拿到经过公证的收据，情不自禁地欢呼起来。庭长莞尔一笑。

“我们可以相互通报结婚的喜讯了。”他说。

“啊！你娶欧也妮。好啊，我感到高兴。她是个好姑娘。可是，”他突然一愣，思想上仿佛闪过一道亮光，改口问道，“这么说她很富有?”

“四天之前,”庭长嘲讽地说,“她有将近一千九百万,今天只有一千七百万啦。”

夏尔目瞪口呆地望着庭长。

“一千七百……万……”

“一千七百万,没错,先生。葛朗台小姐和我结婚之后,合在一起我们的年收入有七十五万法郎。”

“亲爱的堂姐夫,”夏尔稍许镇定下来了说,“咱们可以相互提携啊。”

“没问题。”庭长说,“另外这里有个小匣子,我也只能交给你本人。”说罢他把梳妆用品匣放在桌子上。

“喂!亲爱的朋友,”奥布里翁夫人进来说,她没有注意到克吕绍,“刚才可怜的奥布里翁先生对你说的话,你千万别往心里去。他是给绍利欧公爵夫人气昏了头。我再对你说一遍,什么都阻止不了你结婚……”

“什么都阻止不了,夫人。”夏尔答道,“家父以前所欠的四百万昨天全部还清了。”

“还的现款吗?”奥布里翁夫人问。

“连本带息全部还清了。我要去恢复家父的名誉。”

“太傻了!”丈母娘嚷道。她这才看见克吕绍,就附在女婿耳边问道:“这位是谁?”

“我的经纪人。”他悄声回答。

侯爵夫人高傲地向彭峰先生点点头就出去了。

“咱们已经相互提携了。”庭长说着拿起帽子,“再见,堂弟。”

“他嘲笑我,这个索莫城的土包子。我恨不得一剑戳进他的肚子里。”

庭长走了。三天后，彭峰先生回到索莫城，公布了他与欧也妮的婚事。半年后他被任命为昂热皇家法院推事。离开索莫城之前，欧也妮把她多年来珍爱的那些首饰，加上堂弟还的八千法郎的黄金，统统熔化，铸成一个圣体显供台，献给本堂区教堂。她曾经在那里为他向上帝祈祷过多少次！平日她有时住在昂热，有时住在索莫。她丈夫由于在一次政局变化中所表现出的忠诚，当上了高等法院的庭长，过几年就当上了院长。迫不及待地盼望着大选，好到国会里谋一个席位。他已经在觊觎贵族爵位了，到那时……

“到那时，皇上也跟他称兄道弟了吧。”娜侬，长婆娜侬，索莫城的有产者高诺瓦耶太太，听到女主人谈到自己日后的显赫，不禁这么冒了一句。然而，德·彭峰院长（他终于取消了祖姓）野心勃勃的想法并没有实现。他在当上索莫的议员八天之后就去世了。明察秋毫的上帝，决不会惩罚不当。他这次所惩罚的，大概就是彭峰院长的工于算计，玩弄法律手段，在克吕绍的参谋下拟订婚约时太精了。“未来的夫妻双方如无子女，则将其权属的全部财产，包括动产和不动产，绝无例外与保留，互相遗赠，甚至免除财产登记造册之手续，除非该项免除会阻碍继承或成为阻碍继承之原因，须知上述相互遗赠确为……”云云。这一条款足可解释为什么院长始终非常尊重彭峰太太的意志和独居。妇女们称赞院长是最温柔体贴的男人，对他表示同情，而常常责怪欧也妮总那么忧伤和痴情。不过，妇女们在责怪一个女人时，善于把刻薄的话说得婉转些。

“彭峰太太肯定病得厉害，所以总让她丈夫独守空房吧！她的病会好吗？她究竟得了什么病，胃炎还是癌症？为什么不去看医生呢？这段时间她脸色蜡黄，应该去巴黎请名医看看啊。她怎么就不希望要个孩子呢？据说她很爱丈夫，以她丈夫那种地位，她怎么不给他生一个传宗接代苗子呢？大家知道这真够恶劣的，如果仅仅是因为任性，就该受到谴责。可怜的院长啊！”

欧也妮因为长期独居，经常沉思默想，对周围事物的观察细致入微，加上不幸的遭遇和最后一次教训而能洞察一切，所以知道院长盼她早死，好独占那份巨大的家产；这份家产因继承了公证人叔叔和神父叔叔两份遗产而又增加了——上帝心血来潮把这两个人召到天国去了。这个隐居的女人只觉得院长可怜。上帝为她报了仇，惩罚了她丈夫的算计和无耻的冷漠。他尊重欧也妮深藏于心的无望的痴情，把这视为最可靠的保证。倘若生一个孩子，院长自私的希望和野心勃勃的乐趣，不就化为泡影了吗？上帝将大把大把的黄金扔给被黄金囚禁的女人，而她根本不把黄金放在眼里，一心向往天堂，虔诚而善良，靠圣洁的思想活着，不断暗中救济受苦的人。彭峰太太三十三岁成了寡妇，年收入八十万法郎，依然很美，不过已是四十岁的女人之美，一张脸白皙、安详、平静，嗓音柔和、沉郁，举止纯朴。她有着痛苦造就的一切高贵气质，有着心灵未被世风玷污的人那种圣洁思想，但也有着老处女的刻板和外省的狭隘生活所养成的小气。虽然有高达八十万法郎的年收入，但生活仍和从前那个可怜兮兮的欧也妮·葛朗台一样，总要等到过去她父亲规定在堂屋里生火的日期，才让自己的卧室里生上火，同样一到她年轻时父亲所规定的日期，就让把火熄灭。穿着总是跟当年母亲一样。索莫城那座房子，那座没有阳光，没有温暖，总是阴森森、凄惨惨的房子，便是她一生的写照。她兢兢业业地把所有收入积累起来，倘若不是把自己的财产用于高尚的事业，而驳斥了别人的中伤，她也许真显得吝啬了。她创办了几个虔诚的慈善基金会、一所养老院、几所教会学校、一座藏书丰富的图书馆。所有这一切每年都向那些责备她贪财的人提出有力的反证。索莫的几座教堂都是多亏了她的捐助才进行了修葺。彭峰太太——有些人开玩笑称为小姐，受到一般人的敬仰。这颗只为最温柔的感情跳动的高尚的心，终归逃脱不了人间利益的算计。金钱还是免不了以它冷冰冰的色调，沾染了这个超凡脱俗的生命，使这个充满感情的女子不敢相信感情了。

“只有你爱我。”她对娜侬说。

这个女人的手包扎过多少家庭不为人知的伤口，欧也妮是在数不清的善举伴随下走向天国的。心灵的崇高使她所受教育的浅陋和早年生活的习惯显得微不足道。

这就是这个女人的故事。她生于红尘却超脱红尘，是天生的贤妻良母却没有丈夫，没有儿女，没有家庭。几天来又提出了她改嫁的问题。索莫城的人正关心她和弗洛瓦枫侯爵先生，因为弗洛瓦枫家族已开始包围这位富有的寡妇，就像克吕绍家族从前所做的一样。据说，娜侬和高诺瓦耶是向着侯爵的。这纯属无稽之谈。无论长婆娜侬还是高诺瓦耶，都没有足够的头脑以明白世道的败坏。

1833 年 9 月于巴黎

后 记

这个结局肯定不能使好奇心得到满足。凡是真实的结局可能都是这样吧。用现在的话来说，悲剧性事件，悲剧，从本质上讲是不常发生的。还记得开场白吧。这个故事是被传抄者遗忘在人世这本大书里的几页不完整文字的传达。这里没有任何杜撰。这部作品是一个朴实的缩影，创作它需要艺术，更需要耐心。每个省都有各自的葛朗台。只不过马延省或里尔市的葛朗台，不如索莫城的前市长有钱。作者可能对某种特点把握不准，笔下的人间天使刻画欠佳，对自己的作品着色不是过浓就是太淡。也许他在自己的玛丽亚头部的轮廓镶了太多金子；也许他没有遵循艺术的规律运用好光线；也许他把本来就黑的老头儿这个完全世俗的形象抹得太黑了。但请不要拒绝宽恕那个耐心的修道士。他生活于自己的斗室之中，是罗莎·蒙德、玛丽亚——整个女性的美好形象、修道士之妻、基督徒们的第二个夏娃谦卑的仰慕者。

尽管遭到批评，他还是继续赋予女人那么多美德，年轻的他仍然认为女人是所有创造物中最完美无瑕的。女人是那双捏塑世间万物的手最后完成的，应该比其他任何创造物更能纯粹地体现上帝的思想。她不像男人那样，是上帝的双手把最初的花岗石揉成软泥捏塑出来的。不，女人是从男人的两肋抽出来的柔软可塑的物质，是介于男人和天使之间的创造物。所以诸位看到女人和男人一样强壮，而又像天使一样敏感聪慧、感情细腻。难道不应该使这两种天性在女人身上合二为一，使女人永远心怀人类吗？在女人心目中，一个孩子不就是整个人类嘛！

在女人当中，欧也妮·葛朗台可能算一个典型，一个献身的典型，被抛在人世的狂风暴雨之中，像从希腊劫掠的一尊典雅的雕像，被狂风暴雨吞没，在运输途中坠落大海，将永远不为人知地待在海底。

1833 年 10 月

论巴尔扎克和他的《人间喜剧》

柳鸣九

1850 年 8 月 20 日，在巴黎拉雪兹神父公墓的一个小山坡上，在落辉的雾霭之中，一副包铅皮的橡木棺材缓缓放进了墓穴，这时，升起了一个声音，一个从十九世纪三十年代到后来八十年代经常作为法兰西民族的代表的声音：“在最伟大的人物中间，巴尔扎克是第一等的一个，在最优秀的人物中间，巴尔扎克是最高的一个”，“从今以后，他和祖国的星星在一起，熠耀在我们上空的云层之上”[①]。

一个人物的历史地位，绝不是一时的颂词所能缔建起来的，哪怕是众口一致的颂词，而必须经过至少一两个历史时期的考验与鉴定。上述出自雨果之口的颂词已经过去一个半多世纪了，它承受了历史岁月的推敲。时至今日巴尔扎克不仅仅是法兰西上空的一颗星星，他已经成为人类文化星空中一个巨大的星座。当我们要在迄今为止的全部人类文学历史中，举出这样一个作家，其劳动量最为惊人，其创作的规模最为宏大，众多的作品通过有机联系浑然一体，其创造精神最为浩博，思想内容丰富而厚实，而其整个创作既具有深广的历史内容，构成了整个一个社会、整个一个时代的活的历史，又凝聚着丰富的艺术经验，具有强旺的艺术生命力，以永不磨灭的艺术灵光，吸引着不同时代、不同民族

① 雨果：《巴尔扎克葬词》。

的读者——当我们要举出这样一个作家的时候，往往最先就想起了巴尔扎克这个名字。

一　岁月难，作品比岁月多

巴尔扎克几乎是与十九世纪同时诞生，而与这个世纪上半叶的五十年始终相随。1799 年，他来到世界上的时候，法国已经在十年前爆发了资产阶级革命，封建贵族阶级的政治统治权被彻底推翻，封建土地制度被连根铲除。暴风骤雨的革命高潮已经过去，革命的进程还没有告终。这一年，拿破仑取得了政权，开始了“法国革命最后阶段”的拿破仑时期。在这个时期里，资产阶级革命的成果得到了巩固，资本主义关系在社会生活的各个方面都取代了封建关系，拿破仑资产阶级帝国的版图几乎扩张到整个欧洲，拿破仑军队带到欧洲各国的资本主义关系对这些国家的历史发展起了至为重要的作用。虽然 1814 年波旁王朝又得以复辟，但并未能阻止资本主义关系在法国的继续发展，而封建贵族阶级在复辟时期也未能免于“在庸俗的、满身铜臭的暴发户的逼攻之下逐渐灭亡”[①]的命运。不久，1830 年的七月革命，终结了法国近代史上资产阶级与封建阶级争夺政治统治权的斗争。自此以后，被打倒的封建阶级再也无法站立起来，资本主义秩序在法国树立了自己绝对的统治。

巴尔扎克所生活的这五十一年，正是法国资本主义的上升时期，在这个资产阶级发展了社会化的大生产，“创造了完全不同于埃及金字塔、罗马水道和哥特式教堂的奇迹”[②]的时期里，社会

① 恩格斯 1888 年 4 月给玛·哈克奈斯的信。

② 马克思、恩格斯：《共产党宣言》。

生活的各个方面都发生了急骤的变化。个人在社会中的地位也不像在封建时代那样，带有某种命定性，取决于血统与门第，而是在自由竞争中起伏沉浮。“杂货商肯定可以成为法国元老，贵族有时会沦落到社会的最底层”[①]，资产阶级价值标准成为个人登龙发迹的保证，个人以自己的雄心与才能，就可以开拓自己的天地与领域。最高的典范是这个时代的代表拿破仑，他从一个炮兵中尉成为庞大帝国的统治者，并且对有才能者加以破格的提拔，他的先例与他所充分兑现的资产阶级价值标准，成为十九世纪上半叶法兰西整整一代人的理想。于是，在社会生活的领域里，怀着各种野心与各种才能的人，都在努力奋斗。也许只有考虑到这种时代的氛围与风尚，才能理解巴尔扎克身上那种要创建一个文学帝国的雄心与动力，才能理解一个庸俗的资产者的儿子何以成为《人间喜剧》的作者。

其实，这种性质的雄心与动力在他父亲身上已经有了，只不过是在很低的水平上、在相当渺小的领域里。他的父亲出身于农村一个贫穷的雇农家庭，但他精力充沛、雄心勃勃，为了向上爬，他把自己原来的姓氏巴尔萨加以修改，冒充十七世纪书信散文家巴尔扎克的本家。经过多年的奋斗，他在十九世纪初法国社会生活的沧海桑田中，如鱼得水，不断升迁，成了一个富有的商人。在巴黎，他是资产阶级上流社会中一名体面的绅士；在外省，他是当地政治社会生活中一个颇有地位的头面人物。虽然早年只受过一点初级的教育，但他附庸风雅，还写过两本书与一本回忆录。如果说，巴尔扎克从他父亲那里所继承的强壮的体质、过人的精力和顽强奋斗的犟劲，是不可忽视的，那么也许同样不

① 巴尔扎克：《〈人间喜剧〉前言》。

可忽视的，是他那家庭变迁发展的历史所给予他的启示。

巴尔扎克是家中的长子，从小寄养在图尔市郊的农村，缺乏家庭温暖的生活，虽然给他的童年带来了痛苦，但也因此养成了他独立奋斗的精神。他先后在图尔与巴黎念完中学，1816 年进入巴黎大学法科，此后，又在律师事务所当练习生、书记，他的父母希望他沿着这条路在法律界飞黄腾达，他肯定也被令人眼花缭乱的巴黎生活燃起过各种各样的野心：法兰西学院院士、参议院议员、部长、富翁。但他终于选定了文学创作作为自己的道路，这时，他正二十岁。

他在文学创作上的雄心也许一开始就是惊人的，正像他后来在自己房间里一座拿破仑塑像的底座上所写的誓言那样："彼以剑未竟之业，吾将以笔完成之。"他具备实现这一誓言的条件吗？可以肯定的是，他绝不是生来的文学天才。虽然在小学与中学，他是一个博览群书的学生；在大学，他是文科的旁听生，对文学创作早已有了浓厚的兴趣；在学法律期间，律师事务所的经历又增进了他对人生的了解和对充满各种利害冲突的资产阶级社会的认识，但待他真正要取得文学的成就，还要花费十年的时光。起初，他在巴黎贫民区的一个阁楼上写他的诗体悲剧《克伦威尔》，结果，作品惨遭失败。为了经济独立，赚取稿费糊口，他与末流文人合作，写一些离奇怪诞、情调浪漫的无聊小说，这些无聊的小说有十几部之多。所幸他并没有把这些低劣之作当作自己真正的文学事业，皆署以笔名，并且在他成名之后，干脆就不承认这些是出自他的手笔。炮制劣等小说并没有使他摆脱穷困，于是，他又幻想以各种办法发财致富，先是办出版事业，出版了莫里哀全集与拉封丹寓言集，结果大亏其本，接着，他又去经营印刷厂与铸字厂，同样以倒闭告终，留给他的是高达六万法郎的债务。这时，他已经快三十岁了。

困顿出天才，这虽不是一个绝对的规律，但对巴尔扎克来说，倒确乎如此。

在这十年的艰难生涯中，他进行了大量的文学技巧的练习，“我曾写了七部小说，作为初步的创作锻炼。一本练习对话，一本练习描写，一本练习如何组织人物，一本练习如何安排结构”，这显然磨炼出了他小说家高超的艺术技巧。

在梦想发财，进行商业活动而又连遭失败的过程里，他亲身深入了现代社会那充满财产纠纷、买卖风险、竞争倾轧、投机倒把、阴谋陷害的经济生活，精通了期票、契约、证券、汇单的学问以及种种繁复的法律程序与手续，洞悉了那人欲横流中的每一个波澜，并且从自己失败与被追逼的经验中，深切体会到金钱对现代生活、对人的命运的作用，这一切将构成他宏伟小说作品中丰富深刻的社会生活内容。

他在贫民区的生活，又使他认识了现代社会另一个巨大的群体——劳苦工人大众。“听着工人的谈话，我就能深深体会他们的生活，仿佛自己身上就穿着他们那身破旧不堪的衣服，脚上就穿着他们那满是窟窿的鞋子：他们的欲望、他们的需求，这一切都深入了我的心灵，我的心灵和他们的心灵已经融为一体了……从那时起，我已经把那称作‘人民’的五光十色的东西加以分解，进行了全面的剖析，以便能识别他们好坏不同的各种品性，我那时已经明白这个郊区、这个革命策源地可能有些什么用处。”[①]这扩大了他小说家的社会视野，加深了他对同时包括了资产阶级与劳苦大众两个对立面的现代社会的认识与理解。他在贫

① 巴尔扎克：《法西诺·加奈》。

民区经常对周围环境与人物内心生活的体验感受、分析揣度的习惯，则又使他养成了作为深刻的现实主义作家所不可或缺的观察能力。

总之，这是巴尔扎克积累生活的十年，是他对现实的认识不断深化的十年，也是他在艺术上进行磨炼的十年。在这十年中，一位伟大的小说家逐渐孕育成形了。

因此，他 1828 年搬进卡西尼街一号后，在自己的书桌上安置了一座拿破仑的小塑像，并且在上面题写了他那豪言壮语的时候，他已经具备了在文学领域里创造出拿破仑式的奇迹的条件。

要完成伟大的文学奇迹，剩下来的事情似乎主要就是勤奋、艰苦的创作劳动了。如果说巴尔扎克十年积累时期之漫长在文学史上是不多见的，那么他成熟阶段里巨大的创作量所显示出来的劳动强度，几乎可说是举世无双。1829 年，他第一部成功的小说《朱安党人》问世，到 1848 年，他完成了两个剧本《后娘》与《生意人》而最后停笔，在不到二十年的时间里，除了杂文、政论与剧本外，仅仅小说作品，他就创作了九十一部，平均每年写出小说四五部。

一开始，他那积蓄已久的创作力，就像火山喷发一样，呈现出了一种耀目的奇景：1829 年《朱安党人》问世以后到 1832 年，他写作和发表了中短篇小说三十多篇，其中有《苏城舞会》（1829）、《猫球商店》（1829）、《高利贷者》（1830）、《家族复仇》（1830）、《三十岁的女人》（1830）、《沙漠里的爱情》（1830）、《红色旅馆》（1831）、《夏倍上校》（1832）、《图尔的本堂神父》（1832）、《玄妙的杰作》（1832）等这些思想内容高度浓缩、艺术技巧圆熟的现实主义名篇，同时，还有别具浪漫主义风格的长篇小说《驴皮记》（1831）与对于了解巴尔扎克的思想发展有重要意义的自传性小说《路易·朗贝尔》(1832)。

然后，就是整整十年的丰收——一系列在文学史上辉煌灿烂的鸿篇巨著，以极大的密度相继问世：《乡村医生》(1833)、《欧也妮·葛朗台》(1833)、《高老头》(1834)、《绝对之探求》(1834)、《改邪归正的梅莫特》(1835)、《幽谷百合》(1836)、《无神论者望弥撒》(1836)、《禁治产》(1836)、《法西诺·加奈》(1836)、《老姑娘》(1836)、《赛查·皮罗多盛衰记》(1837)、《纽沁根银行》(1837)、《古物陈列室》(1838)、《比哀兰德》(1839)、《卡迪尼昂王妃的隐私》(1839)、《于絮尔·弥罗埃》(1841)、《搅水女人》(1842)，等等。

最后，他那宏伟的文学大厦落成了：1842年，他确定了《人间喜剧》的总体规划，把他数量庞大的作品连成了一个完整的有机体，并且在最后几年里，又完成了几部文学巨著：《幻灭》三部曲(1837—1843)、《贝姨》(1846)、《邦斯舅舅》(1847)、《交际花盛衰记》(1838—1847)与《农民》(未完成)，更进一步充实了他文学大厦的内容。

上述这个清单虽然简略而不完全，但已经表现出了一个奇迹般的事实：人的智力劳动竟然可以生产这样大的出息。巴尔扎克几乎每一部作品都要经过反复的修改和增删，每排一次版校样要换十几次，那么，一部作品也就意味着成倍或数倍的工作量。他那紧张的一天，往往是这样度过的：半夜起床，喝一点咖啡，便开始写作，一口气工作十二小时，然后，再赶到印刷厂，审阅校样，同时又开始构思新的作品；或者他把自己关在家里一两个月，集中精力进行写作，有时一天要工作十八个小时。正是以这种真正意义上的拼命地劳动，他十天就写出了著名的小说《图尔的本堂神父》，三天三夜写出了不朽的杰作《高老头》，而《闻人高迪萨》与《卢琪利一家的自白》则都是一夜之间急就而成的……

还应该看到，巴尔扎克既不像蒙田那样有自己恬静的田庄，更不像伏尔泰那样有万贯家财；福楼拜的那种优裕的日子，他也未能享受，他一生始终是在经济的压力下进行写作。早年的穷困自不待言，后来他做生意亏本而欠下的债务，又成为他沉重的包袱。是的，他成名以后丰厚的稿费收入使他还清了 1829 年以前所欠的六万法郎，但他奢侈的生活、阔绰的排场、放手的挥霍又使他不断欠下新债，到 1836 年的时候，债务总额又达到了十万法郎。旧的债务去，新的债务来，他的生活形成了这样一种捉襟见肘的尴尬局面：他所享用的一切物质条件都是在债券与期票紧张的川流不息之中维持着的。因此，不得不同时为了精神作品的生产与物质生活的保障而进行奋斗，正像他自己所说的，“依然要不停地工作，没有尽头地奔忙，为的是设法支付票据”。[①]如何致富以彻底摆脱债务，始终是烦扰着他的一大问题。为此他创办过两种杂志，其中之一几乎由他一人独力执笔；他制订过十几种企业计划。1838 年，还亲自跑到科西嘉岛与撒丁岛，想找到可以开发的被废置的银矿；他还进行过许多试验，异想天开地想发明一种新的物质。而在碰壁之后，则又幻想有爱好艺术的大富翁给他无穷无尽的施舍，帮他还清债务，或者谋求娶一个有钱的妻子，来改善自己的经济状况。当他从所有的幻想中清醒过来的时候，他仍然只能以他坚忍不拔的毅力、靠他强健的体格与创作才能去进行极度辛苦的创作劳动，在劳动中用浓烈的黑咖啡刺激他疲惫的身心。

日积月累，他消耗了成吨的咖啡。在为自己与富孀韩斯卡夫

① 巴尔扎克 1835 年 8 月 1 日致韩斯卡夫人的信。

人的婚事奔忙了一阵之后，他结婚不到半年，终于倒了下来，死于五十一岁。一生如此短促，岁月如此困顿，而作品却比岁月还多。这是巴尔扎克作为一个人所创造的奇迹，也就是巴尔扎克作为文学家之所以伟大的第一层含义。

二　前所未有的文学大厦

对于文学家来说，多产不一定就是伟大的标志。在人类文学发展的过程中，多产作家并不乏其人。然而能称得上伟大、能与巴尔扎克并肩而立的却几乎没有。巴尔扎克超越一般意义上的多产作家不知多少倍的是，他数量庞大的作品，并不是零乱的堆积，而是构成了一个统一的、有机的整体——《人间喜剧》。

这是一个怎样的整体呢？它由那么多单个的艺术杰作组成，即使只是其中的一部或少数的几部，就足以使作者在文学史上占有一席地位，何况是那么庞大的数目。这些单个的艺术品所呈现的形象图景，互相关联、互相渗透，形成了一个统一的世界、一部完整的历史。还不仅是一个世界、一部历史呢，它提供了分析与哲理，在某种意义上又构成了一个思维的体系。把这样一个整体比喻作什么呢？说它像一座宏伟的大厦、辉煌的宫殿，但砌成大厦或宫殿的每一块砖石，哪里有构成它的每一部作品那样富有艺术的生命？说它像一部丰富的交响乐，但哪一阕交响乐包含有它那么丰富的主题旋律与变奏？我们很难用人类劳动的任何其他产物，哪怕是奇妙的产物来比喻它。它就是它自己，它就是伟大的《人间喜剧》，它的名字本身，就包含了一个几乎是无法比喻的博大、浩瀚的内容：人的戏。

我们无意于神化巴尔扎克，他是人。他那宏伟得令人目眩的《人间喜剧》的整体，并不是一下就构思出来的，就像仙杖一点，平地就出现了宫殿那样，它是以经年累月的劳动逐步酝酿筹建而成的。

早在1829年，他出版了《婚姻生理学》。“生理学”这一题名最初就体现出作者对人类生活采取一种研究的态度与立场，这正促使日后《人间喜剧》的产生，而且，这一部作品后来也构成了《人间喜剧》三大组成部分之一，即《分析研究》的内容。同年，他与出版商签订了出版《私人生活场景》的合同。次年，即1830年，几乎是他在创作上刚进入成熟阶段的时候，他就以《私人生活场景》为总的标题，出版了《家族复仇》《品行恶劣的危险》《苏城舞会》《猫球商店》《慈善的女人》等作品的结集。1831年，他又以《哲理小说与故事》为总的标题，出版了《驴皮记》《该死的儿子》《刽子手》《长寿药水》《玄妙的杰作》《一个女人的侧影》等作品的结集。他这两个作品集的标题，实际上在写其中的作品之前就已经产生了，或者是同时产生的。因而，它们的出版不同于一般地将一些单篇独立的作品收集成册，而是明显表现出了巴尔扎克有心使他那些各自独立的作品服从某个统一的目的、形成某种整体结构的意图。这两个结集，事实上也就是《人间喜剧》其他两部分即《风俗研究》与《哲学研究》的雏形。

1832年，他开始运用让同一个人物在不同的作品中再现的手法，找到了把他的作品连成一个整体的具体途径。

1833年，他与出版商签订了《十九世纪风俗研究》出版合同。1834年，他开始同时以《十九世纪风俗研究》与《哲学研究》出版他的作品。同年底，他授意菲力克斯·达文为《哲学研究》撰写了著名的序言，第一次正式宣告了他庞大的创作计划以及正在从事创建“一个统一、独立、新鲜的整体”的意图，他这个“整体”包括了三大部分，即《风俗研究》《哲学研究》与《分析研究》。而在1835年他授意菲力克斯·达文为《风俗研究》所写的序言中，他又正式宣告了《风俗研究》包括六个方面，即《私人生活场景》《外省生活场景》《巴黎生活场景》《政治生活场景》《军旅生活场景》《乡村生活场景》。至此，他那宏伟的整体结构的基本面貌已完全呈现了出来。

经过长期的酝酿之后，他于1841年最后决定给这个“整体结构”命名为《人间喜剧》。这个标题的原意是“人的戏”，与但丁的《神曲》之原意“神的戏”相对，显然是受了那位意大利诗人的杰作启发而来。1842年，巴尔扎克写出了著名的《〈人间喜剧〉前言》，阐述了他这宏伟结构的宗旨和他创作的意图以及他在创作中所奉行的原则。1845年，他亲自编定了《人间喜剧》的总目，分为“三大研究”。总目中已完成的作品数，再加上1845年以后增写的小说数，具体情况如下：第一部分，《风俗研究》为六个“场景”，《私人生活场景》中最后完成的小说共二十八部，另外四部已有提纲，尚未起草；《外省生活场景》中完成的小说十一部，另有六部未完成；《巴黎生活场景》中完成的小说十六部，另有六部未产生；《政治生活场景》中完成的小说四部，另有四部未完成；《军旅生活场景》中完成的小说两部，其他还有三十部仅有写作计划；《乡村生活场景》中已出版的为两部，基本上完成的为一部，另外还有两部在计划中。第二部分，《哲学研究》计划有二十七部小说，完成了二十二部，另有五部未完成。第三部分，《分析研究》计划包括五部作品，完成的为两部。以上总共已完成的作品计八十八部，是为《人间喜剧》的作品总数。

这一巨大的建筑工程，最初在巴尔扎克的思想里，“像一个美梦”，“又像一个幻想”，是那么难以实现。然而，他以令人崇敬的毅力，一部分一部分地实现了它，正像他所描述的，时而建起“庞大的结构”，时而完成“建筑物的某一富丽的突出部分”，时而选出“穹隆的拱顶”，时而又安装“哥特式的十字窗”，时而“把建筑物上的空白处用壁画填补起来”，时而“在这里加上一套组画，在那里雕塑一个重要的形象”，与此同时，又“以老螺钿工匠的那种耐心和手艺把它们组合起来”[①]。到这位勤劳的工匠逝世的时候，人们肯定可以看到还有些扫尾的工作没有完成，或者是几个脚手架还没有来得及拆除，或者是有几个窟窿需要填补。然而，千真万确的是，巴尔扎克那个美梦与幻想毕竟成为现实，一座宏伟无比、光辉灿烂、结构纷繁复杂的大厦耸立在人类的面前。

从人类整个文学的发展过程来看，《人间喜剧》无疑是前所未有的创举，是“一个个人所敢于设想的最庞大的作品”[②]。在巴尔扎克以前，作为中世纪最后一位诗人、新时代最初一位诗人的意大利作家但丁，创作了气势浩大的长篇史诗《神曲》，共三部作品一百章，但显然不及《人间喜剧》宏大；十六世纪法国伟大的人文主义作家拉伯雷，曾写过大型的长篇小说《巨人传》，但也只有五部；西班牙文学巨匠塞万提斯的不朽杰作《堂吉诃德》堪称巨著，但篇幅大体仅等于巴尔扎克的两部长篇《贝姨》与《邦斯舅舅》；十七世纪无与伦比的喜剧大师莫里哀在创作上硕果累累，但他的全集不过三十三个剧本；德国伟大诗人歌德的创作量相当惊人，但与《人间喜剧》也远远不能相比；英国著名的浪漫主义小说家司各特，以十几部长篇小说来描写中世纪的故事，

① 菲力克斯·达文：《〈哲学研究〉导言》。
② 菲力克斯·达文：《〈哲学研究〉导言》。

规模可谓庞大，巴尔扎克对他也甚为重视，但正有心要超越他。巴尔扎克在《人间喜剧》的前言中指出，虽然司各特的创作量惊人，作品的内容丰富多彩同时又具有独特的新意，把小说提到了历史哲学的地位，但司各特的创作却有一个明显的缺陷，那就是作品与作品之间缺乏联系。而在巴尔扎克看来，缺乏这种联系，也就不能构成一个统一的整体，“一篇完整的历史”，因此，他决心吸取司各特的教训，避免他的缺点，要在前人失败的地方取得成功，创建起“一个巍然壮观的整体”。这就是巴尔扎克在这篇前言中所说明的《人间喜剧》整体结构的由来。

巴尔扎克如何把他九十多部小说构成了一个整体呢？一般论者认为，是由于他创造并运用了著名的“人物再现”的手法。人物再现手法的开始运用，如我们已指出的，是在 1832 年。这年，巴尔扎克先在《图尔的本堂神父》中写了两个次要的人物波莉勒·德·魏尔勒瓦与路易·朗贝尔，稍后，又把这两个人物作为他另一部小说《路易·朗贝尔》中的主要形象。从此以后，他不断地运用这个方法，让同一个人物在不同的作品中反复出现，如《高老头》中到巴黎来谋出路的外省青年拉斯蒂涅，后来又多次在其他作品中出现：在《纽沁根银行》与《小资产者》里，他替纽沁根当帮手，从事投机活动，大发了横财；在《夏娃的女儿》中，他爬上了副国务秘书的座椅；在《莫名其妙的戏子》中，他当上了贵族议员；在《阿尔西的议员》中，他娶了自己情妇纽沁根夫人的女儿；在《贝姨》中，他被封为伯爵。又如，伏脱冷这个人物，最初出现在《高老头》中的时候，是一个在逃的黑帮头子，社会法律的对立面，他一再出现在《幻灭》与《交际花盛衰记》等小说里，最后，他却成了警察的密探，统治阶级的鹰犬。其他人物如金融家纽沁根、投机家杜蒂埃、不学无术凭生意经当上报纸总编辑的斐诺、贫苦知识分子出身而著名的皮安训、刁钻的商人玛古斯、军人勃里杜、进步的青年政治活动家克里斯蒂安……都曾在不止一部作品里再现。据统计，反复在不同作品里再现过的人物有四百多个，有人物再现的作品共七十部，其中以《交际花盛衰记》的人物再现最多，达一百五十五个。

过去从来没有一个作家采取这种手法，它完全是巴尔扎克的独创，巴尔扎克用它有效地把数量庞大的作品联结组合了起来。人物的不断再现，一方面使各个不同作品所表现的生活场景与故事情节，构成了同一个环境中不同的社会生活面和事件发展的不同阶段，或者是同一个时期里同一社会生活的面面观。不论是从社会生活的横断面与纵深发展过程，都展示出了前所未有的丰富的有机的内容；另一方面，这种方法既使得人物具有广泛的活动面，枝条蔓延，互相组成了一个庞大的活动着、变化着的群体，又使其中某些重要人物在不同阶段的发展变化历历在目，大大丰富了重要人物形象的社会内容。总之，巴尔扎克的人物再现的方法，使得《人间喜剧》成了内容丰富、浑然一体的社会生活的再现，它在文学史上无疑具有重要的意义。

但是，如果仅仅把《人间喜剧》的整体性归之于人物再现，那显然是不够的。《人间喜剧》作为一个庞大的整体的主要基础，是它所表现的现实生活的统一性，或者说是巴尔扎克所表现的具有统一性的现实。他自己说得好："《人间喜剧》的统一性就是世界本身。"[①]而关于《人间喜剧》的这种统一性的思想，在巴尔扎克那里又是极其丰富的。

巴尔扎克十分明确地认识到，他所要表现的并不是一个纯物

① 菲力克斯·达文：《〈十九世纪风俗研究〉导言》。

质的静寂的世界，而是一个活动着的人的世界。因此，他在《人间喜剧》里，致力于描写出“自然加社会”的人的世界，他以统一性的思想，不仅把一定的自然条件、客观环境中的人所扮演的一出出戏剧与这种条件与环境作为一个整体来加以表现，并且，把人的自然属性与社会属性结合起来加以描绘。特别是后者，更是他致力的重点。在他看来，“每只动物的习惯在任何时代都经常是相同的，可是国王、银行家、艺术家、资产阶级、教士和穷人的习惯、服装、言语、住宅是完全不同的，并且随着文明程度的高下而起变化”[①]，他根据这种“社会加自然”的思想去分析和表现人，给他那为数二千四百多个人物形象所组成的世界，提供了最内在的统一性。因此，他明确指出，“作者首先致力于解剖人，可以说，这便是作品的统一性之所在”[②]。

为了在《人间喜剧》中追求他对于统一世界的理想，巴尔扎克在表现社会生活时，力图不遗漏任何一个方面，或者说，他正是要以对社会生活各个方面的描写，来构成一个艺术中统一的世界。他的《风俗研究》中的六个场景——私人生活、外省生活、巴黎生活、政治生活、军旅生活、乡村生活，几乎包罗了人类社会的各个领域。事实上，没有标出为场景的，如文学艺术、新闻出版、法律诉讼、商业金融等等，亦无所不包。而它们在《人间喜剧》中构成一个整体，也在于社会生活各个领域不可分割的内在联系。

同样，为了实现他对于统一世界的理想，巴尔扎克在表现人生的时候，又力图不遗漏任何一个阶段。或者说，他正是要以对

① 巴尔扎克：《〈人间喜剧〉前言》。

② 菲力克斯·达文：《〈哲学研究〉导言》。

人生各个阶段的描写，来构成一个完整的人生的图景。他在《私人生活场景》的作品里，主要“描写童年、少年以及他们的过失”[①]；在《外省生活场景》的作品里，主要“表现热情、盘算、利欲和野心的时期”[④]，也就是成年时期；在《巴黎生活场景》的作品里，主要表现腐朽的、衰老的时期。

此外，为了表现“我们美丽的国家”的完整的形象，他又描写了不同的地域，描写了每个地域里不同的地理、家族、谱系、场所、物产、盾徽以及各阶层的人物：市民与贵族、手艺者与农民、政治家与花花公子……

总之，在《人间喜剧》里，有一个整个的世界，整个的社会，整个的历史。巴尔扎克在这里所运用的方法，正如他自己所说，是“把社会的成分一一重建，以获得社会的整体”，或者像他所形容的那样，把“如此不同、如此富有诗意、如此真实的各个独立的单篇”连在一起，以构成一面“世界的镜子”，这就是《人间喜剧》包括了九十多部作品而同时构成了一个整体的基础，就是巴尔扎克创造了史无先例的宏伟整体的奥秘！

这样的宏图大业，固然与个人的天才、顽强的毅力、充沛的精力不可分，但与时代社会的条件更有关。巴尔扎克的《人间喜剧》的整体结构，应该说是现实主义创作方法在十九世纪高度发展的标志之一，它所包含的表现世界一体的思想，是十九世纪人类对现实世界认识的扩大与深化在文艺创作问题上的必然结果。如果没有十九世纪历史学中社会阶级论的出现，如果没有十九世纪自然科学中的重大发现，如果没有自然科学与社会科学中各个分支学科之间的联系空前增多，不论自然科学还是社会科学都成

① 巴尔扎克：《〈人间喜剧〉前言》。

为“一个伟大的整体”，一种“有联系的科学”，那么，作为十九世纪法国现实主义最伟大代表的巴尔扎克，也许根本不可能具有《人间喜剧》这样大规模的工程所必然要求的广阔、宏观的视野与世界统一性的思想。我们知道，巴尔扎克在大学期间，曾接触过唯物主义哲学与历史学中的社会阶级论。而在《人间喜剧》的前言中，他又明确说明了他从当时生物学、博物学研究的最新成果中受到的影响，特别是从博物学家饶夫华·圣·伊莱尔的“统一图案”学说中得到的启发，他从自然环境造成了千殊万类的动物这一学说，认识到自然环境与社会环境造就了无数不同的人这样一个真理，从布封写出以全部动物为对象的《自然史》的先例，决心写出以全体人类为对象的巨著，这才产生了他关于《人间喜剧》整体结构的主意。是的，巴尔扎克的旷世奇才在文学史上的确少有，如果我们不能说他的天才盖过了他那些同样伟大杰出的先行者的话，那么，我们却完全可以说，他所遇上的时代社会条件，他所可以利用的人类科学发展的新成就，则正是那些先行者所完全未能见识的。因此，他也就有可能创造出史无前例的文学结构，从这个意义上来说，他的巨制鸿篇又有着历史社会的必然。

三　历史的百科全书

只从作品比岁月多、作品构成了巨大的整体这两方面来看巴尔扎克的伟大，当然还是不够的。巴尔扎克的伟大有更深一层的、更重要的含义：他是法国十九世纪历史的书记，他的《人间喜剧》是十九世纪上半叶法国社会的形象的历史。

巴尔扎克是如何创作出这样一部卓越的历史呢？他在《人间喜剧》的前言中这样宣称：“法国社会将要写它的历史，我只能当它的书记，编制恶习与德行的清册，搜集情欲的主要事实，刻画性格，选择社会上的主要事件，结合几个性质相同的性格的特点揉成典型人物，这样我也许能写出一部描写十九世纪法国的作品。”巴尔扎克这一段言简意赅的话，包括了一个完整的现实主义文学的创作纲领，与其说是它是 1842 年时巴尔扎克对自己十多年来文学创作的总结，不如说是他从 1830 年以来在文学创作活动中实际上已经实践了的原则，他的《人间喜剧》就是在这个原则的指导下写出来的。

应该说，巴尔扎克创作《人间喜剧》所根据的他的现实主义思想，在文艺思想发展史上并不是创见，它属于亚里士多德最早所提出的“按照事物的本来样子去摹仿”这一现实主义创作思想的传统。而在他之前，至少有两个和他同样伟大的作家表述过同样的思想。莎士比亚这样说过：“自有戏剧以来，它的目的始终是反映自然，给它的时代看一看自己的演变发展的模型。”①塞万提斯也指出：“戏剧应该是人生的镜子。”②这两位伟大的作家也是带着这种现实主义的思想，去描绘自己的时代社会的。

巴尔扎克的伟大在于，他继承了历史上现实主义的传统，并且在十九世纪的历史条件下，把它发展到新的高峰。那么，巴尔扎克有别于历史上其他伟大作家的新贡献与新特点是什么呢？

最先要提的是，巴尔扎克把模仿自然的思想，更进一步明确化、具体化，凝聚为描写历史时代、社会现实的创作纲领。从来没有一个作家有巴尔扎克这样自觉地把自己视为历史学家的鲜明意识，而且，还要“比历史学家做得更好些”③。巴尔扎克深知，历史的规律与小说的规律不同，历史所记载的是“过去发生

① 莎士比亚：《哈姆雷特》。
② 塞万提斯：《堂吉诃德》。
③ 巴尔扎克：《〈人间喜剧〉前言》。

的事”，小说写的是“庄严的谎话”。他之所以把小说创作比之于记录自己的时代，把自己比之于历史的书记，仅仅是在他所理解的意义上而言的：他的小说要以细节上完全真实的描绘，去表现人类的各种典型，讲述私生活的戏剧，考查社会的设备，编纂职业名册，登记善恶的事实，从而构成一部虽然并未发生过的，但其形象图景与客观现实同样可信可靠的历史。并且，其包罗万象，其完整的程度完全可与实际历史比美。从司各特的前车之鉴中，他吸取了经验教训，立意在一部作品里通过一个人物形象来表现一个时代，又在众多的作品里通过一系列人物，把作品联系起来以表现历史的发展过程，其中每一部作品就是一章，每一章都描写一个时代。但当他看到不同的人物不仅表现了不同的时代，并且表现了不同的类别，而一个社会正是由不同类别的人所组成的，于是，他就从表现纵的历史发展而变为表现一个历史的横断面或断层。他第一部成功的小说《朱安党人》，以法国大革命时期的斗争为内容，似乎可以说是他力图开始表现历史发展过程的一个尝试。而后，他就放弃了这一个表现人类发展史的计划，而集中表现他所熟识的当代社会，为自己的社会和时代做一位忠实的书记。

当然，在巴尔扎克以前的文学史上，但丁的《神曲》、拉伯雷的《巨人传》、塞万提斯的《堂吉诃德》、莎士比亚的戏剧作品、莫里哀的喜剧、十八世纪启蒙作家伏尔泰及狄德罗的某些作品，都是表现了自己时代社会的杰作。巴尔扎克的《人间喜剧》与这些杰作不同的是，它在全面呈现当代生活的形象图景上达到了更全面、更详尽、更深入的程度。从来没有一个作家，像他这样把对自己时代社会的文学描绘，提高到历史学考察某个时代社会时所具有的那种分门别类、齐全得不容许有任何疏漏的程度。

他规模巨大的《十九世纪风俗研究》分为六个场景，首先就表明了他描写十九世纪法国社会全景的意图。这六个场景的确像历史的百科全书，十九世纪法国社会历史的基本内容，在这里几乎都得到了反映：大革命时期的军事行动与战争，革命后直到七月王朝时期政治风云的变幻与人物命运的沉浮，贵族资产阶级上流社会的骄奢淫逸，依附于这个社会的娼妓生涯，外省青年的奋斗与悲剧，宗教领域里的虚伪与奸诈，经济生活中自由竞争以及发迹与破产，金钱的魔力与人心的败坏，法律上的诉讼与纷争，文坛上的恶浊，新闻出版中的阴谋伎俩，流氓、犯罪分子的黑社会的内幕，农村中紧张的阶级关系，农民、资产者与地主之间复杂的矛盾，下层劳动人民艰难的生活……因为《人间喜剧》具有宏大的规模，所以它就得以将巨大的篇幅献给社会生活的每一个方面，从而使社会生活各个领域的风貌、状态、内情以及在其中发生的事件与在其中活动着的人物，都是以显微镜才有的放大比例和油画所特具的精细入微的笔法表现出来的。这是巴尔扎克的先行者与同时代人都没有做到的。以他的同时代人而言，在描绘现实的深刻性上唯一能与巴尔扎克相比较的是司汤达。但司汤达在《红与黑》里用少数几章所表现的宗教界的钩心斗角、鬼蜮伎俩，巴尔扎克则以《图尔的本堂神父》这样整整一部作品来加以表现，当然更为淋漓尽致。司汤达在《红与黑》里以概括的手法来烘托铜臭财利的氛围，巴尔扎克则在《高老头》《欧也妮·葛朗台》等一系列作品里极其细致深刻地加以描写，包括揭示出人物大脑皮层的皱褶里和内心深处所渗透的这种铜臭的毒素，显然更为深刻。至于新闻出版行业中的卑鄙龌龊，十九世纪其他的作家几乎没有触及，而巴尔扎克则用了长篇小说《幻灭》的大部分篇幅来加以揭露。

固然，以史无前例的巨大规模和深入细致的程度来详尽地描写自己时代的各个方面，是一个作家的卓越之处，但如果站在我们面前的是一位真正伟大的作家，那么他就不仅要在自己的作品里描绘出自己时代社会的生活现象，即风俗画，而且还要通过这种画面表现出自己时代社会某些本质的方面。巴尔扎克生活在从拿破仑帝国经波旁王朝复辟到七月王朝的这一历史时期，这是法国大革命资产阶级与封建贵族反复争夺政治统治权，资产阶级以不可阻挡之势在经济领域里继续扩大自己的势力，最后又在政治领域里结束了与贵族争夺政治统治权的斗争，从而在法国全面巩固了资本主义制度统治的时代。巴尔扎克是在充满了惊心动魄的军事征战的拿破仑时代成长起来的，在历史发展出现了反复的复辟王朝时期，积累生活与写作经验，而在金融家、银行家建立起自己稳固统治的七月王朝时期写作他的《人间喜剧》。他的作品在全面反映了这一整个历史过程的基础上，又特别集中描写了1815 年至 1830 年的复辟王朝时期。这个时期的矛盾虽然更为错综复杂，但是巴尔扎克在对这个时期进行描绘的时候，已经亲身见证了它发展的结果，因而也就具备一定的条件得以表现出这一时期矛盾斗争的某些本质的方面。

复辟王朝时期是法国十九世纪上半叶历史发展中的一个特殊阶段，在某种意义上，是历史发展的一个曲折。1815 年拿破仑在滑铁卢战役中遭到失败后，被大革命推翻的波旁王朝又在欧洲各君主国的刺刀保护下，回到巴黎，重掌政权。不过，由于大革命早已将法国封建贵族政治统治的经济基础摧毁殆尽，而资本主义关系经过拿破仑的资产阶级帝国又大大得到了加强与巩固，复辟王朝再也不可能在法国恢复革命前的旧秩序，即君主专制的政治制度与封建贵族的大土地所有制，从而不得不接受 1789 年以来的现实，在政治上通过君主立宪制分给资产阶级一部分权力。如果说，复辟王朝所代表的封建贵族势力在政治上还作为统治阶级，保持着至尊的地位的话，那么在经济生活中，贵族阶级并没有因为波旁王朝复辟而稍减其衰颓败落之势。在这个时期，资本主义关系在法国以不可挡拒之势继续发展，资产阶级在经济生活、社会生活中继续咄咄紧逼，日益成为社会的主宰。这就是复辟时期基本的阶级关系，是巴尔扎克所面对的基本形势。巴尔扎克作为自己时代历史的书记的第一个意义，就在于深刻地认识并表现了这一基本的形势与阶级关系，他的《人间喜剧》就是这一形势与关系的形象再现。

经济生活的进程是社会现实中最根本的东西，而善于从经济关系来认识与表现社会生活的本质，正是巴尔扎克令所有十九世纪作家们都望尘莫及的特长。他在《人间喜剧》里，虽然使读者看到贵族人物在社会上层熙熙攘攘、抛头露面、气派十足，俨然是世界的精华、社会的中坚、国家的主人，他们豪华的客厅是资产阶级时髦妇女所钦羡的所在，这里所发生的一切构成了引人注目的社会新闻，但巴尔扎克却又透过这社会生活的表层现象，揭示了社会生活的内在状态，让读者看出在那个时代社会中起决定性作用的，已经不是这些漂浮在社会表层的贵族人物，而是那些掌握着社会经济命脉的暴发户资产者。在《人间喜剧》里，粗俗的银行家纽沁根尽管被妻子与拉斯蒂涅骑士戴上了绿头巾，但他的票据却“闻名全欧”，他具有那样大的神通，可以“将议员出卖给政府”[①]，而且，好些贵族家庭的经济命运也都捏在他的手心，他在金融市场上兴风作浪，就使得漂浮在社会表层的那些贵

① 巴尔扎克：《纽沁根银行》。

族时髦人物，有的覆没沉底，有的逐浪高升。《人间喜剧》中另一个著名的人物高利贷者高布赛克，在社会中的地位也是举足轻重，他“有的是钱”，王公伯爵要向他借钱就不得不受他摆布。正是他，以债务逼迫复辟王朝政府中的要员，在人事任免上完全听命于他。巴尔扎克在充分表现出资产阶级在现实生活中的力量与作用的时候，还把这种力量与作用在社会上造成迷信与崇拜的心理揭示得很深刻。纽沁根明明像一条巨蟒或一头老虎那样嗜血贪婪，吞并了好些家的财产，却偏偏被人视为“第一等正直的银行家”。同样，葛朗台老头虽然出身低贱，然而他以其商业上的精明与经济实力，在当地成为“没有一个人看见了不觉得又钦佩、又敬重、又害怕”的人物，他的“一举一动都像是钦定的，到处行得通，他的说话、衣着、姿势、瞪眼睛，都是地方上的金科玉律”，甚至在人们的眼里，“他最琐屑的动作也有深邃而不可言传的智慧”[①]。

对于巴尔扎克这样一个以历史的书记自命的作家，复辟时期资产阶级与封建贵族阶级之间的矛盾与斗争，是不可能被置于他的创作视野之外的。他在《人间喜剧》里多次表现了这一个主题，而它恰巧是不那么容易表现的。众所周知，在复辟时期没有发生过两个阶级冲突的富有戏剧性的重大事件，作家只能从日常生活中去挖掘不同的价值标准、不同的意志愿望、不同的倾向、不同的行事方式、不同的利益以及不同的策略手段的对立，从这些对立中概括出两个阶级互相矛盾斗争的实质以及斗争结果所具有的意味，这是作为文学中的“历史学家”与历史学意义上的历史学家的不同之处。巴尔扎克这位“历史学家”，正是通过

① 巴尔扎克：《欧也妮·葛朗台》。

平凡的生活现象，表现出了资产阶级与封建贵族阶级的阶级矛盾与阶级斗争，描写出高贵、骄傲的贵族是如何败给了资产阶级。在《老姑娘》中，阿朗松城中富有的老处女违反先辈都是与贵族联姻的先例，在资产者与旧贵族之间选择了前者；在《古物陈列室》里，一个封建贵族的沙龙与一个新兴资产阶级的沙龙互相对立，像古董一样的旧贵族代表人物总想恢复过去的生活方式，更不愿意放下贵族的架子与资产者联姻，还期望后代光耀门庭。“可怕的命运”却狠狠地嘲弄了这种矜持与梦想，最后的结局恰巧与这种古董贵族的愿望完全相反；在《苏城舞会》中，德·封丹纳伯爵就不得不采取识时务为俊杰的态度，让自己的女儿与资产阶级家庭结亲，而这只不过是顺应了当时“法国的贵族议员都在为儿子找一个有钱的媳妇”的社会风气。这些作品里婚姻问题上的悲喜剧，说明了资产阶级已在社会生活中日益占上风，封建贵族不得不放弃了他们最珍视的门第与血统的观念，解除了过去对资产者的优越感，而屈就在他们的金钱面前，这是旧阶级在道德与尊严上的一种失败与投降。这种贵族的失败与被战胜的主题，在另一些作品里更有所展开与深化：在《朗热公爵夫人》里，作者指出了复辟时期的贵族虽然是过去时代“最有诗意的残余”，但已经衰老而“容易被战胜”；在《蓓阿特丽斯》中，他又指出贵族社会“在复辟时期十五年这一段意外胜利的时间，并未能重建，倒被资产阶级用羊角槌撞击得分崩离析”；在《比哀兰德》中，他描写了地方上资产者与贵族的党派斗争，结果以资产者的完全胜利而告终。至于贵族男女如何在资产阶级的金钱的腐蚀下而衰颓败坏，《人间喜剧》中则有更多的描写。

这就是巴尔扎克为自己时代的阶级关系与基本形势书写下来的历史。如果说，贵族阶级走向灭亡的基本形势在复辟时期已经很明朗的话，那么到了1830年以后的七月王朝时期，则完全是既有的历史结局。随着在七月王朝时期生活经验的日益积累与对这一时期社会现实的认识日益深化，巴尔扎克在自己创作的后期，逐渐把他描写的范围扩大到他眼前的七月王朝时期。这样，他的《人间喜剧》也就更完整地呈现出了他所见证的阶级形势与历史发展，更全面地表现了整个这一过程中的阶级关系的变化。这种变化是两个社会交替时期的一个重大的主题，它在文学史上无疑具有重大的意义。对此，恩格斯曾经做了崇高的评价："他用编年史的方式几乎逐年地把上升的资产阶级在1816年到1848年这一时期对贵族社会日甚一日的冲击描写出来，这一贵族社会在1815年以后又重整旗鼓，尽力重新恢复旧日法国生活方式的标准……在这幅中心图画的四周，他汇集了法国社会的全部历史，我从这里，甚至在经济细节方面（如革命以后动产和不动产的重新分配）所学到的东西，也要比从当时所有职业的历史学家、经济学家和统计学家那里学到的全部东西还要多。"[①]

巴尔扎克作为历史的书记的另一个重要意义还在于，他深刻地揭示了自己时代社会的本质。在他的时代，法国资本主义社会正在定型，资本主义关系与资本主义秩序在法国全面奠定和巩固了下来，应该说，这是资本主义社会充满了活力的上升阶段。然而，巴尔扎克并不是资本主义时代清晨的讴歌者，他透过这个时期的繁荣与活力，敏锐地看到了这个新型社会的根本特性，并把它深刻地表现在自己的《人间喜剧》里，成为资本主义社会罪恶本质的揭露者。而作为一个揭露者，他又比任何一个十九世纪作家都更为准确，更为淋漓尽致，更为强而有力。

① 恩格斯1888年4月给玛·哈克奈斯的信。

马克思、恩格斯在《共产党宣言》中，曾经这样指出："资产阶级在它已经取得了统治的地方，把一切封建的、宗法的和田园诗般的关系都破坏了。它无情地斩断了把人们束缚于天然尊长的形形色色的封建羁绊。他使人和人之间除了赤裸裸的利害关系，除了冷酷无情的现金交易，就再没有任何别的联系了；它把宗教的虔诚、骑士的热忱、小市民的伤感这些情感的神圣激发，淹没在利己主义打算的冰水之中。它把人的尊严变成了交换价值，用一种没有良心的贸易自由代替了无数特许的和自力挣得的自由……资产阶级抹去了一切向来受人尊崇和令人敬畏的职业的灵光。它把医生、律师、教士、诗人和学者变成了它出钱招雇的雇佣劳动者。资产阶级撕下了罩在家庭关系上温情脉脉的面纱，把这种关系变成了纯粹的金钱关系。"马克思、恩格斯所揭示的资本主义社会这种金钱决定一切、金钱万能的本质，在《人间喜剧》里有着形象而深刻的表现。

巴尔扎克显然是站在一个高处，从 1789 年以后的历史进程来俯视自己时代社会的本质，从而使他《人间喜剧》中的形象表现具有了高度的社会概括性与历史论断式的科学性。他表现出，在资产阶级革命的基础上建立起来的这个新型的社会里，并没有实现十八世纪启蒙思想家所提出的自由、平等、博爱的理想，而是实现了金钱的统治，"金钱是这个新社会的轴心"①，"黄金是世人膜拜的唯一力量"②。他还具体通过一系列资产者的形象，揭露出这些拥有大量钱财的暴发户是"无人知晓的国王，命运的主宰"，是这个社会实际上的统治者，他们"利用金钱控制法律，

① 巴尔扎克：《于絮尔·弥罗埃》。

② 巴尔扎克：《幻灭》。

控制政治，控制风俗，到了前所未有的程度”[①]，而法律，“替有钱人辩护，把有心肝的人送上断头台”[②]，是资产者手中的工具。至于政府机构，“也不过是富人之间制定的对付穷人的保险契约”而已。巴尔扎克这些形象描写揭示了他所生活的那个社会的本质与国家政府的阶级性质，其广泛深刻的程度，在资产阶级时代的文学中是少见的。

巴尔扎克不愧是一位自命为风俗史历史学家的文学大师，他不仅以高度的概括性道出了自己时代社会的本质，而且善于描绘出这种本质所派生的种种社会风习与时代气氛。他表现出金钱的力量已经渗透到社会生活的各个领域，腐蚀了一切，使整个社会都变成“一部由金钱开动的机器”[③]，使社会生活的每个角落都发散腐败的铜臭的气息。在上流社会，贵族妇女为了金钱而自寻失身之道，资产阶级妇女为了金钱与衣着而玩弄种种不忠于丈夫的手段，“隐藏在金银珠宝下的丑恶”是没有一个讽刺作家所能写得尽的；在政界，“每个人不是行贿，就是受贿”[④]，金钱“可以收买官员们的良心”；在宗教界，虔诚神圣的宗教感情早已被金钱与现实利害的考虑涤荡无存；在文化领域，“文学有一副恶俗的生意面孔”[⑤]，真正的诗歌创作不能见容于生意经，“一切都由金钱决定”，“样样好卖钱，样样能创造，连名气在内”，“书不过是低价收进，高价出售的商品”[⑥]；在新闻出版界，各种舆论、各种伎俩的背后，都有金钱与现实利害在操纵，写的文章是捧是骂，

① 巴尔扎克：《欧也妮·葛朗台》。
② 巴尔扎克：《高老头》。
③ 巴尔扎克：《高利贷者》。
④ 巴尔扎克：《幻灭》。
⑤ 巴尔扎克：《职员》。
⑥ 巴尔扎克：《幻灭》。

全听作为承包商的报纸老板的指挥，任何人只要肯出二三十法郎，就可以买一篇吹捧的稿子……

既然社会的本质如此腐朽，一切都可以金钱为转移，人与人之间的正常关系必然被扭曲、被败坏，在整个社会生活中，都充满为了金钱与利益的冲突。巴尔扎克作为历史书记的一大贡献，就在于他把资本主义社会中这种不正常的人与人之间的关系、人与人之间的战争描绘得异常真切生动。他深刻地看出了这种社会关系的实质，以尖锐的形象与语言，把它表现得淋漓尽致、触目惊心。在他的笔下，这种纷争无处不在，“作品跟作品的斗争，人跟人的斗争，党派跟党派的斗争”，这种斗争任何人都“不能不卷入”，任何人都“必须有计划地厮杀”①。在这种纷争混战之中，道德沦丧，尊严丢尽，可以不择手段，可以不计凶狠厉毒：“在这个人堆里，不像炮弹一般轰进去，就得像瘟疫一般钻进去”，“你越没有心肝，越高升得快，你得不留情地打击别人……只能把男男女女当作驿马，把它们骑得精疲力尽，到了站上丢下来，这样你就能达到欲望的最高峰”②。社会本来是人的世界，但是，在残酷的社会法则下，却变成了如此可怕的情景：“你吞我，我吞你，像一个瓶里的许多蜘蛛。”

在巴尔扎克对资本主义社会恶的本质的描写中，更引人注意的还是他通过家庭悲剧来揭示这个社会拜金主义的本质以及金钱腐蚀一切、败坏人心的程度。他经常描写因为金钱与现实的利害而在一个个家庭中发生的矛盾、纠葛、争夺以至谋害，形式各异，格局不一，但动因与实质相同。这种悲剧是《人间喜剧》中

---

① 巴尔扎克：《幻灭》。

② 巴尔扎克：《高老头》。

最多见的题材。可以看到，在《欧也妮·葛朗台》中，金钱拜物教如何在葛朗台身上把对亲人的感情都剥得一干二净，导致了他女儿终身不幸；在《高老头》中，女儿为了钱财与享乐，像挤柠檬一样把父亲挤干之后，就扔弃不顾。金钱利害的打算如此侵蚀社会生活中最天然的范畴——亲近的血缘关系，使这种关系变得如此冷酷，这已经足以使人惊异了，但巴尔扎克还不满足于此，他更进一步把金钱的这种腐蚀力表现到极度，描述出资产阶级家庭悲剧中虽然没有出现毒药、匕首与流血，但其惨厉酷烈的程度却决不稍减。在《搅水女人》中，家庭里围绕着一笔遗产展开了残酷的争夺；在《于絮尔·弥罗埃》里，有钱的医生被亲戚们所包围，开始了一场无情无义的纷争；在《比哀兰德》里，一个天真的小姑娘因为是遗产的合法继承人，所以被觊觎财产的亲戚蒙骗、残害致死；在《禁治产》里，由于财产的争执，妻子宣布丈夫是白痴，并进行控告；在《夏倍上校》里，妻子为了吞没和霸占丈夫的财产，竟要置他于绝境。巴尔扎克善于把这类家庭悲剧描写得令人心肠断裂、惊诧骇然，善于表现出利欲心理、谋取财利的鬼蜮手段违背人的正常感情到了何等触目惊心的程度，大大深化了他对产生这种悲剧的社会的本质的揭露，使他为自己时代社会所绘制的风俗画面，既有历史的价值，也富有伦理的意义。

巴尔扎克作为历史的书记，不仅以艺术形象再现了一定历史阶段里的阶级形势，揭示了新兴资本主义社会的本质，而且，还以冷静的科学的态度，思考与探讨了这个刚刚建立的社会形态中的一系列重大的社会问题，把它们表现在《人间喜剧》的艺术图景中，显示出他深刻的观察与敏锐的远见。

巴尔扎克的时代，资产阶级关于人的价值标准全面代替了贵族阶级的价值标准，人的价值不再以其血统与门第来衡量，而是以其才干与能力来衡量。拿破仑就是树立与实现这种价值标准的一个典范，不论从他本人的发展还是从他掌权后用人的政策来说，都是如此。因此，大革命后整整一代求发展的青年都以他为最高理想，他们对这种资产阶级价值标准的向往与因为这种价值标准在复辟时期不能实现而产生的苦闷和愤慨，曾是十九世纪上半叶不止一个法国作家在自己的作品里津津乐道的主题。巴尔扎克与众不同的是，他固然看到了资本主义社会的自由竞争与资产阶级的价值标准，使得好些在社会底层的人物升到了社会的上层，并通过《人间喜剧》中一些人物的发迹表现了这一社会法则，但他却又同时看到了资本主义自由竞争对于人才的阻碍与摧残，以及资产阶级价值标准中丑恶的阶级内容，并且以他作品中典型的青年形象生动地表现了这一深刻的认识。在《幻灭》中，大卫·赛夏虽然是一个有为的发明家，但在险恶的社会环境中不得不放弃了发明的专利和从事科学研究的理想；这部小说的主人公吕西安，在诗歌创作上确有才能，但“聪明才智要靠金钱做支点”，他的成果不止一次遭到了冷遇与嘲笑，在巴黎恶浊的氛围中，他离开了严肃的文学道路，被毒害成一个无耻的文痞，然后又被无情的社会现实压得粉碎。像他这种命运的青年显然不止一个，正如小说中一个人物所说：“这批小青虫没有变成蝴蝶就被踩死了”[①]。在《人间喜剧》里，倒也有一个青年向上爬获得了成功，那就是拉斯蒂涅，但他恰巧并不具有特别的正当的才能，他不是通过读书上进、奋发有为的道路进入社会上层的，而正是“抹煞良心，走邪路，装了伪君子而达到目的”。通过这个人物，巴尔扎克打破了资产阶级关于人的价值标准的浪漫主义的理想，

① 巴尔扎克：《幻灭》。

从另一个角度揭示了当代社会生活的法则。他还指出了这样的社会现象："拿破仑的榜样，使多少平凡的人狂妄自大，成为十九世纪的致命伤"，显示出一种冷静、客观的态度，避免陷入十九世纪作家在表现青年人求发展而不可得的题材中经常有的那种感伤主义。

新闻报刊问题是十九世纪上半期资本主义社会中另一个新的社会问题，巴尔扎克把它作为一个重大的社会现象表现在《人间喜剧》里。在封建时代，法国只有一些文艺、科学的杂志，没有政治性、社会性的日报。这种报纸是资产阶级大革命的产物，它们在革命斗争高潮的年代里，是各党派的喉舌与斗争工具，随着大革命的完成与资本主义社会生活的进程，新闻报刊的作用与地位也有了变化。巴尔扎克敏锐地捕捉了这一变化的社会现象，他在《人间喜剧》里，充分写出了新闻报刊作为社会舆论的相对独立性与它受制于金钱而作为金钱魔力的一种延伸，作为意识形态的商品化而起的恶的作用。它可以根据某种意图，无中生有，制造和散布流言，影响人们的思想，左右他们的观点，从而形成一种物质的力量；它可以颠倒黑白，混淆是非，歪曲事物的本来面目；它可以进行吹捧，为人制造名声，又可以施以攻击，败坏声誉。虽然报纸新闻事业在巴尔扎克时代，规模并不巨大，仅仅是一种新兴的行业，但巴尔扎克却预见了这种行业在当代社会生活中的地位，他通过一个人物这样指出："报纸的影响和势力，现在不过刚刚开始，新闻还没有脱离童年时代，慢慢会长的，十年之内样样都要受广告的统治。"[①]更为深刻的是，巴尔扎克清醒地看到这种看起来独立的力量，在那个社会条件下，不可避免要受

① 巴尔扎克：《幻灭》。

金钱的控制。他的杰作《幻灭》的主要篇幅，充分地揭示了这一社会现实。虽然他因此遭到了攻击，但他仍坚持他的揭露，宣称“新闻事业在当代风俗史中所起的作用如此大，以至一个作家如果在扮演的剧目中取消了这一场景，将来就会被视为懦夫”①，显示出他作为历史的书记决心写出一部时代的信史的勇气。

巴尔扎克的时代属于自由资本主义历史发展阶段，这时还不具有资本主义最高阶段的一系列的特点。这些特点，如生产的集中与垄断、银行的新作用、金融寡头的出现、资本输出与资本家同盟分割世界等，要到十九世纪下半叶以后特别是十九世纪末才逐渐出现。不过，巴尔扎克进行写作的时期，正是银行家、交易所大王和铁路大王、煤铁矿和森林所有者以及与他们有联系的那部分土地所有者即所谓金融贵族统治的七月王朝。巴尔扎克像有预见的历史学家一样，从当前的经济生活中洞察了日后将充分发展扩大的某些萌芽，并且用艺术的形象来加以表现。在他的《人间喜剧》里，我们已经可以从纽沁根这个人物身上看到金融寡头的雏形。他集中了社会上各种有产者的货币资本，深入工业，掌握股票，进行操纵，国家经济命脉已经开始逐渐落在他手里；他还控制政府的人事任命，他活动的范围已经扩张到整个欧洲，而成为“欧洲最伟大的金融家”；巴尔扎克还详尽而精确地描写了这个由“中介人”向“垄断者”发展的趋势，他在金融市场上买空卖空的投机活动，他在股票生意上所使用的手段，他在发行有价证券以及在支付、清理上所施展的魔术。所有这些经济活动，已经开始带有资本主义最高阶段金融资本活动的性质，而这个人物的得心顺手、飞黄腾达则又预示着金融寡头、垄断资本的进一

① 巴尔扎克：《〈幻灭〉第二部初版序》。

步发展。《人间喜剧》中这些充分而细致的形象描写，说明了巴尔扎克对当代经济生活中的新动向有着深刻的认识，说明了他要为自己时代的“财政金融”留下一份透彻的历史记录的用心。

还值得特别注意的是，巴尔扎克在《人间喜剧》里提出了资本主义社会一开始就存在着的一个严重的社会问题，即贫富对立与劳动人民的悲惨的处境问题。大革命的社会现实清楚地表明，十八世纪启蒙思想家所预言的理性王国与平等的理想已经完全破灭，而在革命高潮中作为革命力量的“第三等级”也早已分化，资产阶级再也不以全民利益的代表出现，成了为追求与维护自己的私利，为巩固资本主义秩序而压迫其他阶级，特别是劳动人民的统治阶级。因此，在这个新的社会里，富有与贫穷的对立不仅没有消灭，反而更加尖锐化，劳动群众的贫困已经成为资本主义社会存在的条件。面对这种现实，十九世纪上半叶不止一个作家在自己的作品里反映了这个社会中的阶级矛盾与贫富对立，但都不及巴尔扎克反映得那样突出与鲜明。巴尔扎克的《人间喜剧》中不止一部作品触及了这个主题，他在《金眼姑娘》《法西诺·加奈》《交际花盛衰记》以及《海滨惨剧》里，都描写了工人、劳动人民的悲惨生活：他们每天像动物一样从事繁重的劳动，其负荷大大超出体力所能负担的程度；女工与童工更是悲惨，而他们所得到的，只是衣不蔽体、食不充饥的生活。巴尔扎克一方面把这种生活与富人的穷奢极欲加以对比，另一方面又用劳动人民优秀的精神品质去对照资产阶级的腐朽丑恶。他在《无神论者望弥撒》中所描写的劳动者崇高无私的人格，在那个卑污的社会里发出格外动人的光辉。巴尔扎克还直接面对现代社会两大阶级的矛盾，以忠实的史学家的态度，道出了真实。他在《纽沁根银行》里指出，1831 年里昂工人起义的真实原因是：“七月革命以后，工人困苦到了极点”，“工人整天劳动，赚的钱不够活命，比一个苦工囚犯还不如”。他在《搅水女人》中还指出，1830 年以后伊苏登种葡萄的农民起来暴动，是因为“日益受到种植费用与捐税的重压”。

对于十八世纪的启蒙作家来说，深刻地揭露封建专制社会的本质，提出一些带根本性的社会现实问题，相对来说，也许还比较容易。因为法国封建专制主义已经有了几百年的历史，在这几百年中，它的本质、矛盾、问题、弊病，都早已逐渐暴露了出来。但对于巴尔扎克来说，他所生活的那个社会却刚出现在地平线上不久，正在他的眼前以复杂的形式逐渐明朗、定型，要在变幻之中把握住这个新的社会形态的本质，发现它刚产生的问题并预见其发展的趋势，显然就不那么容易。巴尔扎克做到了这点，在规模宏大的作品中，以大量具有历史意义的形象场景和无数精确真实的生活细节做到了这点，达到了历史学的广度与高度，而又比历史学更丰富、更深入、更生动。因此，虽然巴尔扎克的创作并非每个方面都受到他身后所有才智之士的称道，但他作为自己时代社会的历史学家的崇高地位与权威性，却从来没有遭到任何置疑。从雨果、乔治·桑到福楼拜、左拉、法朗士，无人不对巴尔扎克在真实描写历史这方面所取得的伟大成就赞颂备至。

四　丰富而深刻的思想

巴尔扎克不仅真实描绘自己的时代社会，是文学中的“历史学家”，而且表现了丰富而深刻的思想，是文学中的“哲学家”“思想家”，这是他之伟大的另一个方面。

文学作品是现实生活在作家头脑中加工的产物，思想性是作品的灵魂，作品的价值在于它的精神品格。对于一个哲学家、思想家来说，他不必是文学家，但文学家在某种意义上却必须具有思想家、哲学家的特点，“谁要是谈到‘诗人’，他也就是在谈论历史学家与哲学家”[1]。甚至有的批评家这样强调：“不发表哲学议论的作家，只不过是艺术工匠而已。”[2]虽然问题的关键并不在于发不发表哲学议论，但文学创作的根本性质决定：是否具有思想家、哲学家的特点，是否在自己的作品里表现出了丰富的思想、高超的见解、敏锐的感受、隽永的哲理、对事物高屋建瓴的总体观。总之，是否表现了作家本人的精神才智与风采，是衡量一个作家是否杰出、是否伟大的一个重要尺度。一个作家只有在自己的生动鲜明的形象描绘中表现出了思想的丰富与深刻，才能以其艺术力量与思想力量而不朽。文学史上的大量事实说明，这远远不是每一个作家都能做到的，这是少数杰出的、伟大的作家特有的标志，巴尔扎克正是具有这种标志的少数杰出者、伟大者中的一个。

我们注意到，巴尔扎克笔下有一个重要的人物，大尼埃·大丹士，他称这个人物为“当代最杰出的作家之一”，对他在成名之前的状态作了这样的描写：“大丹士认为不精通形而上学，一个人不可能出类拔萃。那时，他正在挖掘古往今来的哲学宝藏，预备吸收融化，他要像莫里哀那样，先成为深刻的哲学家，再写喜剧，思想和事实，书本上的世界和活生生的世界，他都研究。”[3]是否可以说，这段描写就是巴尔扎克自身某些经验的写照？看来是可以的。事实上，巴尔扎克本人确是一个几乎在所有

① 雨果：《莎士比亚论》。
② 拉法格：《左拉的〈金钱〉》。
③ 巴尔扎克：《幻灭》。

的知识领域里都有所涉及的研究家。他研读过哲学、社会科学与自然科学的各种理论与学说，具有广博的学识与修养，对于抽象的理论与形而上学还有着浓厚的兴趣，在长期的观察与研究的基础上，又对生活有透辟的理解，堪称一个他自己所称颂的“深刻的哲学家”。早在1834年，他就通过达文的笔，说明了自己创作的这一特点：“他那些作品都体现了早期的研究和他那形而上学精神的倾向，他的知识领域既多样又宽广。”[1]他对大丹士的描写，正反映了他主观上对于思想与研究的高度重视，反映了他把思想与研究当作作家的先决条件的那种卓见。正是在他这种对作家的高标准的要求下，在他自觉地要当“深刻哲学家”的努力下，《人间喜剧》得以成为一部富有才智的书，成为一个尽管纷纭复杂但却充实丰富的思想“宝库”。

从《人间喜剧》的总体结构来看，巴尔扎克显然不愿意自己的作品只成为以情节取胜、供人消遣的故事，也不愿意自己的作品成为现实生活单纯的复写、缺乏思想意义的场景与画面，而是把《人间喜剧》的三大部分总称为三大“研究”，在“研究”之下，再分为若干“场景”，这就表明，巴尔扎克是自觉地要通过现实生活的场景来表述一定的思想和哲理。关于这三大部分各自的性质与关系，他还作了这样的说明：“《风俗研究》是描写社会所有的现象，《哲学研究》是阐明这些现象的原因，而《分析研究》则是探讨其原则。”[2]就表述思想与哲理而言，巴尔扎克心目中的重点当然还是《哲学研究》与《分析研究》，用他的话来说，在《哲学研究》里，“一步深于一步的思想层层演绎”；在《分析

① 菲力克斯·达文：《〈哲学研究〉导言》。
② 菲力克斯·达文：《〈哲学研究〉导言》。

研究》里，“有利于社会前途的新方案，诗意盎然地展开”。尽管在我们看来，《人间喜剧》中的主体部分《风俗研究》中的思想性，事实上要比后两大部分来得丰富深刻；尽管巴尔扎克阐明其原则与方案的主要作品如《乡村教士》《乡村医生》，并不属于《哲学研究》与《分析研究》，而恰巧是在《风俗研究》中；尽管在巴尔扎克心目中，自己的形而上学精神的最高层《分析研究》并没有完成，也没有什么出色的作品；尽管巴尔扎克所要阐述的原则与方案正好表现出他的阶级局限性，反映了他自己的弱点与缺陷，但他这整体的构思清楚地表明了，巴尔扎克力求使他的《人间喜剧》服从某一个思想目的，具有一种鲜明的形而上学的特点，成为一种社会的研究，一种哲理的形象思维。

“他丰富、有力、繁茂，是丰满的乳房，泡沫满溢的酒杯，盛满了的酒桶，充沛的汁液，汹涌的岩浆，成簇的嫩芽，如滂沱大雨一般浩大的生命力”[①]，这是雨果形容莎士比亚的一段话。用这段话来形容巴尔扎克丰富强旺的思想力量，似乎也很恰当。我们读《人间喜剧》，既像进入到一个遍地都是思想之花、到处结着观念之果的园地，又像遇到了一个洞悉世情、视野广阔、见解精辟、谈吐隽永的维吉尔，他引导我们游历过去的那个时代社会，向我们形容、述说、分析、议论、评点……

议论本是文学的大敌，它可以破坏文学作品的形象性，甚至可以使作品不成其为文学的作品，然而在《人间喜剧》里，议论却居然与形象描写相得益彰，互为补充，别有兴味，增加阅读的兴趣。考其原因，是这些议论凝聚着作者深刻的观察、精细的世故，具有思想的闪光与耐人寻味的哲理，而其语言，请允许我们

① 雨果：《莎士比亚论》。

借用他自己的佳句来比喻，“像箭一般轻灵，不仅脱口而出，而且一针见血”。这些议论有时是作者站出来发表的，更多的情况则是被作者放在不同人物的口里。虽然在后一种情况，巴尔扎克要照顾到人物的身份、性格与习惯，但这些议论也都代表了巴尔扎克的真知灼见。

这里，有几个脍炙人口的范例，它们是巴尔扎克高超才智的标志。

请看鲍赛昂子爵夫人在自己寓所里对拉斯蒂涅的那一番议论。除去这个贵妇人由于已被情人公开抛弃而特有的那种愤世嫉俗的语调，那一段话把“社会是一个泥坑”“社会又卑鄙又残忍”的道理讲得多么透彻，把资本主义社会中人与人之间关系的冰冷与残酷指点得多么清楚。其中所抨击的一些世故，特别是人把人当作驿马来骑的比喻，包含了作者对资本主义社会那种处世哲学多么深刻的剖析。

请看伏脱冷在伏盖公寓的院子里对拉斯蒂涅的那一大段高谈阔论。把一通议论写得那么洒脱豪放、淋漓尽致，难道是一个思想贫乏、见解平庸的作家所能想象的吗？在这里，警句层出不穷，铿锵作响，显示出写作者思想的分量质地，叫你非得一口气读完。“巴黎仿佛新大陆上的森林，有无数野蛮民族在活动”那段精辟的话，是对资本主义社会中“丛林法则”、弱肉强食的深刻认识；“人生就是这么回事，跟厨房一样脏臭”，是对资本主义社会腐朽生活的言简意赅的概括，是难得的警句；“巴黎的人是怎么打天下的？……清白老实一无用处”那一通冷嘲热讽，是对不择手段的自由竞争所作的批判；“在巴黎，正人君子是不声不响、不愿分赃的人”的一番议论，是对资产阶级道德沦丧的抨击。巴尔扎克在把自己对社会现实的深刻认识，用伏脱冷的

“恶”的角度与“恶”的语言来加以表述的时候，又让奉行资本主义社会中“不分青红皂白乱杀一阵”的“天意”与“把所有的人一齐打倒”的“美学原则”的伏脱冷，自称为“诗人”与“艺术家”。他这绝妙的讽刺又显示出这样一种卓越高超的思想：资产阶级社会原是以“恶”为“善”、以“恶”为“美”的。

请看大丹士在卢森堡公园里与吕西安那一次关于文艺的谈话，你把它看作一篇精彩的论创作的文章也未尝不可，其中充满了精辟的文艺见解。大丹士头两句话就提出两个重要的思想：“所谓天才，就是耐性”与“什么艺术，还不是经过凝炼的自然”。这与其说是大丹士出口不凡，还不如说是巴尔扎克本人见解卓越。如果巴尔扎克没有把他深刻的现实主义文艺思想锤炼成如此精辟的警句，他如何能使大丹士讲出这句打着自己独特印记的话来？接着，就是一段谈创作的宏论，其中丰富的思想观点叫人应接不暇，对司各特作品的优劣得失分析得那么精到，对如何走超越前人的新路指点得那么明确具体，对如何去“写出一部生动的法国史”，“刻画出时代的精神”以及如何描绘历史人物的形象论说得那么具有独创性，使人一看就是巴尔扎克本人丰富的创作思想的部分展示。

请看罗斯多在饭铺里对吕西安的一席忠告，那里有对法国文艺状况的出色的综述，有对文坛派系斗争的透辟的分析，有对文学商品化的揭示，有对资本主义与诗歌创作的敌对的论说。“诗神身上盖满了灰土，溅着街车的泥浆”，这诗一般的语句，表述了作者多么沉痛的思想！

这仅仅是取著名的几段而已，其他闪烁出现的思想火花，在《人间喜剧》里就像浩瀚无垠的宇宙里无以计数的繁星：

“一切都是运动，思想是运动，自然界建立在运动之上”①，这是多么明确的辩证法的观点。

“思想与观念是人的内部机体的运动”，“理智完全是物质的产物”②，这是多么杰出的唯物主义思想。

“如果工业产品的价值不高出成本一倍，工商业活动就不可能存在。”③若作者对资本主义经济没有精深的研究，怎么能讲出这样一句得到马克思肯定的很在行的话来？

“我见过旧时代，我现在又见了新时代，招牌换了，不错，可是酒没变，今天就是昨天的老弟。”④这是作者对从十八世纪到复辟时期法国农村中剥削关系并没有消灭这一现实所做的概括，表现了多么明确的历史批判精神！

“一切涉及私有财产的法律都有一个作用，就是鼓励人钩心斗角，尽量出坏主意。”⑤这是多么一针见血的思想，一语就道破了资产阶级社会中维护私有财产的法律的特点。

“赛巴斯蒂安虽是懒散的天才，但在为数有限而相传稿本出于米开朗琪罗手笔的画上，的确把佛尼市派的色彩，翡冷翠派的布局，与拉斐尔的风格熔于一炉。”⑥这是多么精湛的艺术评论，对艺术史没有深厚的修养，如何能够做出？

“持续不断的工作是人生的铁律，也就是艺术的铁律，因为艺术是最精醇的创造。”⑦这格言式的语句，浓缩着作者长期的生

① 巴尔扎克：《驴皮记》。
② 巴尔扎克：《路易·朗贝尔》。
③ 巴尔扎克：《乡村教士》。
④ 巴尔扎克：《农民》。
⑤ 巴尔扎克：《赛查·皮罗多盛衰记》。
⑥ 巴尔扎克：《邦斯舅舅》。
⑦ 巴尔扎克：《贝姨》。

活经验与艺术经验，包含着一个有普遍意义的真理。

…………

这类思想的火花，在《人间喜剧》里究竟有多少，我们实在难以做出统计。使人感到惊异的是，它们在政治、历史、社会、经济、工商、法律、道德、心理、风俗、爱情、教育、文艺等各个方面都不断闪现。正像他有超乎常人的健壮体格与充沛的精力一样，巴尔扎克又是一个真正意义上的思想的壮汉，他头脑里装满了思想，就像春天里成簇地向外茁生着的嫩芽一般，成千上万，多得不可数计。它们大量衍生，层出不穷，源源不断，以至巴尔扎克非得写《乡村教士》这样的作品，来倾泻他脑海里那思想之流。我们当然可以而且也应该责怪这作品中长篇累牍的议论流于说教，枯索沉闷，不是文学杰作所应有，但我们又不能不承认，从那些议论中可以看出，巴尔扎克毕竟对那样多的问题作了认真的思考，并得出了那样多的见解、观点、分析、方案等意识形态。

文学的思想应该寓于文学的形象，文学的形象应该具有思想性。在文学史上我们经常看到有两类失于偏颇的作家，一种作家把自己的思想加以扩张、膨胀，因而缩小了形象在自己作品中的作用与地位，或者使形象简单地成为自己思想的传声筒；另一种作家则是在自己的作品中堆砌了大量的生活形象，对现实作了烦琐的描绘、复写，而这些形象与复写中却缺少作家本人的思想与灵智。

巴尔扎克虽然在《乡村教士》这样的作品中多少陷于前一类偏颇，但总的来说，他是一个善于把自己丰富深刻的思想寓于生动鲜明的艺术形象之中，善于把思想性与形象性结合得水乳交融的巨匠。如果说，像我们以上所指出的那样，巴尔扎克在作品的议论中，常常显示出了自己思想的才华，那么，他更多的是在艺术形象中表现出他的灵智。当然，《人间喜剧》的各种场景，各部作品以及作品中的故事情节和人物，就都从整体上体现了作者对社会生活、历史发展、人类状况的认识以及与此有关的思想见解。另外，表现出作家的思想丰富性的，还不仅仅是作品与艺术形象的整体。读者不难发现，即使是在局部的描写与叙述中，也渗透着巴尔扎克那旺盛的喷溢而出的思想之流。或者可以这样说，这个思想丰富的作家，在选取每一个场景，捕捉每一个生活形象，采用每一个角度，渲染每一种底色，勾画出每一笔的时候，总是出于某种考虑，带着某种见解，怀着某种情绪，力图赋予某种意味以唤起读者的某种联想或某种观念。他不像左拉那样，只怀着一个实录的目的，把那些生活形象堆砌在自己的作品里，他却要使每一个形象都表达他的思想倾向与感情色彩。因而，他也就获得了他的优越性，使他作品中的形象描绘充满了一种思想的生命力，一种感情的色彩，一种意趣的魅力，这恰巧是左拉的形象描绘所少有的，这也就构成了巴尔扎克比左拉更伟大的一个原因。

请看他在《驴皮记》中对于赌场的描写。从那描写中，我们可以看到赌场那简陋陈设的每一个细节，阴暗角落里腐朽的气氛，赌客们狂热的投机心理，冰冷的面孔，狠狠的眼光。在对环境与氛围，对“物”的描写上，巴尔扎克细致与准确的程度并不下于左拉描写万象剧场（《娜娜》），不下于阿兰·罗伯-格里耶描写咖啡馆（《橡皮》），但是他的描写却并不是冷漠的，简单录像式的，而是采取了一个哲理的角度，带有哲理色彩与哲理意味。仅仅是主人公进入赌馆把帽子交给守门人这一个细节，就被作者赋予了一种象征的意义。在这段描述里，作者竟注入了那么多思想内容：对法律保护赌博的讽刺，对赌馆吃人的本质与它作为刑场的认识，关于人性的弱点与贪婪的思想以及对人生的感慨与见解。以至你可以说，这里的对客观环境与事物的每一笔描述，都浸透了哲理的汁液。

请看《比哀兰德》的开篇对那个外省小城市之晨的描写。作者始终在描写中出现，他的思想情感伴随着在这清晨之中一一出现的人与事，就像在古代悲剧中的合唱队构成了那些在舞台上一一搬演的事件的背景与底色，不过比合唱队更不着痕迹，更与形象、事件水乳交融。他对广场周围房屋的描写，使你感到他对小商人的“俗气与得意”的反感。他对少年人布里谷唱的那首民歌的复述，结合着他精辟的文艺见解，流露出他自己的情趣。他如何描写那个海格龙老姑娘的露面的？他通过这个人物的形貌、表情、举止，一下就表现出这个老姑娘的变态心理，显示出他自己深刻的心理学的见识。而他对比哀兰德的形象和对她始而乐继而惊恐的描写，又明白地表露出他认为日常的家务纠纷中也常有惊心动魄的惨剧这种认识。

请看《高老头》中伏脱冷这个人物是如何退场的。那是他遭到暗探逮捕的一场，就其客观的形象描绘而言，这既是一个不寻常的场景，也是一个紧张的情节。在这场景、在这情节中，巴尔扎克灌入了极为复杂、极为深刻的思想。你看，他写出“那双勾魂摄魄的眼睛”如何“好似一道阳光”，和善的脸是如何变得“狰狞可怕”，好比火山一样快要爆发的满腔愤怒；在一种“人的最高的精神力量”的控制下，如何突然“化得无影无踪”，还有他那“狮子般的动作”“犷野的力”“强悍与狡猾”，如何与“温柔的笑”形成对照；他在危难时“亲狎，下流，令人触目惊心的气概，忽而滑稽忽而可怕的谈吐”如何与“温柔又凄凉”的声音形成对照，他整个形体如何“仿佛被地狱的火焰照亮”，特别是巴尔扎克还把这个气概非凡的人物与告发了他的米旭诺小姐“像木乃伊一样干瘪”的形象，她“毒蛇似的”眼光加以对比。通过这些描写，巴尔扎克表现了对这个人物形象的一种极为深刻的理解：“这个人不仅是一个人，而是一个典型，代表整个堕落的民族，野蛮而又合理，粗暴而又能屈能伸的民族。”而且把他提高到了美学的范畴来加以理解：这个人物成了“一首恶魔的诗”，“把他画下来倒是挺美的”。在所有这些形象描写里，蕴藏着巴尔扎克多么丰富而复杂、多么值得深入挖掘的善恶观与美丑观！

请看《贝姨》中对于万塞斯拉斯发展变化的描述。这个雕刻家在贫穷与平凡的命运的鞭策下，总算跨过了艺术领域中的鸿沟，在创作上显示了一些才能，然而与贵族小姐结婚后，舒适的生活却使他陷于懒散、惰怠，耽于幻想。巴尔扎克不满足于简单的复述，而是使自己的复述中不断地冒出清冽的思想的泉水，凝结为经验谈的结晶，使读者在关于人类的精神劳动、关于文学艺术创作的条件与规律、关于雕塑艺术的特点以及关于天才获得成功的道路等这些问题上，领受到作者那高超的智慧。

以《人间喜剧》中所表述或所流露的多方面的丰富思想而言，我们仅把巴尔扎克视为一个有思想素质的文学家，也许还是不够的。可以说，他就是十九世纪上半叶法国自由资本主义时期的一个值得注意的思想家。他的《人间喜剧》中的大量思想见解与他相当数量的杂文、评论文章中的观点主张，实际上已构成了一个相当完备的思想系统，尽管作为思想系统，其中是充满了矛盾的。

在哲学思想上，他基本上是一个唯物主义者。他承认物质的第一性，精神的第二性；承认物质决定精神，精神从属于物质，人是环境的产物，并被不同的环境塑造为千姝万类。他还具有一些辩证法的观点，把自然界视为一个统一的整体，认为其中的万物都不是孤立的，而是互相关联、互为因果。他还认为，运动是一切物质的特性，他在自己的自传体小说《路易·朗贝尔》中比较集中地表述这一系列观点。然而，巴尔扎克并不是一个完全的唯物主义者，他有时热衷于唯心主义的唯灵论，把唯灵论与唯物论相提并论，因此，就不免陷入神秘主义，相信手相学、骨相学、占卜学等迷信谬说。在他的思想中，宗教的概念与词汇也占有一定的地位。

在政治思想上，巴尔扎克实际上怀有与他保王党的政治态度相矛盾的一系列政治观点。1831 年转向正统主义并参加保王党的政治活动，在《人间喜剧》的前言中明确宣布自己是“在两种永恒真理的照耀下写作，那就是宗教与君主政体”，所有这些都是人们把巴尔扎克视为保王党人的根据。然而，巴尔扎克实际上并不是一个真正的保王党人，他怀着“会使我遭到自己的党的忌恨”的“政治思想的秘密”①，主张法国采取君主立宪制的政体，建立一个强有力的政府，保证私有财产，给中产阶级以最大的自由，对下层人民的生活加以改善。他这种主张反映了中小资产阶级的阶级利益，与主张在法国恢复君主专制制度和封建贵族大土地所有制的正统保王主义有根本的不同，而且他的政治思想也具有远比保王主义深得多的内容。他接受了资产阶级历史学派阶级论的影响，以阶级斗争的观点来看待法国的历史与现实。他看到了穷人与富人的矛盾，压迫者与被压迫者的斗争，不同阶级之间的冲突。他有意识在自己的作品中表现了资产阶级与封建贵族阶

① 巴尔扎克 1832 年 9 月 23 日致居勒玛·加洛夫人的信。

级的搏斗，并且指出了后者必然灭亡的命运。然而，他又出于人性论与人道主义思想，出于他自己对资产阶级暴发户的反感，流露出了对没落的贵族人物的同情；他站在中小资产阶级立场上，并作为一个梦想在经济上发迹，但在社会现实面前不断碰壁的个人奋斗者，自然反对七月王朝时期独占统治权的金融资产阶级，这是他在《人间喜剧》里对七月王朝时期的社会现实、对资产阶级暴发户与人欲横流的社会风俗持揭露批判态度的政治思想基础；同样，他作为一个中小资产阶级的思想家，又表现出严重的阶级局限，对下层人民的政治权利采取否定的态度，不赞成人民参与政治，并主张防范社会下层所制造的动乱。但是，他作为一个资产阶级民主主义者，对劳动人民艰苦悲惨的生活又表示了深切的同情，在作品中对劳动人民身上优秀的品质，也做过由衷的赞美，“以毫不掩饰的赞赏去述说他的政治上的死敌，圣玛利修道院街的共和主义的英雄们”[①]。

在经济思想上，从某种程度来说，巴尔扎克是一个经济决定论者，他对人类经济生活从来十分重视。在他看来，不同的经济状况决定不同的思想精神状况，不同阶级的经济利益造成不同的阶级愿望、阶级要求与阶级主张。他在自己的作品里，正是从资产阶级与贵族阶级在经济上的得势与衰落，来描写这两个阶级的生活状况与心理状态的。对于法国的经济现状，他极力主张对内保证自由竞争，减低税收，发展农业中的资本主义；对外大力进行自由贸易，多方面开辟出口，鼓励参加贸易竞争，以促进本国工商业的发展。他的这些主张，又一次证明了他是中小资产阶级利益的代表者。

① 恩格斯 1888 年 4 月给玛·哈克奈斯的信。

在宗教思想上，巴尔扎克表现了中小资产阶级立场所决定的局限性。尽管巴尔扎克基本上是一个无神论者，他本人并不具有宗教的虔诚，但他却大肆宣扬并主张天主教。作为求发展的中小资产阶级的思想家，巴尔扎克希望社会安定、政局平稳，不同阶级在现存私有制的基础上保持协调与平衡。在他看来，所有这些，遭到了野心、贪婪、叛逆、人欲横流的冲击，也受到下层人民抗争的挑战，而宗教则是能制驭这些破坏性的因素、减少社会罪恶、平息下层人民的愤怒与不稳的有力手段。因此，他不仅主张要用天主教作为稳定社会的工具，还把它作为指导自己写作的一个原则。

在文艺思想上，巴尔扎克具有完整的现实主义文艺观。一方面，他认为文艺作品应该是对自然、对现实的再现，这种再现不是简单的临摹，而是对自然、对现实的凝练与概括，文学家应该以表现现实生活为己任，真实地描写现实，为自己的时代社会担任书记。揭示生活的创伤，是文学家的职责。他反对文学描写中的不真实与违反常情，要求人物形象与故事情节都符合自然、合情合理。为此，他主张文学家必须观察与研究生活，必须进行孜孜不倦的辛勤劳动，并且要塑造出既有人性的真实，又打着社会阶级生活烙印、代表着不同社会阶层的典型形象。另一方面，在巴尔扎克的文艺观中，与其现实主义文艺思想并存的，也有浪漫主义的因素。他认为艺术创作中有某种神秘奥妙的东西，他强调天才的预见在创作中的作用，他还特别推崇激情。比较起来，在巴尔扎克身上占主要的统治地位的，还是他那与时代社会生活紧密相连的，真实描写现实、揭示现实的批判现实主义的标准与要求。这实际上是他自己在创作中所尊奉的首要的原则，既超过他的某些非现实主义的文艺观点，也超过了他本人所宣告的另外两个更高的原则，即宗教与君主政体。这就足以使他在《人间喜剧》里是按照现实社会的真实去进行描写，而不是按照他的主观企图，也不是根据他一时的政治态度去进行创作。这使他在一定程度上克服了自己世界观中某些消极的思想，摆脱了这些思想对创作的影响与制约，从而获得了他的现实主义文艺思想、现实主义创作方法所决定和所带来的现实主义的胜利。

这些就是巴尔扎克充满着矛盾的复杂的世界观的主要方面和主要组成部分。这一个庞大整体与它所包括的无数的思想、观点、见解、论述，都竞相在《人间喜剧》中表现自己，争获自己的地位，渗入一定的篇章。因此，巴尔扎克世界观的矛盾，也就决定了巴尔扎克创作的矛盾；他在思想上的进步性与阶级局限性，也就构成了他创作中强有力的方面与弱点。

巴尔扎克出身于祖上是农村小私有者而父亲则上升成中产者的家庭，他虽然也有过阔绰的生活并向往贵族的虚荣，但他本人的经济地位一直是不稳定的，从其社会地位与经济状况来说，他是典型的中小资产阶级成员。作为中小资产阶级的一分子，巴尔扎克所倾慕的是自由资本主义时期的和平与安定，他所要求的是自由资本主义时期的自由竞争与自由发展。可是，他生活与创作的七月王朝时期，却已经是金融资产阶级独占统治权，社会经济生活已开始逐渐向垄断资本主义过渡的时代，他本身的阶级利益、阶级要求与眼前社会现实之间的矛盾，就决定了他对这种现实持批判的立场。从历史发展的进程来看，巴尔扎克是法国大革命后产生的第一代人，他像自己的同时代人一样，在精神上是由十八世纪启蒙思想家的理想和大革命中自由、平等、博爱的原则所哺育长大的，他的思想从根本上来说，属于资产阶级人道主义的思想体系。这种思想原则，成为他对社会现实进行批判的武器与尺度，也成为他在回顾历史时对法国大革命高潮中的暴力进行非难的口实，而他对社会下层劳动人民的矛盾的态度，也是根源于这种思想体系的。因此，巴尔扎克作为一个思想者，他的力量从根本上是由他作为中小资产者与资本主义社会现实矛盾的阶级地位以及他所掌握的资产阶级人道主义思想原则来决定的，而他这种力量的水平也只可能达到这种阶级地位与这种思想体系所容许的程度，这种力量的极限也就是这种地位与这种思想体系所可能具有的极限。虽然巴尔扎克的思想根本上不可能不带有时代、社会、阶级的局限性，但他在那么庞大的作品结构中，在那么千变万化、层出不穷的形象图景中，表现了那么多富有社会阶级内容，与现实生活同样复杂、同样丰富的思想，毕竟是令人惊叹的一件事。如果说，巴尔扎克在真实描写现实生活方面，堪称时代历史的书记，那么，他在表述丰富的思想上，则可说是——请允许我们再一次借用雨果论莎士比亚时用过的一个比喻——他那个时代社会的思想的“贮存器”。

五　辉煌的艺术

虽然在历史发展过程中曾出现过的有艺术价值的文学作品，不一定毫无例外都能流传下来（我们知道，历史过程中足以使文化泯灭的因素是多方面的），但是，得以在文学史上留存的作品，总有一定的艺术性。艺术性是维持作品生命力的保证。巴尔扎克的文学大厦，得以屹立在人类文化史上，经受了时间的考验，不仅不像土质的建筑那样在时代风雨的侵蚀下土崩瓦解，而且愈到后来，愈见其巍峨壮观，这不能不在相当的程度上归功于他的艺术性。一个作家能够以艺术的手法建成如此庞大的文学大厦，这又不能不说是文学史上的一个奇迹。巴尔扎克是这种奇迹的创造者，这是他作为文学家之所以伟大的又一层含义。

不同作家所运用的艺术手段总有不同，他们获取艺术魅力的途径也各不一致，文学园地里总是呈现出因人而异的种种不同的艺术风格。那么，巴尔扎克是以什么手段、通过什么途径来获得他的艺术魅力的？他的艺术王国是如何构成的？他在艺术上呈现出哪种风格？他的艺术性属于哪个性质？

他肯定不是以精美的辞章取胜，像梅里美、福楼拜那样，远远没有做到既核字省句又剖析毫厘；他显然不追求典雅的趣味、端庄的仪态、整齐匀称的结构，在这方面，他与古典主义的大师高乃依、拉辛相距万里；他的所长也不是优美的笔调、华丽的辞采，不如夏多布里昂那样具有“文字的魔力”；他也不像雨果那样堪称语言大师，以其高超完美的语言技巧与充满感情色彩的文笔给人以强烈的感染。

究竟他的艺术性何在？

让我们从第一个印象出发。任何文学作品第一个印象总是通过语言，语言是最初的媒介。我们一打开巴尔扎克的作品，第一个印象似乎并不太妙，好像是面对着一个不修边幅的人。不修边幅，总不能算美，不论其内在的价值有多少。巴尔扎克的不修边幅是属于这样一种情况，他身上的衣物与装饰品显然太多，太杂，而没有整齐地协调地穿戴得当。在这里，经常可见纷繁的辞藻、夸张的语汇、粗俗的语言以及科学的术语、哲理的空话，所有这些，使人感到“巴尔扎克的词汇，像一部手工艺词典，一部哲学教科书，一部自然科学百科全书”①，而且问题还在于，这些庞杂的词汇有时运用得并不精当。而在更多的时候，它们都蜂拥

① 泰纳：《巴尔扎克论》。

而上，作者把它们召唤来，有时是为了表述高深的哲理，有时是为了表现复杂的生活内容。它们拥挤在文句的狭小容积里，难免不协调、生涩、撞碰，而作者有时又陷于自己丰富的思想所构成的迷宫里而未能自拔。于是，文句有时候就必然像一团没有完全理清的线团，加以巴尔扎克写得太快，他缺乏福楼拜那种对语言的锤炼、推敲，这就出现了有名的巴尔扎克语言的粗疏。对此，巴尔扎克亦不无自知之明，他在《邦斯舅舅》里，就曾请读者原谅他作品中“誊写的错误”，只不过态度有点文过饰非，语调有点玩世不恭而已。

然而，巴尔扎克的语言同时又给你另外一种深刻的印象与感觉。它带给你缤纷的色彩、丰富的音响、层出不穷的形象、意味深长的含义，它的跳跃与飞动可以使你“在短短十行里面，跑遍了思想和世界的全境”[①]，在这里，你像走进了茂密而广袤的森林，或者面临着辽阔无垠的地平线，你的注意力不断被新鲜的东西所吸引、所刺激。如何解释巴尔扎克语言的丰富与庞杂？只能说这是十九世纪社会生活的地平线极大地开阔的结果，是十九世纪迅速变化、纷纭复杂的现实的一种反映。一个作家，当他要表现这个时代如此丰富、如此复杂的内容，他能不追求同样丰富、同样复杂的语言？巴尔扎克比以往的法国作家更面临这个课题，因为他是生活在十九世纪；他也比同时代的作家更面临这个课题，因为他所描写的本时代的现实生活比谁都要更广泛。他解决了这个课题，成为这个世纪最庞大的语言宝库的掌握者，这是他作为语言大师的标志。

巴尔扎克在文学语言上的成就，不仅在于掌握了丰富复杂的

① 泰纳：《巴尔扎克论》。

语言，还在于他善于运用这种语言来表现现实生活中事物之间复杂微妙的关系。十九世纪生产力、科学以及人类思维的发展，使得人们发现了无数不同事物之间过去未被认识的关系，世界与现实生活作为其中存在着无穷无尽的关系的整体，更生动、更活跃地呈现在人的面前，事物不再是孤立的、隔离的，而是互相牵制、互相关联、互相沟通、互为因果。巴尔扎克的语言适应了这个时代人类思维的发展，他善于在各个不同的事物、相距甚远的领域、截然相反的范畴之间，建立起对比、借喻、比拟与通感，“化学能说明爱情，烹饪和政治有关，音乐或油盐店是哲学的近亲”[①]。在这里，读者的智力被引导从一个领域跳到另一个领域，从一个事物联想到另一个事物，不断得到开拓的感受。还由于发现了事物之间好些前所未闻的关系而得到一种难得的满足，从而对物的关系，事物的本质和世界与现实生活的一体性，达到更深的认识。既然巴尔扎克的语言所表现的是如此复杂的生活内容与如此精细的思维，而在精细的事物上稍为疏忽，就更容易造成明显触目的粗痕，那么，巴尔扎克有时在语言上不精当、不准确，难道不又是值得谅解的吗？

透过文字，我们很快就接触到巴尔扎克的描绘。在《人间喜剧》的很多作品里，我们都可以读到对各种环境、景物与场面的描绘。这里有巴黎贵妇人陈设精美的沙龙，大银行家奢华的府第，拉丁区充满酸腐气味的公寓，嘈杂的剧场，乌烟瘴气的赌馆，巴黎形形色色的街道，琳琅满目的古董店，阴暗悲惨的工人区，贫民的寒冷的阁楼，廉价的小饭馆，塞纳河畔的书店，凌乱无章的报社，集中了各种利害冲突的律师事务所，大地主的景色

① 泰纳：《巴尔扎克论》。

优美的庄园，农民寒碜的茅舍，外省小城偏僻的风光，沙希地区优美的风景，资产者像修道院一样的住宅，陈旧简陋的印刷厂，官吏的办公室以至社会各阶层人物不同的房屋建筑、居住条件、室内陈设、家具什物，等等。我们可以说，当时社会生活的各种各样的场景，几乎都被巴尔扎克描写尽了，这些描绘都是典型的现实主义的笔法，它们详尽、细微、生动、具体，呈现出一幅幅真切的图景！是现实生活场景最忠实、最严格的临摹，足以使读者如身临其境。

对于巴尔扎克的描绘，同样也并非没有微词，有的批评家，特别是现代的作家、批评家，曾经非议巴尔扎克的描绘过于烦琐、详尽。然而，我们应该看到，巴尔扎克是在没有电影与电视的时代进行写作的。那时的小说，还负担着现代生活中电影与电视的一部分作用，小说的作者必须作详尽细致的描绘，才能使读者跨过时间与空间的距离，置身于小说故事所发生的环境与场面。巴尔扎克的描绘无疑满足了自己时代社会的这种要求，即使在今天，我们要对十九世纪法国社会现实生活的种种情景有一些感性的认识，不正要通过巴尔扎克的描绘？巴尔扎克的描绘把那个时代、那个社会一去不复返的情景真实地记录了下来，构成了有生命力的形象图景，而以其意义来说，则具有永久的认识价值。

在描绘的艺术性上，巴尔扎克是人类文学史上少数几个第一流的大师之一。仅以他的风景描写而言，其成就就是令人赞叹的。他向我们展现了那么多不同的景色，每一景都使人流连忘返。请看，《朱安党人》中布列塔尼的山林，《塞拉菲达》中的挪威风光，《乡村医生》中的多菲奈山谷，《驴皮记》中的奥维安角隅，《三十岁的女人》中的海景与巴黎掠影，《农民》中的艾格庄……所有这些，无疑都是文学史上散文描绘中出色的篇章。

他的描绘，就局部而言，精细入微、准确逼真；就全面而言，则有条不紊、从容展开，使读者既感受到微妙的细部，又获得全貌的鸟瞰。在描绘的技巧与章法上，他无疑是后来现实主义作家的先导，并且在他们之中，至今仍保持着典范的地位，即使后来在描写上刻意求工力图有所作为的左拉，也并没有能够“后来居上”。不仅如此，巴尔扎克超乎一般写实主义作家的是，他的描绘远远不是“就事论事”的，他不仅把眼前情景的格局、距离、色彩、光度、声响表现出来，而且，他还在描绘中给读者以更为开阔的时空感，他的描绘也使人联想到其他的更广泛的空间与更多的社会内容，还给人提供并启示眼前的情景与其他领域的通感。请读读《农民》中对于艾格庄的描写，那辽阔庄园的妩媚风光写得多么出色。通过对眼前景致的描绘，巴尔扎克还让你知道了这个庄园的过去，又使你脑海里呈现出巴黎五十里以外的这片广阔的天地，还引起你对荣军院的联想以及关于社会人间荣辱兴衰的感慨，又在如此迷人的景色与历史上那些艺术杰作之间建立起通感。于是，他的描绘就不仅限于眼前的事物，而且还具有多重的层次，更为深广的内容，这只可能出自大师的手笔，而非仅有临摹技巧的小匠所能为者。此外，如果还有什么东西是平庸的描绘所不能企及的，那就是在巴尔扎克描绘中搏动着的生命力，这种生命力首先来自作者本人的心灵。巴尔扎克总是带着感情去进行描绘的，因而也就使他的描绘带着浓厚的感情色彩。他写山水美景的时候，字里行间充满了自己的怡然自得；他写充满浓烈花香的森林的时候，自己就有些陶醉；他写室内精美的陈设的时候，多少也有些羡慕；他写塞纳河畔的书店的时候，又带着对那种文化生意经的讽嘲……总之，巴尔扎克的描绘往往表现出他自己的思想感情，甚至他自己的七情六欲。另外，巴尔扎克的描绘之所以具有活跃的生命力，是因为这些描绘往往都是为表现人物的性格服务，它们往往就是人物性格的一种外延。关于这一点，我们在后面还要加以评论。

再继续下去，我们就接触到巴尔扎克的叙述。巴尔扎克具有非凡的复述故事的才能，无疑是这种技艺的一位大师。当我们接触到他的描绘时，有时还会因为它多少有点累赘而稍感不满足，但是，当我们进入他叙述的境界时，却甚感酣畅，就像乘舟顺流而下，坦坦荡荡，眼前的风光景致层出不穷，引人入胜。巴尔扎克显然不是那种具有散文风格的小说家，那些作家不追求故事性与戏剧性，他们的结构比较松散、灵活、自由。巴尔扎克不然，他以自己的创作，似乎立下了这样一条不成文的法：如果没有故事情节，就不成其为小说；如果没有复述的才能，就不是一个够格的小说家。这一条法规至今无疑仍为一些批评家所尊奉。不论这是否算得上文艺创作中一条绝对的标准，但至少可以说，巴尔扎克在这方面树立了一个最高的典范。他的《人间喜剧》近百部作品，几乎都具有生动的吸引人的故事情节，他的叙述方式千变万化，每部作品都各不雷同。有时，他以人物特写开始，通过对人物生活的描述，引出各种矛盾，如《邦斯舅舅》；有时，他从环境描写着笔，先把一个环境写活，而后叙述在这个环境里一一搬演的事件，如《农民》；有时，他从一个戏剧性的场面开始，让各种矛盾或至少是那些主要的矛盾在这个场面上露头，而后引申开去，如《贝姨》；有时，他采取编年史的手法，顺时序而下，如《欧也妮·葛朗台》；有时，他又颠倒时序，从后果往前回溯，如《无神论者望弥撒》；有时，他平铺直叙，如《苏城舞会》；有时，他还在人物的对话中进行复述，如《纽沁根银行》。

不论他采用什么复述方式，他都善于生发展开，又善于层层深入；不论矛盾多么复杂，头绪多么繁纷，他都有条不紊，精简得当，照顾全面，叫人难以找到疏漏；他还善于引人入胜，他所叙述的事情往往不流于公式，更不是出于概念，而像生活一样真实，但又比生活更有戏剧性，起伏跌宕，曲折幽深，其发展变化往往难以预测，其结果又常出人意料。在《高老头》里，你开始一定对高老头的生活习惯、行为举止感到蹊跷；而后，蛛丝马迹露出了事情的端倪；最后，原来是一场惨绝人寰的悲剧。在《贝姨》里，矛盾纠缠在一起，愈来愈复杂，你看到了那个社会里触目惊心的丑恶生活，但你却没有想到，最后是那么可怕的糜烂与腐朽……就这样，你在读巴尔扎克的小说时，你在倾听他的叙述时，也就阅尽了各种各样的人生，知晓了千奇百怪的社会生活。

是的，巴尔扎克的叙述充满了戏剧性，但它并不是“传奇性的”，他不像司各特叙写中世纪的历史或像欧仁·苏叙写现代生活那样，安排了好些现实生活中难得见到的传奇的事件、人为的巧合与臆造的偶然性。在他的小说里，事件都是由平淡无奇的生活细节所组成，情节变化的契机也都合情合理，一旦发生转折，事情又急转直下，波澜起伏，最后达到了令人拍案惊奇的结局。读者也许会觉得巴尔扎克在作品里所叙说的这一切，真叫人惊心动魄、勾魂断肠，在现实生活里也颇不寻常。但是，细想之下，这一切不又是由一个个日常生活的场景所组成？这一切不都是像平静的河水一样自然而然地淌过来的？这一切在现实生活中哪样不带有自己的必然性？这就是巴尔扎克高超的现实主义的叙述，这种叙述的基础，就在于作者对现实生活作了大量的观察，对生活素材进行了广泛的积累，作了严格的选择与反复的提炼，才能叫读者对他所叙述的一切感到难以置信而又不能不信。当然，他所叙述的故事也有荒诞不经的，一看就是出于作者的主观幻想，如《驴皮记》《长寿药水》。但在这里，巴尔扎克又显示出他另一种才能，即浪漫主义的才能。他以奇特的想象、深邃的哲理、神秘的气氛吸引着读者，在《人间喜剧》里别开生面，而且是以怎样的一种浪漫主义才能啊！他所叙述的是非现实的事件，而这非现实的事件又具有深刻的现实生活的根由，并且，它还是由一些现实生活的细节与场景所构成的，它所体现的艺术经验，理应得到后人的重视。

叙述艺术的魅力不仅来自叙述的技巧，更重要的是来自作为叙述者的作家本人的“声调”与风度。试想，同一件事由两个截然不同的人来叙述，一个智慧高超、视野开阔、富有情趣，另一个思想平庸、见识浅薄、心胸褊狭，其结果将会有何等的天壤之别。巴尔扎克是怎样的叙述者呢？他的语调是那么调侃，眼光是那么明察秋毫，见解是那么深刻，态度是那么练达，感情是那么炽热，性格又是那么活跃，所有这些使得他充满形象的叙述里，又带有了隽永的哲理、感人的激情与盎然的风趣，这是巴尔扎克叙述的魅力的主要源泉，也是巴尔扎克超越于一般的“讲故事的人”的所在。

巴尔扎克的辉煌艺术的顶点，是他的人物塑造。与世界上任何一个伟大的作家相比，巴尔扎克的人物画廊显然具有更大的规模与更充实的内容。最要一提的，当然是这个画廊中的人数。《人间喜剧》的两千四百多个人物中，描写得生动活现而又具有一定社会典型意义的，就有将近一百个之多。法国十九世纪社会生活中各阶级、各阶层、各类型的人物，在这里几乎应有尽有：资产者、贵族、官吏、大学生、小商人、狱卒、教士、银行家、显贵、新闻记者、医生、军人、出版家、书商、戏子、雕刻家、律师、小地产所有者、大庄园主、农民、管家、仆役、城市贫民、妓女、强盗……而且，每一个阶级、每一种类型的人物还不止一个模特儿。以资产者而言，这里有金融资产阶级、大银行家纽沁根，有城市高利贷者高布赛克，有农村高利贷者里谷，有大资产阶级兼地主葛朗台，有小资本家赛查·皮罗多……以军人而言，竟有这样多生动的人物形象：夏倍上校、于洛将军、勃里杜、艾格尔蒙、刚得兰、墨勒、狄亚德以及“心锁”与“美脚”……这一人物形象之流所组成的画廊，就是当代社会生活形形色色的众生相的一个缩影。这个异常丰富的肖像博物馆不仅使不同时代、不同国度的读者感到惊异，即使是巴尔扎克同时代的人，也不能不佩服他笔触之广泛，竟能描写出当代人也难以遇到的那些特殊的人物。“人们不能了解他怎么会知道杰尼斯塔斯所拜访过的那个被一群孩子拖累着的贫妇的一家，他在什么奇怪的地方遇见过布蒂费那个在乡下反抗法律的牧人，还有伏脱冷那个嘲笑整个文明、在巴黎的中心塑造文明、又在监狱深处统治文明的人。”①

在人物塑造上，真正显示出巴尔扎克高度思想水平与艺术水平的是，他的好些人物不仅具有一定的社会代表性，而且都是特定的阶级的典型。巴尔扎克并不是一个彻底的阶级论者，但他却在一定程度上自觉地以阶级论来观察社会与人，他把人视为社会环境与阶级生活的产物，不同类型的人是不同的环境与生活造就出来的。他以这种观点去认识与分析社会现实生活中的人，就能够看到“国王、银行家、艺术家、资产者、教士和穷人的习惯、服装、言语、住宅，是完全不同的，并且随着文明程度的高

① 菲力克斯·达文：《〈十九世纪风俗研究〉导言》。

低而起变化”[1]，并且用艺术的方法，描绘出具有各种不同社会阶级生活标志的不同的人。更重要的是，他对现实的人做了大量的观察，选取了一些同类人的本质特征，集中表现在他某个人物身上，要使“这个人物身上包括所有那些在某种程度上跟它相似的人们的最鲜明的性格特征”，成为“类的样本”[2]，还通过这种人物“以绘写出时代的广阔面貌”[3]。

这种塑造典型的方法，巴尔扎克几乎是寸步不离，紧紧掌握，即使是对次要的人物，他也力图运用这个方法，目的在于要在人物身上表现出更多一些社会阶级内容。如像达文就曾告诉我们，巴尔扎克在《苏城舞会》中，描写了封丹纳小姐因为发现自己所爱的人不能带来她梦想的同贵族结亲的荣耀时就压制自己内心的爱情，仅仅这个细节，就是为了表现复辟时期最典型的一种社会现象，即贵族沦于没落而又不甘心没落的阶级心理。由于巴尔扎克十分自觉在创作中坚持运用这种艺术方法，《人间喜剧》中堪称“类的标本”的典型人物也就远远不止一个两个，而且，每一个典型人物鲜明突出的程度，在世界文学中也是第一流的。在葛朗台身上，几乎他的每一句话、每一个动作以及作者对他的介绍，都使人们看到资产者的贪婪、吝啬、虚伪、狡黠，人们不能不佩服巴尔扎克塑造这个阶级典型的高超技巧。他所选择的每一个细节是那么微不足道，但却又强烈集中地表现出葛朗台的阶级属性。如，当他听到夏尔因为丧父而哭泣的时候，他讲了这样一句话：“这孩子没有出息，把死人看得比钱还重。”仅仅这一句话，就足以使人看到葛朗台灵魂的深处。还有什么比这更能

---

① 巴尔扎克：《〈人间喜剧〉前言》。
② 巴尔扎克：《〈一桩无头公案〉初版序言》。
③ 巴尔扎克：《〈夏娃的女儿〉与〈玛西米拉·多尼〉初版序言》。

表现拜金主义在资产阶级中是如何完全窒息了自然人性？而这个人物在商业活动中的种种欺骗手法，包括他如何假装口吃耳聋，则又使人明白无误地看到商业资产阶级的活动特征。在另一个著名人物形象纽沁根身上，他的无耻、腐朽、贪婪、狠毒以及他十足的气派与他大规模吞并的本领，都充分表现出大金融资产阶级的本质，并预示着自由资本主义逐渐向垄断资本主义过渡的阶级特征。在封丹纳伯爵身上，他那种想要维持世家的尊严而又不得不与资产阶级攀亲的故事，非常典型地反映了复辟时期贵族阶级尴尬的处境与心理。拉斯蒂涅也是《人间喜剧》中一个著名的典型，他那种不择手段向上爬的经历，是十九世纪法国社会中大批野心家的集中写照，而他从外省来到巴黎这个染缸中，逐渐抛弃了自己仅有的一点纯朴气，直到埋葬了自己年轻人最后一滴眼泪，则又十分典型地反映了成千个青年人在腐朽的社会环境里被污染、被腐蚀的悲剧……《人间喜剧》中的各种人物，无一不体现着一定的社会阶级内容，他们是巴尔扎克用来表现自己时代社会的“工具”，对于后世读者来说，都有着可贵的认识价值。

典型形象要不流于概念化、脸谱化，最重要的条件是个性化。巴尔扎克在这方面取得了典范性的成就。他的人物写得有血有肉，生动真实，栩栩如生。他对人物的外貌的描写，首先就给读者强烈、深刻的印象。你一看高布赛克那张没有血色的、灰白的脸，就知道这是一个冷酷到了极点的冷血动物；你一看福尔松老头的外貌，马上就认出了这是一个农村艰苦生活中的懒汉；米旭诺的神情使人立刻看出她卑劣、贪心、凶狠的性格；伏脱冷的形体、相貌，给你一个混世魔王的印象。正像在现实生活中观察敏锐、理解深刻的人一眼就能把一个对象看透一样，巴尔扎克一笔就透进了人物的性格核心，并且把这种洞察感传达给了读者。

当然，巴尔扎克是决不会停留在人物的外表形貌上，他更大的兴趣还是直接揭示人物的内心状态、感情活动，进行心理刻画。他既善于表现感情的形而上学，更善于表现感情的戏剧冲突。他在表现感情的形而上学，对人物的内心状态进行概括、综述与分析的时候，显示了他对普遍的世情人心以及其中哲理的广泛认识；他在表现感情的戏剧冲突时，则又显示了他对处于特定环境、特定情势下的某一个个人内心变化的深刻理解。从这两方面去表现人物，巴尔扎克就得以把他的人物整个地加以透视，而将影像全部呈现在读者的面前。

巴尔扎克塑造典型人物的另一个同样重要，也许还更为重要的手段，是人物的行动。他总是把自己的人物放在一定的社会关系中，一定的现实条件下，让他们不断地活动，不断地“表演”，以他们的存在、他们的行为来展示他们的性格、本质。这样塑造出来的人物也就不平面化了，而是立体的，就像是一尊尊逼真的塑像。巴尔扎克的这种技艺，在《人间喜剧》里俯拾即是，不用举那些著名的典型为例，只需一提《幻灭》中对出版商道格罗的一段描写就够了。道格罗原来决心花一千法郎买下吕西安一部书稿的版权，他一进吕西安所住的那个寒碜的旅馆，就只准备出八百法郎了，当他一听说吕西安是住在旅馆的阁楼上，又降低两百法郎，而他进到吕西安的房间，看到他那等着米下锅的贫困的情景，就以大发慈悲的神情和特别甜的声调，向吕西安宣布要用四百法郎收下他的书稿。道格罗是一个很次要的人物，他的性格与为人，读者本来并不了解，但随着他走进旅馆，登上阁楼，在短短的片刻之间，就对他很有认识了。

巴尔扎克在塑造人物中，一方面将社会阶级性与个性结合起来，另一方面又将某种意义上的普遍人性与个性结合起来。不可否认，巴尔扎克有人性论的一方面，他往往也从抽象人性来观察人与描写人。在他看来，人身上总有这种或那种带有普遍性的感情与欲望，也就是作为七情六欲的“情感”。他既关注人的社会阶级性，但对这种抽象的、普遍的情欲也蛮有兴趣，甚至是兴趣盎然。他喜欢去描写这种东西，有时还倾注很大的力量，把某种情欲加以强化、加以凝聚，集中放在某个人物身上，让这种情感或欲望君临一切，控制一切，排除其他的感情，不受理性的束缚，置社会生活的规范、道德标准以及其他的生活要求于不顾，狂放冲击，放肆为虐，最后，在人物身上造成耸人听闻的结果。这种手法，就像是用某种彩色的聚光灯照射在一个塑像的身上，使它透亮着这种彩色。这就是巴尔扎克笔下著名的“偏执狂”，如葛朗台老头的贪财悭吝，于洛将军的嗜色如命，高老头的盲目的父爱，贝姨的顽强的报复心，勃里杜的冷酷粗暴，其他如邦斯舅舅的贪食，又何尝不带有这种性质。如果这种手法运用不当，如果一个作家只是单一地运用这种手法，那么，他的人物肯定会成为抽象化、概念化的感情的符号，并且其形象也会由于这单一的“情欲”而扭曲、变形，不像人间的真人。然而，巴尔扎克是一个大师，他深得艺术的真谛，他善于将各种手法结合在一起，成为达到奇妙境界的艺术。他在运用这种把感情表现为偏执的时候，又紧紧抓住个性化这一条艺术生命线。他还具有那样高的洞察能力，可以把同一类型、同一偏执的不同人物区别开来，从而使他的人物各异其面、各具特点。在《人间喜剧》里仅悭吝人的形象就有好些:《欧也妮·葛朗台》中的葛朗台、《高利贷者》中的高布赛克、《农民》中的里谷、《朱安党人》中的奥日芒、《幻灭》中的赛夏、《搅水女人》中的奥松……他们哪一个不具有自己独特的形貌、习气与特点？谁会将他们混淆？而且，我们不要忘记，巴尔扎克这种表现人性的手法与他的阶级社会的眼光又是同时并存的，相得益彰、相互结合的，这就使巴尔扎克塑造出来的人物形象都打着时代社会的烙印，又在一定意义上具有超越时代社会的普遍意义。

在巴尔扎克具有典范意义的人物塑造艺术中，还值得一提的是，他总是把环境描写与人物描写结合起来，把人物放在一定的社会关系和一定的生活环境中去展开自己的性格，而又在环境的描写中注意烘托与表现人物的性格。这两种描写在他的作品里有机地结合在一起，达到一种统一的艺术效果。他对伏盖公寓的描写，是文学史上著名的篇章。这个寒碜、俗气、酸腐、发出霉烂味道的公寓，不仅是它的主人伏盖太太的特点与格调的象征，而且也最能表现出栖身在这里的其他人物，如往上爬的穷大学生、被遗弃的小姐、在逃的苦役犯、过清贫日子的商人、低贱的小职员与老姑娘，在巴黎这卑污的泥沼中所进行的种种活动的肮脏与卑劣。其他如《幽谷百合》中幽静恬美的自然景色衬托出女主人公性格的淑静，《欧也妮·葛朗台》中对葛朗台的住宅以及家具陈设的描写表现出主人公的性格，《图尔的本堂神父》中对迦玛小姐出租的房间的描写使读者深深感受到两个教会人物钩心斗角的那种鸡零狗碎的性质等，都是巴尔扎克通过典型环境来表现典型人物的现实主义艺术的著名范例。

法国的小说，如果从中世纪的市民故事算起，到十九世纪已有六七个世纪的历史。但法国小说艺术发展上的最大一次飞跃，显然要算巴尔扎克，特别对现实主义传统的小说艺术来说更是如此。现实主义小说艺术，就是真实地描写社会现实生活的艺术；现实主义小说艺术水平的高低，就是描写现实生活究竟出色到什么程度。巴尔扎克在这方面远远超越了所有那些杰出的先行者，他不仅超越了具有夸张荒诞风格的拉伯雷，超越了从事心理描写的先驱拉法耶特夫人，超越了十八世纪的哲理小说家，也超越了现实主义小说艺术的伟大先驱狄德罗。巴尔扎克带给了小说艺术一系列新的东西：他完成了对社会生活全面的、无所不有的描绘，他很大程度上实现了小说艺术对真实的追求，使文学描绘从来没有像他这样酷似现实，栩栩如生，堪称现实生活准确的再现；他通过私人生活、日常琐事而不是传奇去表现戏剧性，使私人生活的细节成为小说表现的对象，成为作家表现重大社会主题的手段；他大大开拓并丰富了塑造人物形象的方法，提供了从肖像描写到内心刻画、从描写人物的环境到展示人物言行的全面的艺术经验，使得在小说中塑造出典型环境中的典型性格成为可能。正是以这些贡献，巴尔扎克把现实主义小说艺术推到全面成熟的高度。他的这些贡献，不论在法国文学史上还是在世界文学史上，都具有划时代的意义。巴尔扎克所开辟的现实主义艺术的新途径，成为后代现实主义真实地描写现实生活的传统道路。直至今天，这一条传统的道路仍保持着“前者呼、后者应”，行者往来而不绝的兴旺景象。

六　巴尔扎克与我们

不言而喻，作为人类文学史上一个伟大的现实主义作家，巴尔扎克的文学遗产，理应得到我们格外的重视。

巴尔扎克的全部文学遗产，是一个极为丰富的宝藏，它对我们具有多方面的意义：

它向我们提供了十九世纪法国社会生活无与伦比的图画，是帮助我们认识那个时代、那个国度、那个社会发展阶段的最可宝贵的文献，它的全部形象图景与细节都具有政治、历史、经济的认识价值。

它所蕴藏的艺术经验值得我们珍视，它对我们繁荣社会主义文学创作仍有积极的借鉴意义，特别是他真实描写现实、塑造典型环境中典型性格的方法，至今仍不失为一种典范。

它作为历史上极为重大的文学现象，包含着丰富的内容，对我们有着深刻的启示。对于研究世界观与创作的关系以及世界观与创作方法的关系，它是一个典型的例证，它说明了两者的矛盾统一；在传统与创新的问题上，它清楚地表明，从来没有抽象的、绝对的、一成不变的传统，巴尔扎克在自己的时代就是一个创新者，而后才又发展了传统；在创作方法上，它给我们提供了开阔的视野，巴尔扎克所运用的创作方法就不是单一的，某种创作方法并不一定就决定作品的成败，起决定作用的还是作家的精神境界、思想水平与艺术修养。

当然，巴尔扎克的文学遗产作为过去特定时代的意识形态，也反映了资产阶级文学的状况与性质，使我们看到这个阶级的杰出人物所创造的精神产品的优点与弱点、强有力的方面与局限性的所在，使我们在这里，也像在其他资产阶级时代伟大的作家那里一样，看到“你又贫穷，又富足，你又强壮，又孱弱”这样一种矛盾，从而激励我们站在新世纪的高度，去创造更为光辉灿烂的精神文明！